第一财经日报 编

第①财经
印记2009

商务印书馆
2010年·北京

图书在版编目(CIP)数据

第一财经·印记2009 / 第一财经日报编. —北京：商务印书馆，2010

ISBN 978-7-100-07096-6

Ⅰ.第… Ⅱ.第… Ⅲ.新闻报道—作品集—中国—当代 Ⅳ.①I253

中国版本图书馆CIP数据核字（2010）第070134号

所有权利保留。
未经许可，不得以任何方式使用。

第一财经·印记2009

第一财经日报　编

商　务　印　书　馆　出　版
（北京王府井大街36号　邮政编码 100710）
商　务　印　书　馆　发　行
北京瑞古冠中印刷厂印刷
ISBN 978 - 7 - 100 - 07096 - 6

2010年7月第1版　　　开本 700×1000　1/16
2010年7月北京第1次印刷　　印张 21½

定价：39.80元

序言

以一个小记者微弱的笔头，去展现那些叱咤风云的大人物或炫目多彩或黯然神伤的瞬间，看上去是个不可能完成的任务。而过去的一年，我们每天都这样操作，并且365日乐此不疲。

在第一财经日报总有这样的记者，能在某国企的食堂和这里的员工共进午餐，能在某民营企业的老总被逼辞职之后第一时间打电话去安慰对方，能和采访对象谈天说地四个小时不需要喝一口水。每一次直接或间接的接触，都使得我们能比普通读者更深入地了解那些政界和商界的重要人物。记录他们，把他们最真实的一面还原给读者，是我们最朴素的心愿。《第一财经日报》的新闻人物版就像一个尽职的摄影师，以普通人所观察不到的角度，来捕捉人物的瞬间。

卷入民间借贷纠纷的楼忠福在借钱的时候究竟在想着什么？当黄光裕被拘、国美突变时，他的妹妹黄秀虹如何走向前台，面对全公司的员工？如今两鬓斑白的褚时健在他的果园里是否也有一声叹息？张汝京在被迫下课的时候是否想起了要在上海建中芯社区的桃园梦？这一切都深深藏于企业重组与并购等一系列商业行为的暗流中：不深入挖掘，永远无法体味；不记录下来，这些便如落红一样随水流走。对于我们记者来说，每天在面对着枯燥乏味的数字之外，能接触到一些商业之外的东西，哪怕只是收获到一丝的感动，也是莫大的快乐。

因为要和读者分享这种快乐，我们便有了把2009年新闻人物版的文章精选之后集结成册的想法，这个想法也得到了商务印书馆编辑的大力支持。这本书是第一财经日报三个中心最优秀的记者的集体结晶。它除了展现商界人物的新闻瞬间外，还素描了不少国内外深有影响力的政治人物。我们的报道非常国际化，得益于记者和编辑们的视野，也得益于强大的海外特约记者阵容。我们记录了鸠山由纪夫登上日本首相宝座的那一天，我们描述了范龙佩其实根本不想当欧盟总统的最真实想法，我们也去感受了休·海富纳要卖掉《花花公子》时的迟暮之痛。

有些事、有些人，已经永远定格在2009年的某月某天了，可是却从没有消逝。

目·录

一、逝者

钱学森
- 4　航天之父　归宿在中国
- 7　与杭州有关的记忆
- 8　毛泽东曾钦点钱学森坐身旁
- 9　系统论的重要推进者
- 11　上海交通大学校长张杰：他留给我们一张重若泰山的考卷

经叔平
- 14　经叔平："破冰者"的使命

爱德华·肯尼迪
- 18　"参议院之狮"爱德华·肯尼迪辞世

吴 泓
- 24　时尚教父吴泓："人的时间是公平的"

季羡林
- 28　季羡林：一个时代的结束

二、政坛

鸠山由纪夫
- 34　日本变天：国民对官僚体制产生憎恨
- 37　高企失业率成压垮自民党的"最后稻草"
- 38　鸠山由纪夫走向日本首相宝座

小泽一郎
- 44　日本政坛枭雄小泽一郎高调再出场

李肇星
48 性情李肇星：从外交官到球迷

谢亚龙
52 谢亚龙从商：从此要对股东负责

周森锋
56 中国最年轻市长周森锋：穷人孩子早当家

马英九
60 "小马哥"回来了

骆家辉
64 美国商务部部长骆家辉：越来越多的人在理解中国

村山富市
68 独家专访村山富市：社会党将会协助民主党执政

索托马约尔
72 索托马约尔：出身贫民窟的大法官
75 跳萨尔萨舞的索托马约尔

阿勒马克图姆
78 迪拜酋长阿勒马克图姆："魔术师"演砸了

范龙佩
82 "中右派"范龙佩：欧盟总统我没想当

默克尔与施泰因迈尔
86 默克尔与施泰因迈尔：两个"管家"式政客的较量

亨茨曼
90 美驻华新大使亨茨曼：从"豪门浪子"到政治新星

三、商海
(一)国企

管彤贤
94　不老的管彤贤：59岁创业，76岁退休

宁高宁
98　双面宁高宁：高调整合与低调人生

傅成玉
102　中海油回应傅成玉"千万年薪"

谢企华
106　"铁娘子"谢企华的后宝钢生活

郭本恒
112　与郭本恒的四次相遇：给光明注入雄性激素

魏家福
116　"船长"魏家福：890亿现金在手，所以底气十足

陈同海
120　陈同海：中国最大企业前掌舵人的沦落

于淑珉
124　海信总裁于淑珉：平凡"老太太"的强势作风

陈　峰
128　山西人陈峰：其实我胆子很小

王建宙
132　中国移动总裁王建宙：上下求索3G之解

(二)民营
楼忠福
136　楼忠福：为富二代的成长埋单

张近东
140　张近东：担心跑步没标杆

黄秀虹
144　黄秀虹：鹏润"女掌门"夜宴群臣

褚时健
150　昔日红塔董事长今日橙园园主　褚时健的一声叹惜

朱孟依
154　"隐身富豪"朱孟依

许家印
158　沉浮之后仍有大考

施正荣
162　施正荣：当质疑声袭来

蔡万才
166　蔡万才：首富"复仇者"

李书福
170　李书福自述：我的发家史

朱　骏
176　玩家朱骏："玩"丢了魔兽

曹国伟
182　成功MBO：曹国伟新浪十年终成正果

丁立国
186 德龙老板丁立国：我想退出钢铁行业

王良星
190 谦卑王良星：挖人是头等大事

李勤夫
194 如何才能由"富"转"贵"？李勤夫们在努力

杜双华
198 低调杜双华失意日照钢铁

李泽源
202 深航李泽源：神通广大的幕后老板

吴亚军
206 谜一样的重庆首富吴亚军

黄宏生
210 创维创始人黄宏生提前出狱　回归悬念待解

阚治东
214 阚治东荣辱二十年

郭广昌
218 冬猎者郭广昌：复星的核心竞争力是发现

何鸿燊
224 何鸿燊调侃身家大缩：我不可能穷

王均金
228 王均金亲述奥凯停航"幕后"：还权控股者

刘永行
232 "稳健"刘永行：十年未下富豪榜

唐万新
238　德隆唐万新：保外就医属实　重出江湖存疑

王　石
242　王石："捐款肯定有不到位的，但不是万科"

仰　融
246　仰融："戴罪之身"放言重拾造车梦

(三)海外
丰田章男
250　为了70年不败之名：丰田章男临"亏"受命

休·海富纳
256　休·海富纳：花花公子的迟暮之痛

乔布斯
260　暴瘦的乔布斯：还为苹果活着，还行

麦道夫
266　麦道夫与"祖师爷"庞兹：骗子是怎么炼成的

米塔尔
272　"钢铁大亨"米塔尔：没有魔术让人一夜暴富

巴菲特
276　传记作者眼里的巴菲特：他并非刀枪不入

斯　通
280　Twitter联合创始人斯通：我听从于直觉行事

萧登·艾德森
284　萧登·艾德森：一个吝啬的赌徒

卡尔·伊坎
288 激进的投资者卡尔·伊坎作别雅虎 继续"折腾"下一猎物

沃瑟斯坦
292 门口的野蛮人 沃瑟斯坦并购史留名

李健熙
296 李健熙：三星前董事长获特赦

韩德胜
300 "通用过客"韩德胜为历任中最短任职者

四、人文

朱民
304 朱民：当思想的力量和命运相逢

吴英
308 吴英：借来的人生

王中军、王中磊
312 王中军、王中磊：穿上"红舞鞋"的娱乐大亨

马云
316 朋克、太极和马云

黄禹锡
320 黄禹锡：梦想就此坍塌

张汝京
324 张汝京：商业悲情里的爱与恨

张艺谋
328 "印象"张艺谋：艺术天平中的商业筹码

钱学森

编者按

2009年10月31日8时6分，中国航天之父钱学森在北京301医院逝世，享年98岁。除了各界举行各种哀悼活动之外，在网上也掀起了巨大的波澜，甚至有网友建议为钱老降半旗致哀。在中国，这位家喻户晓的科学家的影响力早已超越了科学的范畴，这从一件事上可见端倪。在几年前的一次中国十大文化偶像的评选中，钱学森与鲁迅、金庸等人一起名列十大，成为上榜的唯一一位科学家。也许是当年被美国软禁五年而后毅然返回祖国的经历，使得青少年们愿意把他当成民族英雄来崇拜。

但值得注意的是，我们不能在瞬间讴歌英雄，然后又在瞬间将其忘记。尤其是当你知道从去年就开始准备重新修葺的钱学森故居直到他逝世的那一刻还只是一个空荡荡的房间时。而我们，只想还原一个真实的钱学森。他热爱管乐，内心丰富，他鼓励青年自主研发，他曾经六次改行，他也犯过错误。

"悲夫，英雄跨鹤归鸿蒙，剩十亿国民怀高士，两弹震吼铭青史；惊矣，人杰挥手辞暮年，留百万热土念达人，一星耀闪指苍生。"

——网友黄龙

"至今深刻记得大学入学教育时给我们展现的钱学长的那张试卷。"

——交大BBS论坛网友"黑马"

"北京今天鹅毛大雪,似乎在为钱老默哀。"

——网友REDLAW

"昏昏烛光送学长,点点河灯悼学森。"

——交通大学发起对钱学森的悼念活动

"如果我们拿出崇拜娱乐什么星的激情来尊敬像钱老这样的德智双馨的科学家,并以他们为榜样,何愁我们的国家不强盛!"

——新浪网友

"一生为国,不求名利,科技先驱,威震敌胆,两弹功勋,千秋万代!今乘火箭,'傲'游天国。"

——新浪加拿大网友

"人的一生是有限的,但钱老真正做到了把有限的生命投入到中华民族复兴的事业中。您留下的不仅是科学财富,更是中国知识分子的楷模。"

——网友大连天

"后来有很多同学想回来就回不来了,就卡在那儿,钱学森等于是冲破了重重阻力,通过他的爱人蒋英给她(蒋英)的妹妹传一封信,最后到总理手里,然后在华沙会议上谈判,这才回来的。"

——中科院梁思礼院士提到钱学森回国时的艰难

"绝不能放走钱学森!我宁可把这个家伙枪毙了,也不让他离开美国!无论在哪里,他都抵得上五个师!"

——美国海军部前副部长金贝尔当年得知钱学森要回国时说

"这些年钱老虽然年事已高,身体欠佳,但依然关心祖国,热爱祖国。很多人认为获得诺贝尔奖贡献大,但我觉得钱老的贡献比获得诺贝尔奖贡献更大。"

——钱学森的学生、中科院院士俞鸿儒

航天之父　归宿在中国

10月底，中国科技界双星陨落。2009年10月29日9时30分，我国生物物理学奠基人、中国科学院最年长的院士贝时璋在睡眠中安详辞世，享年107岁。就在两天之后，2009年10月31日8时6分，中国现代物理学家，世界著名火箭专家，我国航天事业的奠基人，中国科学院、中国工程院资深院士钱学森在北京301医院逝世，享年98岁。

"他闭着眼，躺在床上，神情是那样地安详。"中国载人航天工程首任总设计师王永志说，在当天上午9时赶到301医院的病房，恩师钱学森已经停止了呼吸。"一想到他再也不能给我面授机宜，再也不能和我交谈，心中充满了悲伤。"

漫漫归国路

"钱学森回国效力，中国导弹、原子弹的发射至少向前推进了20年。"《科学新闻》杂志总编辑贾鹤鹏说。为了这20年的时间，钱学森和他的家人经历了不为人知的苦难。

就在不久之前，为了筹建钱学森图书馆，上海交通大学档案馆档案史料研究室主任史贵全去美国国家档案馆整理资料，发现了一份钱学森归国之前的档案资料。"在这份八百多页的资料中，留下了钱学森与美国当局抗争的详情。钱老被美国当局诬陷为间谍，在听证会时，钱老义正词严地当庭反驳美国当局对他的种种污蔑。"在史贵全看来，这份资料至今读来仍令人惊心动魄。美国政府对这位麻省理工历史上最年轻的终身教授的政治迫害接踵而至。移民局先是抄了钱学森的家，把他本人关在特米那岛上，关押14天。紧接而来的，又是5年折磨人心的监视和软禁。钱学森长子钱永刚彼时还是一个蹒跚学步的孩子："在那段黑暗的岁月里，是我母亲蒋英的琴声和歌声，安抚着父亲低落的心情。"

在我国政府的斡旋和各方努力之下，钱学森和家人终于能自由回国了。由于飞机航班很少，回国心切的钱学森决定立即买船票回家。船务公司得到移民局的交代特意刁难钱学森。买船票时，售票员一听是钱学森，便说一等舱已卖完，只有三等舱船票。事实上，一等舱船票很富余。钱学森买了四张三等舱船票。就这样，在一个只有几平方米的小舱内，钱学森带着夫人和一对儿女一家四口睡着上下铺，踏上了回国的路。"我们全家一路颠沛辗转，终于到达深圳罗湖桥头。当时代表中国科学院来迎接我们回国的人,是科学家朱兆祥。"自踏上神州大地之后,在钱永刚的记忆中,父亲再也没有穿过西装。

二代的火箭让二代造

　　1966年10月27日,罗布泊的一声巨响震动了全世界——中国的两弹结合试验成功,中国拥有了真正的核武器。外电纷纷评论:中国闪电般的进步,像神话一样不可思议!看到这条消息,在家中的蒋英脑子里突然出现一个闪念——莫非是他?此时,与钱学森多年相濡以沫的夫人蒋英的担心已经到了极点,三个月了,没有一封信一个电话。果然,又是两个月过去了,钱学森背着深绿色的军用包出现在家门口,身体瘦了一圈,脸庞晒得黝黑,两只炯炯有神的眼睛深深地陷了下去……

　　"更让人肃然起敬的,是钱学森前瞻性的眼光。"贾鹤鹏认为。上世纪,我国开始研制第二代战略火箭,钱学森做出了一个大胆的建议:第二代战略火箭让第二代人挂帅。当时,年轻的王永志因为提出了大胆建议引起了钱学森的注意。

　　1964年,王永志参与我国自行设计的中近程火箭第一次飞行试验。在计算火箭的弹迹时,研发人员发现射程不够,需要考虑多加一些推进剂,但是火箭的燃料贮箱有限,再也"喂"不进去了。王永志结合当时炎热天气对推进剂密度的影响,经过周密分析计算,提出了一个独特的解决方案:从火箭体内卸出600公斤燃料,导弹就能达到预定射程。其他老专家都认为这个"反弹琵琶"的想法近乎天方夜谭。年少气盛的王永志不甘心,鼓起勇气向发射场技术总指挥钱学森直接汇报。

　　钱学森耐心地听完了王永志的想法后,马上把火箭总设计师叫过来,说:"就按年轻人的意见办!"果然,火箭卸出推进剂后射程增大了,连打三发,发发命中。之后,钱学森郑重建议,让王永志担任第一个型号的总设计师。现在,王永志除了对伯乐充满感激之情外,也感受到了钱学森的超越历史的眼光:"随着我自己年纪的逐渐增长,我越发认识到钱老建议的高瞻远瞩。"

　　佩服钱学森的眼光独到的人不止王永志。"有空经常到图书馆去浏览各行各业的杂志,看看别的行业有什么问题是我们力学家能帮助解决的。这样做,你就会一辈子'吃穿不愁'。"钱学森的几句指点,让中科院研究员范良藻记忆犹新:"这不就是我们经常讲的边缘学科的交叉和发展吗?50年前,先生就能说出这样具有超前意识的话,而我们到了20世纪80年代才有所理解。"另外,1984年,钱学森在我国首次提出的"沙产业"概念,也令当时的科学界耳目一新。钱永刚透露说,治沙是钱学森晚年投入很大心力的一个事业,目前他的一些设想正在慢慢实现。

(陈 琳)

与杭州有关的记忆

如果不是一路的指示牌，故居并不好找，在杭州马市街方谷园2号，一大片居民楼中间，有点儿"大隐隐于市"的味道，气氛很是肃穆，很多人看着，并不说话。从今天开始，故居开放三天，接受公众悼念。房子显得空荡而深远，很难想象，一个伟人的一生，从这里开始演绎。

钱学森和杭州，有一份特殊的感情：人生最初启蒙的三年，就是在杭州度过的。马市街的房子，原来是他母亲的嫁妆，钱老一直有意将房子捐给政府，中间也曾有不少户人家在这里居住过，一直到去年，这里才被改成了钱学森故居。

《第一财经日报》记者了解到，这个从去年就开始筹建的故居，一直到前天，里面都是空荡荡的。可是从昨天开始，陆续有人前来要追悼钱老。还是经当地的记者提醒，管理方昨天才想起应该把这个故居好好布置一下。

关于钱学森和杭州的故事，并不好找。据当地媒体报道，在大学毕业后，钱学森曾在杭州笕桥的飞机制造厂实习过一段时间。这大概是除出生以外，钱学森和这座美丽的城市唯一的联系了。

除此之外，就是血脉相连的关系。昨天，陈天山刚刚参加了杭州钱镠研究会举办的一个关于钱学森的追思会，他是钱学森的堂外甥。陈天山的嗓子有点儿沙哑，他表示，研究会将在11月5日去北京为钱老送行。

66岁的陈天山一生只见过堂舅两次。

"今年6月份的时候，他儿子（钱永刚）打电话告诉我们，说他身体还可以。我们想再等一等，就去看他。这一等，没想到就错过了。"

(李 娟)

毛泽东曾钦点钱学森坐身旁

这是一张拍摄于1956年的照片。照片的左侧，是当时刚回国不满一年的钱学森。"那天是2月1日，在中国人民政治协商会议的宴席上。"作家叶永烈在接受《第一财经日报》专访时，解说了"中国航天之父"钱学森与国家领袖之间的友谊，"按照原定计划，钱学森被排定在了三十几号桌。毛主席特意用红笔，在出席名单中勾出了钱学森的名字。服务员将钱学森请到了主席身旁。毛主席的意思很明确了：钱学森就是他的第一嘉宾。"

在影响钱学森人生道路的人的名单中，还有周恩来、聂荣臻和陈赓。从钱学森期望回国的时候，周恩来就千方百计为钱学森打通回国的道路。而在日后，他又多次亲切地把钱学森、钱三强、钱伟长称为中国科技界"三钱"。叶永烈考证说："'三钱'不知道是谁先想出来的，但总理这么多次使用，就成了中国科技史的一段佳话。"

"聂荣臻是钱学森的'顶头上司'。"根据叶永烈的说法，聂荣臻对于钱学森相当信任。他曾说："如果钱学森签了字，认为火箭可以发射，那就发射。如果没有钱学森的签字，任何其他项目负责人签字，都不能发射。"

在开国将领中，除了聂荣臻之外，钱学森和陈赓大将相当投缘，在性格、脾气、文化程度上相当对味。"陈赓是一位儒将，他们之间的交流很有默契。"回国不久，钱学森访问了哈尔滨军事工程学院。陈赓大将特意从北京赶来接待他，并热情地对钱学森说："哈军工打开大门欢迎钱学森先生。"在参观到一个小火箭试验台前时，陈赓问他："我们能不能造出火箭、导弹来？"钱学森不假思索地回答道："有什么不能的，外国人能造，中国人同样能造！"陈赓听后哈哈大笑，激动地握着他的手说："要的就是你这句话！"事后，钱学森才知道，陈赓是带着国防部部长彭德怀的指示，专程就此来请教他的。陈赓爽直的性格，也让钱学森记忆犹新。

（陈 琳）

系统论的重要推进者

俄罗斯作曲家格拉祖诺夫的音乐会圆舞曲在9分钟的时候，激昂的旋律戛然而止，留给这个时代的是一声悠长的音符。10月31日上午8时6分，这一天北京气温骤降，科学巨人钱学森也留下了生命中的最后一个音符，溘然长逝。

"他不是个无趣的人"

80年前，钱学森以第二名的成绩考入了上海交通大学工程机械系。在机械系的宿舍里，常常传出钢管的音乐。"那是他在吹，每天吹半个小时，他对音乐其实非常痴迷。"钱学森的大学同学、两院院士罗沛霖回忆说，那时候没有别的音乐活动，上海交通大学只有一个钢管乐队。

格拉祖诺夫的音乐会圆舞曲启幕，一个低沉的音符开始缓缓响起。钱学森在拿到学校奖学金的时候，专门跑到了南京路上，买回来格拉祖诺夫的两个曲谱和一套长篇：D大调第一音乐会圆舞曲和F大调第二音乐会圆舞曲。

"尽管看上去钱老几乎大部分的时间都用在了工作上，但他不是一个无趣的人，他的内心世界极其丰富。"一位1958级中国科大的学生在接受《第一财经日报》采访时这样说，那时钱学森兼任中国科大力学系主任，并亲自为1958级、1959级学生讲授"火箭技术概论"课程。

在上海交通大学的日子里，钱老就用小号这一简单的乐器，用自己特有的方式表达着丰富的情感，传递着心灵的语言，向世界显示着音符的力量。

罗沛霖回忆起钱学森爱好格拉祖诺夫曲子的原因就是，"他的色彩丰富"。尽管在后来钱学森很多时候听的是贝多芬的曲子，但格拉祖诺夫的色彩仍然一直影响着他。

"两弹一星"之外的成就

著名的航天专家、曾经在钱学森身边工作过的刘兆世仍然清晰地记得，钱学森1961年曾经对他说，自己改行过六次。"从交通大学学火车机车专业开始，到后来攻读航空专业，又学工程力学，然后搞火箭发动机，又搞火箭总体，再搞工程控制，现在在搞组织管理。"

没有人能够否认钱学森在航空航天领域的成就，除了耳熟能详的"两弹一星"之外，在《第一财经日报》记者采访了多位航天专家之后，这些航天专家给出了一致的意见：钱学森把现代科学提上了一个高度。

1955年10月8日，钱学森一家搭乘"克利夫兰总统号"邮船，与30名中国学者和学生结束了万里航行，钱学森的博士生认真地记录下航行的镜头：钱学森一手牵着七岁的儿子，一手抱着吉他，同时还要和一起回国的人探讨问题。

就是在这次旅途中他遇到了许国志——许国志后来成为系统科学家和中国系统工程的主要创建人之一。钱学森得知许国志致力于研究运筹学，他敏锐地觉察到运筹学的重要性，就在中国科学院力学所设立运筹学研究小组，并请许国志到该小组工作，并表示了把运筹学和社会主义计划经济结合起来的想法。1959年钱学森还建议在航天五院科技部设立作战研究处，重点研究运筹学在组织管理中的应用。

系统论就是把看上去互不相关的见解联系起来，把零散的成果组织到一起，勾画出一幅广阔的严密的系统科学的图景，使组织管理这门学科产生了一次飞跃。在系统工程的框架下，钱学森也将现代科学分为社会科学、数学科学、自然科学、系统科学、人体科学和思维科学这六大类，并将各门科学分为工程技术、技术科学、基础科学和马克思主义哲学这四个层次。这是系统观对现代科学技术体系的一种看法。

钱学森后来构建出来的系统科学体系结构认为，在系统科学中，工程技术包括各门系统工程、自动化技术和通信技术；技术科学包括运筹学、控制论和信息论；基础科学是系统学；系统观将充实科学技术的方法论，并使马克思主义哲学随着系统科学的发展而发展。这是一个清晰的体系结构。

实际上，包括航天系统在内的很多工程都引入了系统工程。公元前250年，李冰父子和四川人民，就修筑了由"鱼嘴"岷江分水、"飞沙堰"分洪排沙和"宝瓶口"引水三个分系统巧妙结合而成的都江堰系统工程。在新中国成立后，系统工程被广泛运用于各种大型项目中。不过，直到上世纪70年代末80年代初，这个体系才由钱学森和许国志等人完成。

圆舞曲终于画上了最后一个绵长的音符，如此亘古。10月31日那天晚上，北京下了一夜的雪。11月1日，钱学森位于北京的家中设立灵堂，各界人士冒雪前往吊唁，纷纷扬扬的大雪仍然在继续……

（高永钰）

上海交通大学校长张杰：他留给我们一张重若泰山的考卷

对于上海交通大学的学子来说，这位98岁的可敬老人，在他们心目中永远的名字是学长；对于上海交通大学校长、中科院院士张杰来说，无法忘记的一幕，定格在他第一次在校史博物馆见到的那张简洁的横格试卷纸。

"那是我们的镇馆之宝。"10月31日深夜，张杰在接受《第一财经日报》独家专访时说。

这张试卷上，一共有六道题的答案。英文字迹工整清秀、手绘的图形清晰规范。这是1933年1月钱学森的水力学试卷。这门课的授课老师金悫用红色水笔打了三个钩后，在试卷上方给了一个满分——100分。

从试卷上看，这个满分后来被划掉了，一个"96"补在了旁边。仔细看，在试卷不起眼的角落里，一个连等式运算的字母N下面，少写了一个下标"S"。

就是这个下标，让青年钱学森觉得不安。他立即举手，要求扣掉4分。

"他留给交大人的，不仅仅是一张考卷，而是诚实、严谨的治学精神。"张杰面色凝重，悲痛之情溢于言表，"他是让我们骄傲的校友，也是我们最杰出的校友。钱老永远活在我们心中。"

2006年12月9日，接任校长一职尚不足两个星期的张杰院士，与自己的前任、上海交通大学原校长谢绳武，以及上海交通大学党委书记马德秀一起赴北京，为钱学森先生庆祝95岁生日。

尽管后来张杰又有几次机会与钱学森面对面，但那次见面一直烙印在他的脑海中。在北京阜成路8号——"航天部大院"简朴的家中，钱学森老人端坐在床上，笑容满面，精神矍铄。与他相伴一生的蒋英教授拿出巧克力招待来自钱老母校的客人们。

当钱老得知张杰就是上海交通大学的新任校长，并且也是学物理出身时，更觉亲近。"这也是我第一次近距离见到我从小就敬仰的这位为祖国、为人民做出巨大贡献的科学家、民族英雄，亲耳聆听钱学长谈起他在交大求学时的许多美好的记忆。那天钱学长非常兴奋，谈了很多很多。"

"他对母校抱有非常大的希望。他说我们的大学，最重要的使命是培养人，本科教育要加强。"这句话，带给张杰强烈的震撼。

从2008年开始，上海交通大学在本科教育方面出现了变局。"我们把简单的知识传授，变成了知识传授、能力建设加上人格养成三位一体的全新的、根本的育人理念。"张杰说，"我们希望，在交大的四年能够成为每一位交大学子努力修身，知行合一，以天下为己任，而具齐家治国之才的四年。"

在接受《第一财经日报》独家专访之后，张杰有感而发，回到学校后连夜写了一篇悼念钱学森的文章，发布在交大网站的首页上，他一直忙到清晨6点。

（王立伟）

经叔平

经叔平："破冰者"的使命

如果不是突然与世长辞，可能经叔平的名字就会永远隐匿在日益喧嚣的中国市场经济的氛围中了。谁会在意曾经的"红色资本家"怎样呕心沥血努力从体制内拼出一条不曾有的路？

"经老一手创办民生银行，又在任董事长十年，对民生的功劳没得说。"民生银行人士对《第一财经日报》记者说。他平易近人，没有董事长的架子，之前去民生银行各分行视察时，给各地分行都留下极为深刻的印象。"行里怀念他的人很多。"

"他瘦瘦高高的，聪明、谦和，说话斯文，没有沾染一点儿官场气息。我曾想过，如果能有这样一位父亲，那真是一件幸福的事。"财经作家苏小和回忆与经叔平仅有过的两次面对面接触时的印象时说。

"红色资本家"的博弈

经叔平是浙江上虞人，1918年7月出生，其父经易门在上海开有纱厂。1934至1939年在上海圣约翰大学新闻系学习，但毕业后在去香港某新闻社应聘时因路途耽搁迟了一步。后来，经叔平到父亲的企业上海新中实业厂当副经理，逐步进入商界，并进入卷烟行业，先后担任上海华明烟厂副经理、经理和上海华成烟厂经理。

新中国成立后，经叔平成为上海卷烟联合生产销售公司总经理兼上海卷烟同业公会主任委员、民建上海市委副秘书长。1952年，各地相继组建工商联，出任上海市工商联副秘书长的经叔平分管税收募债。为了既杜绝偷税漏税，又使税收合情合理，经叔平建议在上海推行建账工作，后被全国工商联推广。

从1956年受全国工商联首任主任委员陈叔通邀请赴京工作起，经叔平历任全国工商联副秘书长、常委、副主席。

1978年，受邓小平委托筹建中国国际信托公司（下称"中信公司"）的荣毅仁找到了一些已沉寂多时的"红色资本家"，其中就有经叔平。

花甲之年，再度出山，经叔平协助荣毅仁二次创业，组建中信公司，随后组建了中国第一家咨询公司——中国国际经济咨询公司、第一家会计师事务所——中信会计师事务所、第一家律师事务所——中信律师事务所。

"他还推动了中国第一家合资租赁公司的诞生。"中国外商投资企业协会租赁业委员会常务副会长屈延凯对《第一财经日报》记者说。

"我很多理念是从他那儿学习的"

或许，对于融资租赁业的推动并不是经叔平一生事业中最耀眼的部分，但在屈延凯看来，经叔平是中国融资租赁业发展史上最重要的人物之一。

他最早提出了银行应该和融资租赁有合作。"我很多观点、很多理念也是从他那儿学习的。"

"发展融资租赁一直都是经叔平放不下的事情，那时他在工商联我还专门去拜访过他，他的远见卓识，对融资租赁的持续支持，我们都很感谢他、怀念他。"屈延凯说。

屈延凯第一次与经叔平打交道是在1984年。其时屈延凯刚刚进入融资租赁业不久，经叔平与荣毅仁、闵一民等中信元老创建了改革开放后第一家融资租赁公司——东方租赁。经叔平是最早倡导融资租赁法规的人之一，1984年就与闵一民等人起草了《融资租赁管理办法》第一稿，虽然当时未能出台，但是其意义重大。

屈延凯回忆，1996—1998年，外商融资租赁公司遇到严重的欠租问题。1996年3月，经叔平在政协八届四次会议上，提出《关于尽快解决企业拖欠中外合资租赁公司租金问题的提案》，表示要维护国家信用，并为解决欠租问题做了很大贡献。他还在政协会议上，对《合同法》中应包含融资租赁相关内容做出建议，推动了融资租赁的立法。

经叔平到民生银行工作之后，大约2001年左右，提出要发展融资租赁，支持中小企业、促进再就业。

"民生"梦

1993年10月，年届75岁的经叔平在全国工商联"七大"上当选为执委会主席，成为继陈叔通、胡子昂、荣毅仁之后的第四位主席。并于1997年再次当选，连任至2002年。

在当选后的第一次大会上，经叔平说："我愿意与大家一起做几件事情，可以办一家银行，着重帮助民营企业融资。"

1993年12月30日，经叔平以个人的名义，给当时的国务院副总理兼中国人民银行行长朱镕基写信，提出了自己的想法：由全国工商联牵头，办一家以民营企业投资为主的股份制商业银行。经叔平的信在两天后得到批复，朱镕基的意见是请人民银行予以考虑。

1995年5月，全国工商联终于得到了央行颁发的许可证。1996年1月，民生银行挂牌运作，78岁的经叔平被推选为董事长。民生银行85%的股本来源于非国有企业，但经叔平本人不持股，评论者称"这在中国股份制改革的进程中是绝无仅有的"。2000年12月19日上午9时30分，经叔平敲响了民生银行在上海证券交易所挂牌上市的锣声。

早在2004年，经叔平就认准了从传统公司银行业务向零售银行业务转型的构想。如今，民生银行零售部门正在力推针对小企业融资的产品，并力图将其打造为民生银行的主营业务。2006年6月，经叔平正式卸任民生银行董事长一职，但仍担任名誉董事长。

"他从银行业务中总结出几句话，比如：锦上添花积极做，雪中送炭谨慎做。"屈延凯说，很风趣，但是警示了银行的风险管理。

经叔平很重视用信息化手段监管银行风险。在他的任期内，民生银行支持了采取计算机信息化代理机制防范风险方面的书籍出版。

经叔平已经完成他这一代的企业家的使命，时代的局限性并不是通过某个人的力量能够改变的。有人说，他所穷尽毕生努力的结果，如果放到全球来看，不过是告诉别人，"中国也上过幼儿园"了。只是，对于一个"破冰者"来说，放到当时的情境中，你又能苛求些什么呢？

（柏亮　周静雅）

爱德华·肯尼迪

"参议院之狮"爱德华·肯尼迪辞世

美国国会资深参议员爱德华·肯尼迪于当地时间8月25日因脑癌去世,终年77岁。肯尼迪的家人说,他周二晚些时候在马萨诸塞州小镇海恩尼斯港的家中离世。

肯尼迪议员在去年5月被确诊患有脑癌并坚持接受了手术。在今年1月份奥巴马就任美国总统的午宴上,肯尼迪议员突然昏倒后就一直在马萨诸塞州的家中接受治疗和休养,因此今年的大部分时间都一直未在参议院工作。

在他的参议员生涯中,他一直致力于推动包括民权、教育、移民和医疗改革在内的自由派议题。从1962年担任马萨诸塞州参议员起,肯尼迪曾七次连任马萨诸塞州参议员,是本届国会任职时间第二长的参议员,也是美国政界最有影响力的人物之一。

"全美第一家庭"辉煌散去?

在去年的美国总统竞选期间,就在美国国内为民主党将推选谁作为该党的总统候选人争论不下的时候,很多资深人士都表示,"要从肯尼迪议员支持谁来评断"。在爱德华宣布支持奥巴马之后,奥巴马在民主党内的声誉扶摇直上。很多分析人士认为,在总统选举的后期,是肯尼迪议员把奥巴马一路扶上了总统的宝座。

爱德华曾表示,他在老友希拉里和新人奥巴马之间犹豫很久,最后因为奥巴马在演讲中说出了自己的心声,决定表态支持。而且奥巴马风度翩翩、言行得体、不卑不亢、有礼有力,很有约翰·肯尼迪当年的风范。爱德华说,他对于仍然相信美国梦和追求变革的奥巴马表示支持。他说,约翰·肯尼迪当年也是个年轻的候选人,激励美国超越新的界限。

自从约翰·肯尼迪以朝气蓬勃、英俊潇洒的形象在电视辩论中击败尼克松,赢得1960年总统选举之后,"肯尼迪"就变成一个全美国瞩目的姓氏和评估总统候选人形象的标准。

事实上,爱德华是受到所谓"神秘诅咒"的"全美第一家族"中唯一一位得享天年的男人。爱德华·肯尼迪议员出生于1932年,是美国前总统肯尼迪最小的弟弟。爱德华是肯尼迪家族第二代的男丁中唯一一个因为自己患病而死亡的。美国历史上最显赫和最有影响的肯尼迪政治家族一直以来都与各种飞来横祸和非正常死亡联系在一起。

在过去50年中,有八位肯尼迪家族成员都是因为非自然的因素死亡,最轰动的是肯尼迪的哥哥——美国总统约翰·肯尼迪在1963年遇刺身亡。5年后,肯尼迪总统的另一名哥哥罗伯特也遭遇同一命运。

此前,肯尼迪总统的哥哥,肯尼迪家族长子约瑟夫在二战中死于飞机失事。在肯尼迪总统的哥哥罗伯特·肯尼迪遭到暗杀几个月之后,许多民主党参议员认为,爱德华·肯尼迪竞选美国总统可能是"大势所趋"。爱德华也确实曾经尝试竞选总统,挑战当时的总统卡特,但止步于党内初选阶段。阻断他白宫之路的是1969年的一起车祸。

他在马萨诸塞州查帕奎迪克镇参加一个集会后晚上开车回家,途中车子冲入桥下,他成功逃生,但延迟报案,造成一名女乘客丧命。爱德华后来在庭上认罪,被判两个月监禁,但获得缓刑。很多人怀疑这起车祸另有内情。每当他考虑竞选总统时,车祸阴影总是挥之不去。爱德华后来宣布,自己"还没准备好当总统",随后竞选国会参议员。

肯尼迪家族的第三代,虽然也活跃于政坛,较出名的有爱德华的侄子、罗伯特的儿子约瑟夫,55岁的他连续六届担任马萨诸塞州联邦众议员,但他热衷搞慈善多过政治。爱德华的儿子帕特里克也担任过多届罗得岛联邦众议员,但2006年的一次车祸,也让他的政途蒙上阴影。外界认为,肯尼迪家族的辉煌道路可能就到爱德华为止。

"参议院之狮"

在参议院中,不论是民主党还是共和党占主导地位,爱德华·肯尼迪一直都被称为"参议院之狮",是"民主党人"中的"民主党人"。在今年8月,他被总统奥巴马授予总统自由勋章。

奥巴马对肯尼迪参议员的去世发表声明说,他对肯尼迪议员的去世感到心痛。奥巴马说:"在50多年的时间里,几乎所有同民权、美国人的医疗和福利有关的立法都与他(爱德华·肯尼迪)的名字联系在一起,都通过他的努力而得以通过。"奥巴马说,肯尼迪参议员的去世让美国失去了一位当今最伟大的议员。

在爱德华宣布放弃总统竞选并入选参议院后,他把精力都贡献给了参议院,并建树良多,为人称道。爱德华的任期要到2012年才满,他的辞世可能削弱民主党在参议院的力量。

美国会少数党领袖里德参议员也发表声明说,同肯尼迪参议员的合作让他一生都感到激动。里德说,肯尼迪参议员是一个公共服务的典范和美国的一个标志,是民主党中"德高望重的人"。

美国前总统布什发表声明表示，他一直都对肯尼迪议员所做的公共服务非常尊敬。布什说："肯尼迪议员的去世也代表着美国参议院的一个辉煌的篇章的终结。"

美国前总统里根的夫人南希·里根也发表声明，表示了对肯尼迪的悼念。"因为我们在政治上的不同，人们总是很奇怪里根总统和我怎么同肯尼迪家庭走得这样近。"南希说，"但是他（里根总统）总是能够找到共同点，他们彼此互相尊重。我会想念他的。"

在肯尼迪参议员位于华盛顿的国会山办公室的墙上有多幅颇有气势且非常专业的风景画油画作品，据称，这些都是肯尼迪参议员的手迹，是他在20世纪60年代飞机失事后的漫长的身体康复期中完成的。其中的一幅海景画中，画的是他在海恩尼斯港海边的家，漂在海上的是他曾经驾驶过的一艘小帆船。

肯尼迪参议员曾将他画画用的水彩染料送给一位负责报道国会新闻的记者，这位记者被诊断为重病后，肯尼迪参议员派人将水彩染料送到这位记者的病房，鼓励她像"他"一样，专心画画同病魔战斗。

（孙　卓）

相关

爱德华·肯尼迪

爱德华·肯尼迪1956年毕业于哈佛大学，1958年从荷兰海牙的国际法学院毕业，1959年又从弗吉尼亚大学法学院毕业，获得法学博士学位。求学期间，爱德华·肯尼迪还曾在美国军队服役，并在法国和德国驻扎过。

爱德华·肯尼迪在1962年当选为参议员，至今已经42年，当时他才30岁，刚刚达到竞选国会参议员规定的年龄。值得一提的是，美国历史上只有五位参议员担任参议员的时间超过40年，爱德华·肯尼迪就是其中之一。

1962年爱德华·肯尼迪当选参议员时，是补哥哥约翰·肯尼迪的缺，因为约翰·肯尼迪在担任参议员期间当选为美国总统。在那以后，爱德华·肯尼迪又多次当选连任。

在多年的政治生涯里，爱德华·肯尼迪对自己的政绩是非常自豪的。他在推动民权、医疗保健、公平居住、公共教育、救济穷人等立法方面都取得了很大成就，成为美国国会参议院里最受人尊重的参议员之一。美国政界和舆论界普遍认为，爱德华·肯尼迪是美国历史上最杰出的参议员之一。

他的哥哥肯尼迪总统于1963年11月22日被人刺杀，他的另一位哥哥罗伯特·肯尼迪于1968年6月5日被人暗杀。最年长的大哥则在二战中因飞机失事意外身亡。

爱德华·肯尼迪是肯尼迪家族的三大政治家中最年轻、看上去最有前途的一位，却没有竞选上总统。这主要缘于一起车祸。

1969年7月18日，爱德华在查帕奎迪克岛举行派对，派对结束后，他驱车带一名女孩玛丽同行，不料过桥时发生交通事故而坠桥，爱德华自己爬出车子游到岸上得以脱险，随后离开了现场。

但直到这名女孩的尸体被发现，爱德华都没有向警方汇报此事。这成为他此后政治生涯中的人格污点。7月25日，他被指控有罪并判处两个月监禁。

随后他通过广播对国人做了解释，他说"对自己没马上向警方汇报这一事实没什么可辩护的"，并表示自己没有酒后驾驶，也没与这名女孩发生不正当关系。

1970年，马萨诸塞州最高法院对此案做了秘密审理。最终，大陪审团做出了无罪判决。不过，外界对此案一直有各种版本的猜测，这也成为爱德华政敌利用的绝好武器。

尽管他在1970年的参议院选举中，击败了选举资金不足的共和党对手，1971年他还是失去了一些党内代表的支持，丢掉了参议院民主党党魁的位子。他知道自己在1972年的总统角逐中希望渺茫，尽管党内人士一再鼓动，他都拒绝出山。

不过美国政界人士却认为这也许是他的幸运，因为他是进入政坛的三兄弟中唯一活下来的人。

四兄弟中他是性格最温和的一位，不像总统哥哥那样长于雄辩，也没有司法部长哥哥罗伯特那种充满魅力的热情。在这个近百年来一直蒙受厄运萦绕的政治家族中，爱德华在经过一连串个人和家族遭遇的飞来横祸和丑闻的历练后，终于明白了从政取舍之道，摆脱了家族男丁短命且不能久居高位的宿命。

2009年，被形容为肯尼迪家族最后一位最具影响力的成员的爱德华，于当地时间25日晚去世，享年77岁。

(《第一财经日报》整理)

吴泓

时尚教父吴泓："人的时间是公平的"

从8月22日到昨日（8月25日），人们从四面八方赶到位于北京世贸天阶旁的时尚大厦吊唁吴泓。作为中国时尚界教父级人物，时尚传媒集团总裁吴泓在中国树立了时尚理念，让人们知道，时尚能够改变生活，时尚离自己并不遥远。

《时尚》诞生于16年前的8月，16年后，同样在8月，46岁的吴泓因胰腺癌驾鹤西去。

10万元——《时尚》的起点

走进时尚大厦，气氛很沉重，空气仿佛凝结了一般，大厦工作人员、时尚集团的工作人员全部是一袭黑衣。

在18楼，通往吊唁吴泓的大厅的走道几乎全部被鲜花占据，吴泓的黑白相片两旁，摆放着各式花圈，诸多他亲手创办的时尚系媒体的花圈格外醒目：《时尚》、《时尚新娘》、《时尚先生》、《时尚芭莎》……

"作为中国时尚高端媒体的重要开创者和奠基人之一，他的离开对于整个时尚产业而言无疑带来了巨大的损失。"中国服装协会秘书长王茁这样评价吴泓。

1963年7月生于江苏的吴泓在恢复高考的第三年，即1979年考入南京大学中文系。吴泓广为人知的是他对书法的热爱和造诣，这从他在南京大学读书的经历中也有迹可循。吴泓曾经选修过的课程是"文字学"和"书法理论"。"他那个时候就表现出了对书法的热爱。"一位吴泓多年的老友回忆说。这位老友透露，吴泓曾获得过著名学者侯镜昶教授的指导，还出版过《吴泓书法作品选》。

《中国旅游报》是吴泓的第一个工作单位，是由国家旅游局主管、中国旅游协会主办的全国性行业报纸。在这里，吴泓用了将近10年时间从记者、编辑做到新闻部副主任。也是在这里，他结识了时尚创业时的搭档、毕业于北京师范大学中文系的刘江。此外，还有个羌族小伙子也与吴泓颇为投缘，他是毕业于中央民族大学中文系的张波。

如果追溯《时尚》创意的最初来源，很多人认为，这源于吴泓、刘江和张波主动接下的《中国旅游报》月末版，这是一份彩色印刷的增刊。

上世纪90年代，伴随着国门打开，一些西方的高端品牌商品和服务也随旅游走入了中国，并逐渐渗透进中国一线城市。吴泓在负责月末增刊的时候，注意到这个领域的暗流涌动，他显然是中国最早意识到这个机会的人。

于是，吴泓向报社提出，希望创办一份刊物传递最新的商品和理念，他的想法得到了报社的支持。报社将东单西裱褙胡同54号的一处仓房小院腾出来，作为杂志的办公地点，拨款10万元作为开办经费。吴泓担任社长和总编辑，参与者就是刘江、张波以及从军队退伍后加入的艾民，他们是《时尚》的四位创始人。

1993年8月8日，双月刊《时尚》诞生了。封面是德国时装模特儿巴金斯基，一半黑白页，一半彩色页，印量1万册。

从办杂志到传媒集团

《时尚》注定要载入中国传媒业历史，因为她是中国第一本以白领阶层为目标读者的高档杂志，她采用了在当时看来很前卫的双封面倒翻的形式：一半是女性世界，一半是男性世界；内容方面的另一个亮点是投入了近1万元拍摄"模特与名犬"专辑，在当时颇为大胆。此外，《时尚》10元的定价也创了当时期刊的最高纪录。

创刊号的广告收入是5.7万元，刊登了中旅总社、赛特购物中心等广告。吴泓生前曾告诉《第一财经日报》记者，当时他和刘江等几个人都骑过自行车到各大写字楼去推销，开了期刊直销之先河。

到了1994年出版《时尚》当年第五期前，吴泓等几个人决定把辛苦积累的几十万元投进去，全部改为彩印，让《时尚》成为名副其实的高档杂志。1995年的《时尚》定价15元，全部彩色页面，最厚一期已有140页。《时尚》的脚跟站稳了。

从《时尚》开始，时尚集团滚动发展起来：与《VOGUE》、《Marie Claire》等拥有国外版权的新闻传媒集团合作，推出《时尚先生》；1997年9月与美国国际数据集团公司（IDG）正式合资组建北京时之尚广告有限责任公司，走上国际化道路，吴泓担任董事长，并形成了被称为资本与传媒结合的"黄金三角"（吴泓、刘江和熊晓鸽）。

美国CNN在1997年报道《时尚》时，认为《时尚》是影响中国人生活的几本著名杂志之一。

吴泓离开的时候，时尚集团直属和代理的杂志多达17本，让他感到骄傲的是，这些杂志都是赢利的。

去年8月，在时尚集团成立15周年的活动上，吴泓曾告诉《第一财经日报》记者，他想从传统媒体转向尝试新媒体，他想拍电影、做互联网企业，他甚至希望在政策放宽后，时尚集团或旗下的媒体也能改制并实现上市，实现管理层和员工持股，让时尚的员工生活过得更富裕一些。

　　吴泓认为，杂志媒体的发展就是越来越品牌化和全球化。"时尚的品牌已经创立了，现在是要把时尚从一个单纯的出版集团发展为传媒集团。"所以，近年来，时尚已经涉足图书、影视、网站和发行等诸多领域。

　　至今，在时尚大厦18层还特意保留着东单西裱褙胡同54号小院的"复原版"作为纪念，让参观的人感受到时尚的创业艰辛。现在，原址已经被高楼大厦所取代。

　　"你知道吗苏芒，人家问我怎么办杂志，办一本成一本，其实，人的时间是公平的，人家打高尔夫的时候，我看杂志，人家卡拉OK的时候，我看杂志。"吴泓告诉《时尚芭莎》主编苏芒。吴泓走过的成功之路，没有诀窍，更没有捷径。

　　　　　　　　（陈黛　《第一财经日报》记者刘雪梅对本文亦有贡献）

季羡林

季羡林：一个时代的结束

"称其为大师，并不是抬举他，相反，在这样的一个时代，任何评价，实际上可能都是贬低了他。"复旦大学一位不愿意透露姓名的知名学者，如此评价他心目中的前辈。

著名学者季羡林于2009年7月11日8点50分左右在北京病逝。同一天，另一位学术泰斗任继愈也相伴西行。随即，各种各样的评论和悼念铺天盖地而来，相对而言，大众对较为陌生的任继愈反应较为冷淡。

这恰恰印证了上述学者的另一评语："晚年的季羡林与晚年的巴金一样，他们的存在与不存在，已经被符号化了，值得尊敬的是他们始终如一的清醒。"

寂寞学术路

季羡林以"国学大师"名闻天下，记者昨天随机采访了身边的朋友，很多人亦是脱口而出以"国学"概括他的研究方向，但对具体的学术领域，则不甚了了。

有点儿反讽意味的是，季羡林一生致力的学问，却很难以"国学"概括。据季羡林自述，1946年回国以后，他兴趣最大、用力最勤的是佛教梵文和吐火罗文的研究，其次是中印古文化关系史和印度佛教史的研究。

与钱钟书一样，晚年的季羡林也意识到，很多人对下蛋母鸡的兴趣，超过了对鸡蛋本身的兴趣。针对公众的误读，这位万事认真的学者特意著文称："我在这里昭告天下：请从我头顶上把'国学大师'的桂冠摘下来。"但公众更愿意将这样的诚恳视为大师式的谦卑，桂冠依旧被戴在季羡林的头上，甚至在他逝世之后。而他给自己最尊敬的法师、翻译家玄奘的献礼之作《大唐西域记校注》，却曾是当当网上长久处于缺货状态的书籍。

最开始，季羡林先生所走的学术之路，在国内鲜有同行者，因此，他也可以说是上述研究领域的开辟者，是中国东方学研究的一代宗师，至今无人可望其项背。

1911年8月6日，季羡林出生于山东清平县官庄的一个贫苦人家。与很多五四时期的世家子弟出身的大家不同，季羡林自述那时家里没有片纸，遑论书籍。早年读书，他也没有显示过人的天赋，他说，一开始他就是个胸无大志的孩子。

"我这个人颇有点自知之明，有人说，我自知过了头。"事实上，这样的基调，也是他概括生平自传全书的基调，他不止在一处提到了"自知之明"和"我胸无大志"。

正是这样一位朴实的农家之子，以其坚韧和单纯，走出了一条绝非平常的真理之路。他最初在清华大学陈寅恪先生处了解梵文和定下了学术的萌芽志向，后又留学德国哥廷根大学，主修印度学，学习了梵文、巴利文、俄文、南斯拉夫文和阿拉伯文等，并从世界吐火罗文的权威Sieg教授那里学习了这门濒临绝迹的语言学，以及《梨俱吠陀》、《波你泥语法》、《大疏》等课程。

1946年，季羡林回国后受聘为北大副教授，仅一个星期后，他就被当时的文学院院长汤用彤破格提拔为正教授，兼文学院东方语言文学系主任和文科研究所的导师。一个星期由副转正，这个纪录在北大至今没有被打破。

留德十年，季羡林还留下一段遗憾的情史。由于不会使用打字机，在写博士论文那几年，季羡林经常到友人迈耶家里，请他们的大女儿伊姆加德打字，因为论文内容"稀奇古怪"，对伊姆加德来说，如同天书，季羡林因此需要在她打字的时候坐在旁边解释，往往工作到深夜，他再摸黑回家。

离开德国，意味着，就要与美丽的伊姆加德永别。季羡林在日记中说："但又有什么办法？像我这样一个人不配爱她这样一个美丽的女孩子。"更真实的原因，其实是季羡林不能放下糟糠之配。

1983年，鬓已星星的季羡林重返德国哥廷根时，曾找过昔日的姑娘，但二人未曾再见。多年后，据好事人考证，这位老打印机的主人，终身未嫁。

在1996年写作完毕的《季羡林自传》这本书里，季羡林用了2/3的篇幅描写他前35年的人生，而回国之后的经历，他只写了短短100页，其中的大部分，用于缅怀去世的亲友。此种篇幅安排，颇有"如今识尽愁滋味，欲说还休、欲说还休"的味道。

守门人的《罗摩衍那》

探讨自由的哲学家斯宾诺莎一生都以磨镜片求生，著名作家卡夫卡是一位朝九晚五的上班族，但正是在这些看似凡庸的工作期间，他们创作了伟大的作品。而季羡林开始翻译古印度伟大史诗《罗摩衍那》时，他是北大女生宿舍的守门人，时值"文革"。

1973年，"四人帮"还在台上，季羡林那时"虽然不再被打倒在地，身上踏上一千只脚，永世不得翻身"，但更令他痛苦的是精神导航的迷失。他回忆说："国家的前途，不甚了了；个人的未来，渺茫得很。只有在遥远的未来，在我所看不到的未来，也可以说是，在我的心灵深处，还有那么一点儿微弱但极诱人的光芒，熠熠地照亮了我眼前的黑暗，支撑着我，使我不至于完全丧失信心，走上绝路。"

"文革"初期，曾有一次，季羡林在兜里装上了安眠药，准备悄悄地到圆明园的芦苇里静静地死去，但刚要出门，就被红卫兵堵住，拉出去斗争，一顿痛打。回来以后他痛定思痛地说，既然人生这么短促，为什么不利用这短促的时间，干点儿有价值的事呢？

当了看门人后，他开始了《罗摩衍那》的地下翻译。因为怕被红卫兵发现，他偷偷地在家里头把原文抄在小纸条上，然后在传达室趁没人经过时拿出小纸条，躲在角落逐字翻译。他说严复翻译，"一名之立，旬月踌躇"，而他是"一脚（韵脚）之找，失神落魄"。"文革"结束，这篇长得惊人的巨著才完成了前三篇的翻译。

《罗摩衍那》对东亚文化有着深远的影响，在中国的《西游记》里可以找到影子，时至今日，在泰国的很多寺庙里，都绘有罗摩王子故事的系列精美壁画。

"你知道吗？神圣的、伟大的罗摩英勇无比，/大海一样地深不可测——我就是他的发妻！//你知道吗？高贵的罗摩过着圣洁的日子，/榕树一样地高大、庄严——我就是他的发妻！//巨臂、宽胸，佩着长弓和宝剑，他那么威武，/像是凡人中间的狮子——罗摩是我的夫主！"

这是《罗摩衍那》中著名的《悉多之歌》，全诗张扬了一种永不屈服的高贵，词韵古朴，犹如《圣经》里的《诗篇》，在文字背后，读者能够体味到，在那些荒凉的岁月中，翻译者的激情和"心中的光芒"。

事实上，《罗摩衍那》从1973年开始翻译到1983年前全篇出版，这十年刚好是中国知识分子经历的最深刻的流放之旅，他们像罗摩一样与群魔作战，最终胜利归来。经历了最深的黑暗，正义战胜了邪恶。翻译事业、译者本人，乃至整个中国，都经历了这趟最难忘记的命运旅途。

一个时代的结束

前夜，季羡林在燕北园独门独栋的平房如往常一样，只是木栅栏的门上多了一束鲜花。这是《第一财经日报》驻北京的一位北大毕业的记者，献上的最真挚的悼念。

二月兰，是季羡林非常喜欢的花，每到春天，都会开遍他山东官庄故乡，也会开满美丽的北大校园。但令晚年的季羡林遗憾的是，曾一起赏花的许多亲人，他的婶母、夫人、最心爱的女儿，友人周培源、冯至、沈从文、吴祖缃等，都一一离他而去，甚至包括他养过的那些小猫。在写了一篇又一篇的悼念文章之后，他引用杜甫诗感叹："访旧半为鬼，惊呼热中肠。"

以98岁的高龄辞世，对一位淡泊名利的孤独的老人而言，也许是一种煎熬。

去年，季羡林被卷入扑朔迷离的"收藏书画被盗卖"事件中，晚年季羡林的生活被部分曝光，此事牵动了很多"季迷"的心，但善良的老人，并没有多说什么。他的朋友曾痛心地说过，晚年的季羡林有时候不会说"不"。

北京师范大学文学院教授赵仁珪说："季老的过世是一个时代的结束。"这不仅仅是因为像他这样的学者越来越少了，还因为他在世的时候，给人们提供了一个巨大的反差：这个时代的浮躁，和这位学术坚守者的宁静与单纯。斯人仙逝，给公众造成巨大的心理空缺，使得大众精神偶像的投射又失去了一个对象，而这样的投射和偶像化，恐非逝者本人所期望。

"用学者来称呼，或许才是对他最大的尊敬。"上述复旦学者说。

研究了一辈子的佛教历史，季羡林却并非一个佛教徒。他以学者自称自命，"追求真"，才是他心中的宗教。他回忆"文革"的《牛棚杂记》，被认为是对那个时代的最好的记录和反思之一。他家里的书堆成山，但他并未被书所淹没，他发出的最强悍的声音之一，就是"认识你自己"。几千年前古希腊神庙将这句话镌刻在石柱上。季羡林认为，有必要不断重复这句话，提醒自己和后人，永远地忠实自己。

（吴乐晋）

鸠山由纪夫

日本变天：国民对官僚体制产生憎恨

"海部俊树前首相落选。"
"盐谷立文部大臣落选。"
……

昨晚的日本，执政的自民党陷入悲哀之中，其重量级干部落败于众议院选举（大选）的消息不断传来。开票才进行了一个半小时，自民党选举对策本部长菅义伟就公开宣布："自民党遭受了历史性的惨败。"

与此同时，日本最大的在野党——民主党总部不断传出三十出头、毫无政治经验的公司小职员战胜自民党元老当选众议员的消息。在开票现场，一朵朵小红花挂在了民主党候选人的照片之下，红红的一片，煞是好看。

一边是欢喜，一边是眼泪，这成为日本此次大选最真实的写照。

截至昨日22时《第一财经日报》记者发稿时，民主党已获得众议院的293席，比其在上个月刚刚完成使命的上届国会众议院中的席位猛增了三倍，且获得了众议院480席中过半数的席位。而自民党则大减了2/3的席位，只得到103席。这一数字宣告了自民党执政日本半个多世纪历史的结束，而成立仅13年的民主党获得了组阁权。民主党党首鸠山由纪夫成为日本新首相已成定局。

自民党被迫两周内选新总裁

而落败的一方，却难免被喝倒彩。昨晚，自民党干事长细田博之代表党中央执行部，向作为党总裁的麻生太郎提出了集体辞职。麻生走进党总部时，更有记者在大门口大声问："首相，你什么时候辞去党总裁职务？"遭受如此无礼的对待，麻生还是第一次。

麻生昨晚还在日本广播协会（NHK）电视台的节目中承认自民党失败，并表示他将辞去总裁职务。麻生说，自民党将认真听取国民的呼声，在反省的基础上重新开始。他同时对民主党的胜利表示祝福，对民主党政权表示期待。

至于自民党下任总裁的人选，现任厚生劳动相舛添要一等人颇有希望，但不管最终由谁接任，重建自民党都非易事。

民主党将于9月13日开始的一周内召开特别国会提名首相。由于自民党总裁选举从公告到投票通常需要13天，故要在特别国会召开前选出总裁，时间上非常紧迫。

虽然自民党可缩短总裁选举日程，但由于此次自民党国会议员总数大减，该党地方组织可能会要求彻底总结败因，并对匆忙选出总裁提出质疑。

如果特别国会召开前，自民党不能选出新总裁，那么自民党将面临提名首相时把票投给谁的问题。自民党内一名派系会长指出："届时不能投票给麻生（当然也不可能投给鸠山）。但如果弃权的话，自民党就将土崩瓦解。"

自民党落败全因民心大失

自民党执政日本长达半个世纪，几乎形成了"一党统治"的格局。过去几十年中，自民党领导日本国民，实现了侵略战争失败之后的国家重建，并使日本经济高速发展，让一个缺乏资源的岛国成为经济强国。正因如此，长期以来自民党赢得了日本国民的极大支持。

但上世纪90年代初，日本泡沫经济崩溃后，自民党未能采取有效措施使日本尽早走出经济与社会的困境。同时，政府在财政收入减少的情况下，靠不断发行国债来扩大基础设施投资、维持国家经济，使得日本国民的人均负债额增加到650万日元（每93日元约合1美元）。过去四年间，日本政府就新增了129万亿日元的债务，其中麻生内阁执政一年来，就增加了44万亿日元。

自民党在此次大选的选举公约（政策纲领）中，又提出两年后要提高消费税来缓解财政压力，这使得国民对自民党越来越失去信心。同时，自民党对官僚群体利益的充分照顾，也使日本国民对国家官僚体制产生了憎恨，并渴望一个新的政府来领导日本走出困境。

因此，自民党走下坡路不是偶然，而是一种历史潮流，或者说是日本国民对自民党不满的总爆发。

民主党胜局全赖小泽缔造

说来也巧，一夜之间沦落为在野党的自民党，其实是鸠山由纪夫的爷爷鸠山一郎于1955年主导创立的。鸠山一郎因此成为自民党的第一任总裁，也是自民党出身的第一位首相。

但五十多年后，自己的长孙却把自民党打倒在地，并将以民主党党首的身份，出任日本第93任首相。九泉之下，鸠山一郎不知将作何感想？也许他根本想不到孩提时候循规蹈矩的由纪夫会有一天创造鸠山家的新奇迹。

不仅先人如此，就是日本国民在半年前也没有想到，日本会再诞生一位"鸠山首相"。但昨日的日本大选却创造了这一个奇迹。正如鸠山由纪夫本人说的那样，"这不是民主党的胜利，而是人民的胜利"。

民主党有今天这般如日中天的气势，全靠了前党首小泽一郎多年的苦心经营。如果没有那场政治献金丑闻，下一任首相的宝座无疑应该落入小泽之手。

小泽一生与首相宝座有过两次缘分，最后都跌倒在宝座前一尺远之地。小泽是日本前首相田中角荣最得意的门生，四十多岁就成为自民党干事长（党内第二号人物）。自民党高层曾经邀请小泽一郎出任党总裁并担任首相，但小泽以自己年轻、资历浅为由，让位给了宫泽喜一，后者1991年出任日本首相。而今年民主党支持率节节上升、遥遥领先于自民党时，眼看首相之位就在眼前，小泽却因一场说不清的政治献金案而断送了首相梦。

但是，正如小泽自己说的那样，他的人生追求不是当首相，而是为了实现日本的两大党制，打破自民党长期以来一党独大的局面，建立真正的民主议会制度。正因如此，1993年他离开自民党另组政党，十多年来的不懈努力，昨晚终于收获正果。从这一点上来讲，小泽是日本政坛少有的真正政治家。

小泽在昨晚的记者会上告诫民主党议员们：胜利是暂时的，如何执政才是一个大问题。

民主党执政最缺干部

从今天开始，民主党事实上已经成为日本的执政党。舆论在为民主党欢呼的同时，也开始担心民主党的执政能力，更担心会不会再现如1993年在野党首次执政、最终又被自民党夺回政权的噩梦。

日本民主党的创始者之一、著名政治评论家高野孟接受《第一财经日报》采访时指出，与1993年的那一场"在野党上台"不同的是，此次的民主党政权不像当时那样，是由几个小党联合组成的一个不稳定、不统一的内阁，而将是一个独立的、完全可由民主党议员组成的内阁（日本的大臣须由众议员担任），因为民主党已经成为日本第一大党，而且不仅控制了众议院，也早已在两年前控制了参议院，这为民主党建立长期稳定的政权奠定了坚实的基础。

高野乐观地说："除非民主党掌权后一事无成，正常情况下，民主党至少能掌握十年的政权。"

前景的乐观，并不意味着民主党执政后毫无隐患。与自民党相比，民主党执政后最缺乏的应该是执政经验和干部。目前，民主党在中央机构尤其是内阁工作过的议员寥寥无几。所以，民主党执政后，最怕毫无执政经验的议员成为大臣之后说出外行话，做出外行事。

鸠山昨晚在记者会上也承认，民主党需要有一个自我培养和协调社会各阶层的过程。因为即使是他本人，也仅仅当过一年多的内阁官房副长官，一下子要成为首相，也许还真有点儿不适应。

（徐静波）

高企失业率成压垮自民党的"最后稻草"

"我希望政府能有所改变。"38岁的厨房设备销售人员坂田吉高30日一边看着电视里日本民主党党首鸠山由纪夫的演讲一边说,"尽管这其中一半是期望一半是冒险,但我压根看不到自民党有改善现状的任何希望。"

正是像坂田这样已渐渐对自民党失去耐心和信心的日本选民,令日本政坛终于颠倒乾坤。自1955年以来几乎一直统治着日本的自民党,终在麻生内阁不断走低的支持率中被日本选民"抛弃"。

事实上,目前甚至在自民党支持者内部,"求变"的愿望也很强烈。65岁的退休工人森田升说:"我支持自民党,但麻生首相是一个尴尬,我们需要改变。"

不难发现,自民党此次推出的众议员候选人相对"老化",也是导致该党支持者倒戈的重要原因。在民主党推出的330名候选人中,有164位是"新人",平均年龄为49.3岁,而自民党326名候选人的平均年龄为55.5岁。

严重依赖出口的日本经济在此轮经济危机中遭受重创。在麻生内阁出台了一个接一个的经济刺激计划后,今年第二季度,日本经济已从二战以来最严重的经济衰退中缓了过来,但仍面临处于历史纪录高位的失业率。

日本总务省28日公布的数据显示,日本7月失业率再创新高,至5.7%。麻生内阁坦陈,7月的失业率比预期的严重,失业人数同比增加103万,达到359万人,且已是失业人数连续增加的第九个月。日本大企业最近也不断传出裁员的消息:日本航空公司日前表示,将通过取消航线、裁员等大动作来推动经营改革,计划在非直接业务部门中裁员1 400人,仅保留全员总数的3/4。

高企的失业率令人怀疑日本经济复苏之门是否又关闭了。而失业率这个敏感问题,自然又给自民党的选情造成严重打击。

同时,日本7月的核心消费者价格指数(核心CPI)同比下降2.2%,为1971年以来的最大降幅。这一数字今年6月为-1.7%。核心CPI的持续下跌,表明通货紧缩有可能妨碍日本经济复苏。

民主党已承诺,将重新专注于帮助民众改善家庭财务状况、刺激国内消费,而非依靠企业来提振经济。分析人士称,民主党此番胜利,可以打破原先国会参众两院由两党分别把持的僵局,为经济政策的实施铺平道路。

(盛媛)

鸠山由纪夫走向日本首相宝座

8月30日，日本民主党党首鸠山由纪夫走进党总部时，已经是深夜时分。连续一个多月的众议院大选，使这位书生气十足的党首，脸色显得有点黝黑。但是，所有的记者在亮丽而狭窄的民主党总部的开票大厅里，看到的却是毫无倦意开怀大笑的鸠山。

因为这一刻，鸠山与他的同伴们揭开了日本近代史的新一页。截至当地时间昨晚9时55分，第45届日本国会众议院选举计票结果显示，民主党等在野党已经获得众议院过半数的241议席，实现政权更迭目标，自民党下野已成定局。

不仅仅是因为民主党给执政日本半个世纪的自民党画上了一个句号，更重要的是，民主党的"鸠山首相"也由此诞生。

受命于危难之际

民主党是日本最大的在野党，虽然正式成立时间只有13年，但是在前党首小泽一郎的领导下，一路披荆斩棘，居然攻占了执政的自民党在参议院的地盘，成为日本参议院的第一大党。

日本的政局因为民主党的日益强大而发生了巨大的变化。民主党打出的口号，就是要结束自民党长达五十多年的"一党统治"，建立民主党新政权，形成类似于美国的两大政党轮流执政的体制。

这是一个梦。小泽一郎，这位前首相田中角荣的得意门生为此离开自民党，苦苦追求了十多年。

就在日本民意大力支持小泽领导的民主党夺取政权的声浪中，今年5月，小泽因为政治捐款问题而不得不宣布辞去民主党的党首职务。一夜间，民主党在国民中的支持率直线下降。

5月16日，鸠山成了民主党的新党首。这已经是鸠山第二次出任民主党党首。但是，与以往不同的是，鸠山此次当上党首，为自己成为日本下一届首相奠定了一个坚实的基础。

从学者到政治家

鸠山出生在一个四代相续的政治世家。曾祖父鸠山和夫曾是日本众议院议长。爷爷鸠山一郎是上世纪50年代的日本首相。他的外公是世界著名的轮胎制造公司"普利司通"的创始人石桥正二郎。

鸠山1947年2月出生在东京。鸠山的小学和中学都是在东京的贵族学校——学习院里度过的，那里也是日本皇家子弟的指定学校。鸠山高中毕业后考入东京大学攻读工程学。毕业后前往美国斯坦福大学留学，苦读数年后获得了博士学位。

长期以来，鸠山家培养两种人，一种是政治家，另一种是学者。鸠山一开始对于政治兴趣实在不大，只是一心想成为一名好教授。因此，在他的弟弟邦夫大学毕业后投身政坛，成为田中角荣的秘书，后来成为众议院议员时，鸠山还时时调侃他。但是，邦夫没有鸠山这般文静，性格很张扬，常常得罪人。因此，鸠山家人很希望鸠山作为鸠山家的长孙，继承家业，登上日本的政治舞台。

1986年，鸠山39岁，作为自民党"田中派"推举的候选人首次当选为众议院议员。

但是在1993年，自民党因为政治捐款丑闻初尝第一次下野的苦涩前，鸠山毅然离开了他爷爷和爷爷的战友们创立的自民党，组建新党。同年，鸠山出任内阁官房副长官，成为目前民主党内少有的知道国家中枢神经秘密的人之一。

1996年，鸠山与弟弟邦夫、众议院议员菅直人等人一起组建民主党，为此，鸠山兄弟俩拿出了10亿日元的私财作为建党的费用。但是，后来弟弟邦夫离开民主党，在参加东京都知事选举时失败，又回到了以前的自民党。兄弟俩从此分道扬镳。

1998年，鸠山领导的民主党与小泽一郎领导的自由党等合并，组建了如今的民主党。鸠山先担任干事长代理，次年出任民主党党首。后又长期担任党的干事长，为了民主党内的团结以及民主党在2007年时夺得参议院的多数席位立下了汗马功劳，也表现出了善于忍耐与善于调整的政治手腕。

2009年5月之后的短短三个月时间，鸠山领导的民主党走出"小泽丑闻"的阴影，让民主党的支持率遥遥领先于执政的自民党。

8月30日，众议院举行大选，鸠山领导的民主党大获全胜，结束了自民党长达半个世纪的"一党统治"，建立了崭新的民主党政权，实现了日本的"变天"。

9月15日，日本国会将举行全体会议，选举鸠山为日本第93任总理大臣。过去五十多年，鸠山家出了第二位首相。爷爷一郎绝对没有想到，而日本国民在半年前也同样没有想到。

后台贤妻鸠山幸

鸠山的母亲告诉过鸠山一句话："在选举活动中，哪怕是雪如刀割，也不能穿大衣。"鸠山的母亲还教过鸠山一招：有客人在场时，必须是两手交叉胸前，弓背低头，呈现谦虚姿势。

母亲的教诲让鸠山迄今为止在日本人心目中依然保持着"待人诚恳、教养深厚"的谦谦君子的美好形象。

但是，真正让鸠山成为一个君子的是他的妻子——鸠山幸。

鸠山夫人与鸠山同岁。1967年，幸从宝塚歌剧团退团后前往美国留学，在那里，遇见了在斯坦福大学留学的鸠山由纪夫。当时，他的父母拜托在芝加哥开日本料理餐馆的一对日本夫妻照顾鸠山。没想到，鸠山遇到了这对夫妻的弟媳——幸，并被幸的美貌和优雅的举止所倾倒。幸也很快爱上了这位日本政治大家族的后继者，结果幸与丈夫离婚，在1975年嫁给了鸠山。

此后，幸就成了鸠山的大保姆和服饰设计师。为了照顾好丈夫的身体，鸠山夫人一心研究烹饪，不仅烧出了一手好菜，而且还出版了如何做菜的书。如今，"鸠山料理"已经成为日本众多家庭主妇学习的样板。

鸠山每次出门，总是让人感觉到鲜亮。歌剧演员出身的鸠山夫人对于服饰颇有研究，自然不会允许自己的丈夫穿着不合时宜的服饰出现在众人面前。鸠山说：每天穿什么衣服，系什么领带，哪怕是西装口袋里放什么样的手绢，都不用我自己动手，一大早就已经全部配套放在衣帽间里了。

鸠山的座右铭

"友爱"是鸠山由纪夫的座右铭，也是鸠山家的家训。

鸠山的爷爷一郎早年认识了奥地利的哲学家里哈鲁德，并从他的著作中接受了"友爱"思想。

鸠山继承了爷爷的精神，与姐姐和子、弟弟邦夫一起主持"鸠山友爱塾"，鸠山至今还担任着爷爷组建的"日本友爱青年协会"的理事长，把"友爱"当做自己的行动指南。

鸠山认为，为了实现"友爱社会"，建设一个"友爱国家"，有必要对日本的国家宪法进行修正；应该允许日本女皇制度的存在；在安全保障方面，应该将日本自卫队正式地改建为"自卫军"，认可日美之间的集团自卫权；应该扩大地方政府的主权；同时建设没有政治和宗教色彩的新的战死者追悼设施，以替代靖国神社；彻底清算日本的侵略与殖民历史，允许外国人参政议政。鸠山更希望在自己的手里,完成爷爷未竟的事业,解决北方四岛领土问题。

鸠山对于中国比较友好,去年担任过日本支援北京奥运会议员之会会长代理。目前是日中友好议员联盟副会长。

（徐静波）

小沢一郎

日本政坛枭雄小泽一郎高调再出场

在日本政坛，小泽一郎是一个人物，而且还不是一般的人物。

假如没有闹出政治献金的丑闻，现在的日本首相不是鸠山由纪夫，而是小泽一郎。

18年前，如果小泽一郎不揭旗造反的话，那时，他早已经过了一把当首相的瘾。

而如今，小泽一郎的确切身份，是日本民主党干事长——党内仅次于党首（鸠山首相）的领袖人物。

田中角荣的最得意门生

说到小泽一郎，首先得先说到一个人，那个人就是为了实现中日邦交正常化而毅然访问中国的日本前首相田中角荣。

小泽是田中角荣当年最得意的门生。得意到什么程度？田中先生那时要把唯一的宝贝女儿嫁给他。可是，从美国留学回来的宝贝女儿田中真纪子却没有看上性格木讷的小泽一郎。婚事没有成，但是，两人如今虽都已过花甲之年，却依然情同手足。当年田中角荣因为受贿一案身陷牢狱，近百名弟子和战友如同猢狲，一夜之间四处逃散。唯有小泽一郎不仅常去监狱探望，而且每次开庭，都是坐在最前排，为自己的恩师鼓劲。

田中先生逝世后，田中家唯一允许每年前去扫墓的日本政治家，就是小泽一郎。日本东北农村岩手县出身的小泽，与田中先生的老家新潟县相邻。一方水土养一方人，小泽和恩师田中角荣一样，都是既顽固又耿直的人，认准了的事，九头牛也拉不回来。

小泽最早是日本自民党的人。田中角荣在45岁时，当上了日本财务大臣。日本财务省被称为是"东京大学财务部"，80%以上的官僚都是东京大学法学部毕业，连看大门的人，都与东京大学沾点儿边。上任那一天，在新大臣上任的训话中，所有的媒体都希望看到没有多少文化的田中的笑话，但是田中却斩钉截铁地向着东大毕业生们说了一句话："你们都是国家的栋梁，我只是一名小学生。你们尽管去做事，出了问题算到我的账上。"结果，内阁换了三届，田中先生却稳坐财务大臣宝座整五年。

小泽记着恩师的一句话："权力来自于数字，数字来自于钱力。"在一个民主选举的国家，一个人要想竞选国会议员，就必须要有一大笔选举资金，有了资金，就有可能当选，当选的议员多了，这个政党就可以获得政权。

钱从哪里来？田中先生告诉小泽一个秘诀，那就是"企业献金"。结果，田中自己就栽倒在"企业献金"问题上。而小泽在今年年初，也因为接受企业的政治献金而遭到东京地方检察院特别搜查本部的追查，不得不辞去民主党党首的职务，让位于鸠山由纪夫。

说实在话，无论是田中，还是小泽，他们募集来的政治资金都没有落入自己的腰包，都分给了那些弟子议员们做活动资金。但是，这笔账，司法部门都记在他们的身上。

忍辱负重夺取政权

1991年，已经担任过自民党最年轻干事长的小泽，拒绝了党内要求他出任首相的邀请，觉得自己来日方长，应该先安排宫泽喜一这样的党内元老先过把瘾。结果，宫泽当首相才一年多，自民党就在大选中被赶下台。小泽一怒之下离开了自民党，另组政党。组建的政党是翻来覆去几经分离组合，13年前，终于组成了现在的日本民主党。小泽此后成了民主党的核心人物，并总是在民主党最困难的时候，站出来支撑倾斜的大厦。

日本自民党后来重新掌权后，时时担心小泽一郎放"冷枪"。就连小泉纯一郎当首相时，都不得不提防小泽："他出牌永远是不按规矩。"

第一次让自民党尝到苦头的是三年前的日本参议院大选，小泽领导的民主党一举战胜自民党，控制了参议院的多数席位。而在今年的众议院大选中，小泽虽然辞去了党首的职务，但是依然以"选举本部长"的身份，忍辱负重，深入全国选区挨家挨户拜访选民，向候选人传授选举战术。结果，民主党在大选中获得大胜，把自民党赶下了台。

日本国民心里都清楚，没有小泽一郎的运筹，民主党不可能夺取政权。但是，好多人又担心，如果小泽当首相的话，日本政坛就要波澜起伏。小泽一郎很是识相，他只向鸠山首相要了一个位子，那就是民主党干事长。鸠山负责政务，小泽负责党务。

寻求建立日中新关系

今年12月10日，小泽一郎带领143名国会议员和近500名支持者分乘五架包机前往北京访问，创下了日本政治家一次访中人数最多的纪录。中国国家主席胡锦涛在北京人民大会堂站了整整30分钟，与每一位到访的国会议员握手合影。小泽一郎对胡锦涛主席说，我是继承了恩师田中角荣的遗志，来中国实施日中友好的"长城计划"。其实，这一"长城计划"，小泽已经整整实施了26年。

对于小泽来说，推进日中两国的平等友好互惠合作十分重要。他在《日本改造》一书中就提出过，日本不能只依赖于美国，也必须与中国保持信赖合作关系，最终建立起日、中、美三国的等边三角形关系。目前，鸠山内阁的外交方针正反映了小泽的这一理念。

小泽一郎，日本政坛的枭雄。谁都不知道，接下来他要做什么。但是，有一点可以肯定，对于中国，他很友好，一如他的恩师。

（徐静波）

李肇星

性情李肇星：从外交官到球迷

"我是发言人，不是新闻发言人，注意没有'新闻'两个字啊。"

初见李肇星，是在两会期间山东代表团的驻地，他一直主动向记者索要名片，并答应所有人的合影要求。

当时卸任外长的李肇星有两个身份，一个是山东团的人大代表，一个是人大的发言人。"发言人不光透露消息或新闻，他也谈一些看点或者观点，所以文字上要特别准确，我们外交部一贯都叫发言人。"一见到记者，他就强调起自己新角色的称呼问题："就像现在记者招待会也不招待了，都叫记者会了，你又不招待吃喝，叫什么招待会啊。"

做外交部发言人，李肇星准备了30年，可是做人大的发言人，是在李肇星到人大不到一年的时间里。"那天记者会召开前20分钟才决定让我做发言人，所以很苦啊。"李肇星操着他那略带胶南口音的普通话，讲起了他的压力，"开始感觉力不从心，后来我想人大最主要的依据就是《宪法》，遇到问题总会在《宪法》中找到答案，所以，我把《宪法》读了十遍，自认为重要的段落，或者记者关心的，还会看更多遍。"

从外交部发言人到人大发言人

事实上，因为李肇星的表现，此次人大发布会甚至被一些记者和网友评为最开心的一场发布会。

在当天人大发布会正式开始之前，李肇星就"先声夺人"，活跃了整个发布会现场的气氛。因为还没等发布会的主持人、全国人大常委会副秘书长李连宁开口介绍，李肇星就抢先说："现在先请全国人大常委会副秘书长李连宁讲话。"

随后凤凰台的记者一连问了三个问题，李肇星就对他说："人大工作的特点是严格按照法律和法律程序办事，刚才主持人已经宣布，每位记者只提一个问题，可是您一共提了三个。在下不为例的前提下，我愿意回答你所有的问题。"这样的回答再次引起场内的笑声。

而当台湾无线卫星电视台的记者提出"发言人您本人是否想到台湾去访问"时，李肇星的回答更是让在场的记者拍手叫绝。

他说："我走到许多地方都会不由自主地想到我们祖国那个宝贵而又美丽的岛屿。比如说到我国青海省出差的时候，见到一座山叫'日月山'，我想到的就是日月潭。我在读书的时候读到'女娲补天',当然她工作很认真,但是还有一块地方忘了补,就是中国的一个风景名胜区,叫雅安。而女娲忘了补那块天,是因为她把本来要补雅安上空的那两块非常漂亮的、质量非常高的材料运到远方,就是今天的台湾岛和海南岛。"

熟悉他的媒体人认为,与做外交部的发言人时相比,如今的李肇星幽默没少,但多了些和缓。因为做外交的工作,很多地方需要他出面"捍卫",面对的也多是西方媒体刁钻的问题,所以他要表现得很坚定。而现在在人大工作,就可以温和很多。

从国事到家事

召开完人大发布会,在记者面前的李肇星依然言必提《宪法》。

现在的他特别关注环境和气候变化问题。"我刚刚从欧洲回来,发现国内外除了关心金融危机外,就最关心环境保护了。西方一些国家,把气候变化造成的负面影响,更多地推给发展中国家。后来我看了《宪法》才发现,这里面也是有明确规定的,比如第九条、第二十六条,说得非常清楚,就是从老百姓的利益出发,注意保护环境。在国际上,我们还是要坚持发展中国家和发达国家有共同的责任,但是也是有区别的责任。"李肇星说,西方资本主义兴起时,200年前就开始大量用煤了,所以要把历史的账也算上,另外从人均来看,我们13亿人,跟美国3亿人可以相提并论吗?

说到人均的问题,李肇星又聊起了他的老本行——"外交"。"我上月去欧洲,好多人都祝福我们的奥运会金牌那么多,到巴西他们也说你们太强了,而我说不对,你们巴西1亿人,我们13亿人,这样一平均,你们人均拿的金牌比我们多。一算账他们就高兴了。"

而说到他的家人,李肇星竟然还可以跟《宪法》联系上。李肇星拥有一个温馨的家庭,他与夫人秦小梅牵手散步的镜头曾经在外交部传为美谈,而最近,他们的儿子又与著名歌唱家阎维文的女儿喜结连理,这也一度成为媒体关注的焦点。

李肇星并不忌讳媒体对这件事的追逐。"《宪法》第四十九条规定,父母有教育未成年子女的责任,但人家是成年人了,管不着了。三十多岁的人了,也该结婚了嘛。"李肇星笑着,脸上堆起幸福的褶子,"儿媳妇很孝顺,对他妈妈很好。"

从诗人到球迷

　　熟悉李肇星的人都知道他是个诗人，曾出版过《青春中国》和《李肇星诗选》等诗集，被称为"诗人外长"，但很少人知道，他还是个体育运动爱好者。2001年中国申办奥运成功后，他穿着短裤和拖鞋跑到街头庆祝，并为北京奥运会赋诗"同一个世界，同一个梦想——走进2008北京奥运"，还请中国音乐学院作曲系教师吴军谱上曲，参加了奥运会歌曲评选。

　　"我的羽毛球教练很厉害的，曾经三次在世界比赛上得到女单冠军，如果我打羽毛球想赢，就跟她一起打双打，配合一定没问题。"李肇星所说的教练，正是他以前秘书的夫人，现任首都体育大学教授的肖杰。

　　而谈起足球，李肇星就更加兴奋。"我爱看足球，真的。有一次我去南非，南非外长见到我，热情地欢迎中国足球队能够参加第一次在南非举办的2010年世界杯足球赛，我当然答应一定转告中国足球队，可当时我对中国足球能不能入围决赛没底啊，所以我就先去看看那比赛场地，反正自己已经看过了，哈哈。"

　　李肇星得意地告诉记者，中国驻外大使馆唯一有足球场的就是驻巴西大使馆，"有一次我上场进了12个球，没人拦我，因为就我一个人踢"。

　　而对于中国足球的发展，李肇星也很上心，甚至一次与波兰总统的非正式宴会，他也向对方请教对中国足球队的看法，因为这位总统年轻时是波兰足球队的前锋，当总统之前又当过波兰奥委会主席。

　　波兰总统告诉李肇星，中国人、波兰人都不是巴西人，都没有自己独特的训练方式和坚定的信念。他认为中国足球队第一训练要刻苦，第二要有团结精神，这样中国足球队还是很有希望的。"我后来还把他的话发表了一篇文章在体育报上。"李肇星说，他经常会用不同的笔名写一些文章，笔名多得连自己都记不得了，"就记得有一次因为肚子疼，我就起了个笔名叫'肚子炎'"。

　　在离开驻地前，李肇星还讲了足球先生贝利的一个小故事："美国记者问贝利先生，你儿子能跟你一样成为足球明星吗？贝利答，不可能，因为他的爸爸比我的爸爸有钱得多。"当所有的人还在思考这句话时，李肇星已经拉着身旁的同事，边跳边说"再见"，消失在人群中。

（陈姗姗）

谢亚龙

谢亚龙从商：从此要对股东负责

中国足球往往给人一种"恨铁不成钢"的印象，每一任足协主席也往往被愤怒的球迷在呼喊时加上"下课"两字。在谢亚龙担任中国足协常务副主席的四年时间里，他听到过很多次，前任阎世铎、王俊生等，也都对这两个字达到了"耳熟能详"的程度。但现在谢亚龙的生活里再也不会有球迷的"下课"声了。

3月30日，中体产业（600158.SH）发布的一纸公告宣布了谢亚龙的新身份，接替王俊生的公司董事长职务，出任中体产业新董事长。"这是一个新的角色、新的任务，我得迅速适应角色转变，迎接挑战。"昨天在接受《第一财经日报》专访时，谢亚龙这样形容目前的感受。

不要称我"龙王"

1月19日，国家体育总局正式免去谢亚龙足球运动管理中心主任一职，由南勇接任。在那个任免会议上，谢亚龙诚恳地表示了歉意：如果这四年里有什么做得不周、说话不到位的地方，希望大家能够原谅。

这个发言，随后被媒体演绎为他卸任前对球迷的道歉，但他并没有为此辩解，因为离去的时刻，他内心确实充满遗憾。四年前，谢亚龙到任足协时曾被球迷寄予厚望，被誉为"龙王"出山；四年后，对球迷、对他热爱的足球事业、对他想为中国足球开拓新天地的理想来说，多少有些壮志未酬的意味。

"不要叫我'龙王'，那是忽悠人的称谓。"谢亚龙对本报记者直言。对他来说，这个戏谑的称呼已是个过去式，一个上市公司的董事长应"讷于言而敏于行"。

任免会议后，谢亚龙从公众的视野中消失了。这是谢亚龙深居简出的两个月。他阅读大量书籍，学习《公司法》、《证券法》等，为重新出山做准备；有时，他会去家附近的天坛公园散步，有时会开着他那辆黑色本田CRV出行，他多次到中体产业熟悉即将就职的新环境。相比以前的曝光率，这应该是谢亚龙四年多以来最"低调"的一段时期。

中体产业成立于1998年3月，是由国家体育总局体育基金管理中心、国家体育总局体育彩票管理中心、国家体育总局体育器材装备中心等共同发起组建的中国体育产业规模最大的股份制企业，也是国家体育总局的唯一一家上市公司。"我以前在地方行政机关干过，在总局（指国家体育总局）干过，在事业单位也干过，有过若干个职务。做企业一把手，这是第一次。"谢亚龙坦言，压力很大，肩上担子很重。

其实，谢亚龙在体育总局工作时就已显示出了对经济工作的浓厚兴趣，他所写的《孙悟空的产权属谁》一文，显示了自己在产业经济方面的功底。其后在足协工作的四年里，他主持操作了组建中超公司等几个上亿元的项目。

上任三天来，谢亚龙的日程排得很满，中体产业目前控股和参股的企业多达一百多个。他列举了近期的打算："我准备陆续和中体的二级企业和三级企业老总见面，了解这些公司的情况，做个'摸底'。"

确立主体产业

早在2月份传出谢亚龙将出任中体产业董事长的消息时，中体产业就曾出现七个交易日里四次涨停的情况，被套的股民借机解套，谢亚龙也一时被称为中体产业股东们的"福星"。证券分析师的报告则认为，中体产业的上涨与对奥运产业的前景预期有关。

中体产业在3月16日公布，将联手国际奥委会、中国奥组委、海南省政府以及北京万通地产等合作投资建设"三亚奥林匹克国际村"项目。该项目总占地面积约2 200亩，总投资不低于52亿元人民币。其中，中体产业占项目公司46%的股权。

谢亚龙告诉记者，52亿元这个数字其实并不准确，"做大了哪止50多亿？我们对这个项目的整体设计还没最后做出来，这个项目是奥林匹克概念，文化创意的经济价值是无法估测的，因为里面有智慧因素"。他承认，这是中体产业下一步的重点工作，也是做大体育概念载体的一个好机会。

在同事的眼中，谢亚龙是温和的，脾气很好。他喜欢下围棋，在足协工作时，中午午休时间，谢亚龙通常从食堂打饭回来后，端着饭盆一边吃一边和同事进行着黑白子博弈。"他笑眯眯地下棋，但出招却很大气硬朗、搏杀风格。"一位经常和他下棋的同事回忆道。这多少也看得出谢亚龙做事的风格。

尽管多年来从事体育方面工作，但谢亚龙对历史、法律、管理等内容的书籍也兴趣颇浓。所以，对于他的履新，一位前同事向记者这么评价：他的知识完全超越了体育范畴，完全能够驾驭一个企业。在足协官员眼中，"谢头"离开一个长期被骂的职位，去一个企业担任董事长，将更能发挥他的能力。

北京奥运会已过去半年，中体产业作为奥运概念股的"领头羊"，也面临着向后奥运经济的转型。以谢亚龙的做事风格，这也将是他的必行之路。

"体育概念很广阔，中体本身拥有丰富的体育资源，现在要向国际化进军,向本体产业转轨。我们要为股东负责,用最大利益去回报股东。"谢亚龙说。在他看来,体育概念包括奥林匹克的品牌概念早已经深入人心,但品牌的载体却没有在中国被实施到位。

  此前,中体产业利用体育概念的投资基本集中在体育场馆建设,如很多大城市都有的"中体倍力"俱乐部。谢亚龙在思考,如何做大做宽体育的概念,让更多的群众投入到享受体育精神、传播体育文化中,从而也给中体产业带来利益空间。

  三亚的奥林匹克国际村正是符合这个思路的投资项目。谢亚龙称,要感谢他的前任审时度势,拿下了这个项目。在3月30日谢亚龙当选中体产业董事长后,王俊生曾在发言时说:"希望谢亚龙能比我干得好,能带领中体产业开创新局面。"

  尽管王俊生已到了退休年龄并卸任了中体产业董事长,但公司仍以返聘的形式把他留了下来,因为谢亚龙需要他。"我们常在一起,我上午还刚刚和他聊了很长时间。"谢亚龙告诉记者,"他有丰富的工作经验和人际关系,我们还要一起奋斗。"就像他们都曾为中国足球事业的发展奋斗过多年一样,现在,他们要为中体产业的发展继续奋斗。

(陈 黛)

周森锋

中国最年轻市长周森锋：穷人孩子早当家

昔日河南禹州的穷孩子周森锋正成为全国关注的焦点。6月21日，年仅29岁的他被选举为湖北襄樊宜城市市长，成为全国最年轻的市长。

29岁即担任处级干部在我国政府职员的任命中并不多见。翻开周森锋的履历，从2004年担任公职开始，他背后就如有一股强大的推动力，推动他乘风筝一般快速前行。也因为此，"全国最年轻市长"身上纠结了诸多谜团。

伏牛山下的穷孩子

1980年7月的一天，禹州市西南30公里外的伏牛山余脉下，一名男婴呱呱坠地。或许是当地森林繁密的关系，长辈就地取材给他取名叫"周森锋"。周森锋从小就表现出异常的稳重与持家，但那时村里人还没有想到，这个外貌并不出众的小娃娃未来将是"中国最年轻市长"第一人。

周森锋的出生地名为神后镇，是唐宋以来驰名天下的钧瓷艺术发祥地。不过钧瓷艺术并没有为当地带去富裕，"神后"也没有留下太多祝福。

"村里非常穷，人均只有两分薄地，基本上是靠天吃饭。"神后镇西大社区居委会主任兼党支部书记苗有名对《第一财经日报》记者说道。他认识周森锋一家，而且也一直非常关注这个优秀小孩的成长。据介绍，神后镇总面积49.1平方公里，其中山地面积占80%。几乎每家一年只有几百块的收入。

周森锋的家庭也不富裕，他还有一个弟弟，家里还有父母和爷爷奶奶。为了生计，周森锋的父母都在当地的瓷窑厂里打工。父亲周根成会"拉坯"，是瓷窑里的技术工，每月能有几百块工资，这样才得以顺利供家里的孩子上大学。

周森锋从小就体现出稳重顾家的特性。从初中开始，周森锋每年都去当地瓷窑厂，与父母一起打工挣钱。"森峰这孩子从小就很勤快，我们都觉得这孩子长大肯定有出息。"苗有名说，村里许多人都很羡慕周根成，养了这么个好儿子。不过他们都没预料到周森锋的成就究竟会有多大。

1998年，成绩优异的周森锋考上复旦大学，这件事轰动了整个镇子。在周森锋的同龄人中，大部分十六七岁就开始打工养家。大学，只是一个可望不可即的梦想。

"森锋考上大学那年，我代表居委会给周家送去500块钱，镇政府也派人送来了1 000块。"苗有名回忆起往事，仍抑制不住地激动。

周森锋的目标不仅于此。2002年，周森锋考上清华大学土木水力学院的研究生。他弟弟现已在清华大学读书。当地人说起这兄弟俩，还充满了自豪。

关键转折

周森锋在清华大学继续攻读管理科学与工程专业硕士学位，师从教授刘洪玉。在校期间，周森锋颇受老师喜爱。

据《法制晚报》报道，刘洪玉得知周森锋成为宜城市市长后表示："看到学生的进步，做老师的当然很高兴。"他希望周森锋能静下心来，真真正正为老百姓做点实事，造福一方。

刘洪玉对弟子关爱有加，拒绝向外界透露更多情况，希望外界不要过多打扰，让周森锋安心做事。

临近毕业的一年，周森锋遇到许多人毕生难求的一次机会。2004年，襄樊市组织部启动高学历人才的引进计划，周森锋被襄樊组织部选中。由此成为襄樊市政府体系中的一员。

周森锋第一个公职是在襄樊市建设委员会，担任副主任和党委委员。"周市长在建委的时候分管政策法规，他推动建委的信息化工程。"襄樊市建设委员会政策法规科的一名工作人员介绍，建委的第一个门户网站就是在周森锋的主管下建设起来的，这个网站后来成为建委政务公开的一个平台。

作为年轻的副主任，周森锋看起来很平常，"与普通人没什么两样"，并没有年轻得势的举止。

2007年11月，周森锋调任襄樊市建设与规划局挂职锻炼，任副局长。九个月后，周森锋再次调动，任襄樊宜城市市委常委、党组副书记。此后他历任宜城市副市长、党组书记、代市长。6月21日下午，湖北宜城市四届人大四次会议以无记名投票的方式，选举产生了新一任市长。周森锋以全票当选市长。

据其他媒体报道，当地有关部门向外介绍说，无论在哪个岗位上，周森锋都是责任心强，作风民主，经常深入群众，深入实际，受到干部群众的一致好评。在接受新闻媒体采访时周森锋表示，他一定不负重托，不辱使命，恪尽职守，把自己的全部精力贡献给宜城这片热土。

宜城市属于襄樊市管辖的县级市。根据2007年年底的公开数据，该市版图面积2 115平方公里，人口56万。

6月22日，周森锋担任市长的消息在各大门户网站广为转载，也引发了网友热议。在搜狐网上，截至昨晚关于此事的评论多达5 782条。由于周森锋顺利而快速的提拔，网友们提出诸多疑问。最受关注的是周森锋有何背景？年轻而没有经验的他能否担任好市长？

复旦大学公共政治系教授浦兴祖听闻此事，对记者连声道："不容易、不容易、不容易！"他分析认为，周森锋本身应很有管理才华，并非常勤奋；此外，当地干部"有人识才"，非常器重他，他才得以如此顺利地走上市长岗位。

（唐柳杨　权利冰）

马英九

"小马哥"回来了

　　59岁的马英九，虽然没了年轻"小马哥"式的清纯，但以高达93%的得票率重返国民党主席位置，仍让这个明星政治家出尽风头。

　　这位法学专业出身的政坛明星，说话慢条斯理，素以"温良恭俭让"及政治"不粘锅"著称，在台湾树立了良好口碑。"我参选不是为了扩权，而是希望能通过更紧密的党政合作，提高我们的运作效率。"马英九强调，国民党将对台湾"大量而有效"地投资，好好规划台湾，至少要带来"未来几十年的和平"。

二度当选

　　这是马英九第二次国民党主席之旅。早在四年前，他便以72.36%的得票率从台北市市长任内首次当选国民党主席。但是颇有明星气质的他一度被称为"过渡性"政治人物。尽管他在台北市市长职位上政绩多多，但外界预测他的政治生涯可能破碎在2008年，即便是国民党阵营内部也有不少对他的訾议。

　　这一预言几乎成谶。2007年春天，在台北市市长任内因公务特别费的使用被起诉（后经法院宣判无罪），马英九请辞国民党主席。这个面相相当和善的政治家，显然意在最大限度地挽回国民党作为一个负责任政党的形象。这也是他个人深思后的选择，透露出以退为进的策略。

　　当时，他公开表示，将角逐台湾地区最高领导人职位，次年果然成功。这是继1998年当选台北市市长后，他第二次在关键大选中战胜对手政党，为处于衰落期的国民党奠定了复兴基础。

　　2008年夏初在就职演说中，他说，他的当选标志着台湾人民"找回了善良、正直、勤奋、诚信、包容、进取"等核心传统价值，并宣誓将肩负2 300万台湾人民嘱托，与大陆继续"建立互信、搁置争议、求同存异、共创双赢"，完成他一生最光荣的职务。

　　昨天，他再度强调了这句话。他表示，在"九二共识"基础上恢复了中断10年的两会协商，签署了9个协议和1个共识。

　　显然，他对台湾地区与大陆共同发展有着强烈的期待。在今年9月国民党第十九次代表大会上，他将建议把两党达成的"两岸和平发展共同愿景"继续列入国民党政纲。

　　"这是重要的历史承诺，我们不会忘记，一定会执行。"他说。这位出生于香港的政治家此前强调,他虽不是在台湾出生,但台湾是其亲人埋骨所在。他说,死后自己一定要葬在台湾。

传统价值观

政治之外的马英九,同样受人关注。俊朗的外形为他赢得了大量人气。在担任台北市市长期间,每当他下到基层体察民情时,便会引来大批民众随行,甚至有美女上前拥抱。

但"小马哥"没有因此陷于诱惑。著名文人李敖揶揄他说,"小马哥"是个好人,但毛病是,拒人于千里之外,既不推心,又不置腹。更严重的是,更不宽衣解带,所以引起许多单恋者的转变。这既是对他搞政治过于疏离,"有点君子之交"的微词,也可能是公众对口碑甚好的马英九依然褒贬分明的原因。

不过,马英九的内心显然要比外表更丰富。青年时期的他狂热于"保钓"运动,也是1971年台湾大学"保钓大游行"的主要参与者之一。

这一坚韧同样体现在他攻读哈佛大学国际法博士学位上。他将毕业论文命名为《怒海油争:东海海床划界及外人投资之法律问题》,其中相当篇幅引用《明史》等资料,论证了中国对钓鱼岛无可争议的主权。台湾地区保钓行动联盟执行长黄锡麟说,马英九在担任台北市市长时每当民间有"保钓"会议,他就挤空参加。

马英九还很注重运动,几乎每天长跑。11年前,他参选台北市市长时,在住所附近的公园晨跑,10.5公里成绩是47分55秒;2009年4月在宜兰渭水高速公路马拉松比赛中,5公里成绩是27分43秒。虽略有下降,但对一个59岁的政治家来说着实难能可贵。

(王如晨)

骆家辉

美国商务部部长骆家辉：越来越多的人在理解中国

2009年3月24日，美国华盛顿商务部大楼迎来了它新的主人，5月1日，新任商务部长骆家辉正式宣誓就职。

半个多月前，4月14日，在穿过商务部大楼一条长长的甬道后，采访组抵达了骆家辉接受采访的一个办公室，见到了理着大兵发型的美国新任商务部长。在美国的文官系统当中，这是较为少见的发型。

甬道上挂着的美国三十多任商务部部长的画像给访客留下了深刻的印象，可以想象，几年后，这里将多出一幅华人面孔的画像。作为美国第36任商务部部长，骆家辉说："我希望能够延续我们历届商务部部长所留下的遗产，帮助美国公司变得更强大，也更具有生存能力。"

采访过程进行得非常顺利，骆家辉没有使用任何外交辞令回答记者的问题，他直截了当的个性给人留下深刻的印象。

美国梦

白岩松：奥巴马接连提名商务部部长都没有成功，最后提名你，当时有想到吗？你自己怎么看待奥巴马提名你为商务部部长？

骆家辉：事实上，早些时候我就和奥巴马总统讨论过其他一些潜在的职位，但我们总是讨论商务部的可能性。我也很荣幸总统先生选择我成为这个联邦政府中非常庞大也非常重要的机构的领导人。

我想总统先生是因为几个不同的原因提名我的。一是我有推动贸易活动的成功经历。华盛顿州是美国最依赖于贸易的州。三四个工作中就有一个关于当地的贸易活动的，所以我的成功经历主要集中在贸易方面。另外，我成功地帮助华盛顿州的公司变得更强大、更有竞争力以及获取更多的利润。还有我的管理经验以及我和民主党、共和党的关系。

白岩松：在就任商务部部长之后，你一定也听到了来自中国的，包括来自世界很多华人的掌声，你是否注意到了这些掌声？

骆家辉：对于所有积极的评价和反应，我非常感谢和感动。同样，对于那些来自亚裔美国人、华裔美国人，甚至中国官员的美好祝愿很感动。我对于我的中国血统感到非常自豪，我同样也因为是美国人感到自豪。美国是一片充满机遇的土地。

我自己，作为美国历史上第一个华裔美国人州长，美国本土上的第一个亚裔美国人州长，以及第一个成为商务部部长的华裔美国人，我家庭的故事就是美国从1700年以来的一个美国故事。

我的祖父在一百多年前来到美国为华盛顿州的一个家庭做仆人，用洗碗、扫地、洗衣服换取上英语课的机会。之后，就像很多中国移民一样回到中国，结婚组建家庭。之后他回到美国工作，将钱寄回中国养活家庭，最后他把整个家都带到了美国，因此我的父亲也是出生在中国。一百年后，我宣誓成为华盛顿州的州长，我搬进了州长的住所，而这里距离我祖父做仆人洗碗的地方只有一英里。这是只可能在美国发生的故事，而类似这样的故事发生过成千上百万次。

白岩松：你这句话就非常感动我，其实当初你祖父工作的地方和你曾经的住所只有一英里，但是走了一百年，这是不是属于你的美国梦？

骆家辉：这证明了在美国梦想能够实现。我们希望我们的孩子有很大的梦想。如果他们努力工作，如果他们去学习，梦想就能够实现。看看奥巴马总统，父亲是从非洲来的学生，母亲是美国白人，两人在夏威夷相遇、结婚、抚养孩子。他是美国历史上第一位非裔美国总统，说明了我们的国家经过了多长的进步过程，也说明我们如何真正评价天才和想法，这是一个非常好的教育的案例。

中美经济关系十分牢固

白岩松：在你就任商务部部长之后我也听到两种声音：一种声音说，虽然你是一个黄色的面孔，但绝对是一个美国的商务部长；另一种声音说，其实黄色的面孔有助于在中美这两个大的贸易伙伴之间解决很多很多过去看着很困难的问题。你觉得这两者之间矛盾吗，能够协调在一起吗？

骆家辉：我认为这两种说法都对。我是亚洲人，我也是一个地道的美国人，出生、成长在美国，在美国受教育，但是在我任华盛顿州州长的时候，我曾去过亚洲很多次，特别是中国。

总体上，美国和中国的经济关系是十分牢固强大的。这么多美国人的生活必需品中，比如从微波炉、烤箱和电子产品，到玩具、衣服，有很多都是来自中国。这些物美价廉的商品让美国人可以省出更多的钱，花在医疗、休闲以及为子女提供大学教育等方面。

同时，美国可以提供许多中国政府和人民急需和迫切希望得到的，用于改善他们生活质量的有价值的产品和服务，不管是在能源方面，还是在服务、金融、医疗、教育，甚至是清除环境污染等方面。这些是互惠贸易中很好的共赢机会，这就是我想做的努力和想推动的贸易政策。

　　白岩松：在你的家庭里头，有多少用品是中国制造的？

　　骆家辉：我想我们日常生活中有成百上千的产品来自中国，从计算器到钢笔，到书籍，再到电子产品、家电，我想有很多很多东西。这就是为什么和中国的贸易会变得如此重要的原因。现在中国也开始重视更高质量的产品，重视发明和研发活动，因此中国制定知识产权法案也变得很重要。

警惕保护主义

　　白岩松：大家现在也很关心在你就任商务部部长后，在金融危机的情况下，美国的贸易保护主义会不会更加严重，或者虽然嘴上说不，但是实际行动当中确会实施？

　　骆家辉：我想在这样艰难的经济环境下，所有的国家都需要警惕和关注，反对任何增加的保护主义行为。就像最近的20国集团伦敦峰会，大多数人广泛地讨论了关于避免保护主义的必要性，因为保护主义或许在短时间内可以为某个国家的人们带来利益，但从长远来看，这事实上损害了人们的利益。因此我们需要非常小心地避免保护主义的出现。如果一个国家采取了保护主义行为，其他的每个国家也都会参与到保护主义中来，很快，大家的利益都会受损。因此，我相信国家间自由而公平的贸易，每个国家都要遵守规则。

　　白岩松：去年北京奥运会火炬手的经历应该是你非常难忘的吧？

　　骆家辉：哦，这是一个非常棒非常棒的经历。当我能够在华盛顿州的姐妹省份四川省举起火炬时，我感到非常地自豪。我到过四川省很多次，那次是四川发生地震几个月后再去的，也希望四川人民能看见来自世界各地的人们的支持和关心。

　　在北京奥运会播出期间，美国的电视台向美国人宣传了中国的历史和文化，展示了现代的中国。我认为中国从举办奥运会中获得了巨大的利益。世界上越来越多的人对中国的复杂性有了更好的理解，也更加了解中国的历史和文化。所以我们期待着推动美国和中国之间更紧密的往来，不仅是美国人民和中国人民之间、美国政府和中国政府之间，还有美国的经济界和中国的经济界之间。

（白岩松 本文与央视《新闻1+1》合作）

村山富市

独家专访村山富市：社会党将会协助民主党执政

日本政局动荡，从上世纪50年代开始长期执政的自民党，正面临着下野的危险。日本能否实现自民党政权的第二次交替？或许，日本前首相村山富市心里会有个答案。

村山富市曾经担任过上世纪90年代日本最大的野党——社会党（现改为"社会民主党"）的委员长。在自民党第一次下野后，他出任过日本第81代首相，成为日本战后第一位非自民党出身的首相。

今年已经85岁的村山前首相离开东京多年，居住在故乡大分县大分市。大分县九重町副町长永尾宗男先生与村山前首相相交多年，帮《第一财经日报》记者联系到了他。打电话过去，村山先生居然还记得《第一财经日报》记者，说想起来以前采访过他。

从东京坐飞机一个半小时到福冈，再从福冈开车两个半小时，来到了大分市。村山前首相的家就在市中心，问了一位老大爷，老大爷说："就在市立医院的后面。"看来，谁都知道前首相的家在哪里，因为大分县历史上就出现过这么一位首相。

"我脑子'嗡'了一声"

按了门铃，里面传出来一位老人的声音。推开门，村山先生已经站在门口。又长又白的眉毛，依然是他的特征。

穿着一件蔚蓝色登喜路T恤衫，村山先生很抱歉地说："真是对不住，看你穿着西装，而我穿着T恤衫。"

记者带给村山先生两件礼物，一件是10年前，记者在国会办公室采访他时给他拍的照片。一件是绍兴县政府送给我的绍兴酒。

看到照片，村山先生十分兴奋，大声喊叫夫人一起出来欣赏。他说："真是值得怀念，那是我的办公室，后面还有我的宣传画。"对于绍兴酒，村山先生听说是20年陈的，说从来还没有喝到过这么好的绍兴酒，要留着招待贵客。

与村山先生的话题，就从他当首相开始。

1956年，自民党开始执政后，一掌权就是几十年。到1993年，由于自民党爆出重大的金钱丑闻，加上泡沫经济崩溃，国民对于自民党失去信任，于是自民党第一次在大选后下野。从自民党内脱离出来的细川护熙另组"日本新党"，并成为日本首相。此时，日本最大的野党，是信奉社会主义思想理念的日本社会党。长期从事工人运动的村山先生此时担任社会党委员长，领导着社会党追求"平等均富"的政治理念。

没有想到，细川首相也因为金钱丑闻，在不到一年的时间里下台。继任的羽田孜内阁也只存在了3个月。日本政局何去何从成为悬疑，在此背景下，日本各大政党一举推选村山先生出任新首相。社会党内更是呼声甚高，认为社会党作为日本的第一大野党，完全可以挑起领导日本这一国家的重任。

但是，村山先生却是坚决不接受。回忆起当年的情景，村山先生说："作为政治家，谁都想当首相。但是，我没有在政府机构里当过领导的经验，连大臣都没有当过，一下子要当首相，根本找不到方向。"

1994年6月，日本众议院举行首相选举，候选人有三人，村山虽然是其中之一，但是他自认为自己最多只是一个陪衬。没有想到，选举结果，村山获得了90%的赞成票。

"议长一宣布我当选日本第81代首相，我脑子'嗡'了一声。"村山先生说，"后来才知道，是自民党预先商量好了，集体投我的票。"

社会党将会协助民主党执政

从某种意义上来说，是自民党把村山先生捧上了首相的宝座。那么，如何看待目前自民党面临再度下野的问题？

村山先生表示，自民党面临的最大问题，是长期掌权带来的执政惰性与利益攫取。因此，日本国民已经看到，继续让自民党执政的话，日本就没有前途与希望，需要有第二种政治力量与自民党开展政权竞争。美国式的两大政党交替制度应该很适合日本的现实。因此，在近期即将举行的众议院大选中，自民党败选的可能性正在增大。

但是，日本社会党在村山当首相之后，力量逐渐萎缩，谁来接替自民党？村山先生如今看好的是民主党。他说，民主党已经成为日本最大的野党，同时在上一次的参议院大选中已经击败自民党控制了参议院的多数议席。与当年的社会党不同，民主党内还有许多担任过首相和政府大臣的前自民党高级干部，因此获得政权后，建立一个崭新的政府的可能性存在。他表示，社会党将会协助民主党执政。

谈话时，村山太太给记者端来了羊羹。说起自己的丈夫就是一句话："闲不住。"在家里，一有时间，村山先生就打开电视看新闻与时政讨论节目，看到有什么启发点，就会拿起电话与社会民主党的干部们交流。平时，政府官员或学者们来拜访，村山与他们讨论的话题，始终离不开日本政治。离开日本政权的中枢许多年，村山依然牵挂着日本的一切，政局的走向、经济的复苏和老年人的年金保障制度……

"村山谈话"

在一年半的首相任期中，村山先生发表了著名的"村山谈话"，代表日本政府首次承认了日本对中国和亚洲其他国家的战争是"侵略行为"和"殖民统治"。这一谈话，成为此后历届日本政府在历史问题上守护的一大政治原则。

说起"村山谈话"诞生的过程，村山先生回忆说，1995年正是日本战败50周年的日子，我想应该给日本的近代史画一个句号，做一个总结。这其实也是我们社会党的历史使命。这一个总结，我们社会党执政时不搞，到了自民党执政时，就几乎是不太可能了。

"当时自民党没有反对的声音？"《第一财经日报》记者问。

村山先生说，反对声音还不小。但是，他不搞国会决议，因为那是需要朝野各党议员投票的，万一通不过就很麻烦。他选择了8月15日——"日本终战日"发表了一个首相谈话，把他们对于过去侵略与殖民统治历史的深刻反省，第一次向世界做了认真的说明，并向中国人民和亚洲其他国家的人民做了道歉。

"我觉得，世界需要和平，日本更需要和平的环境。对于历史的深刻反省，有助于日本社会的进步，以及与亚洲各国人民的友好相处。"村山先生强调说。

聊了两个多小时，85岁的村山先生依然是精神抖擞。他闲居故乡，心里依然牵挂着日本国家的走向。作为社会民主党的名誉党首，村山先生每月还要到东京党总部上班两次。而平时还担任立命馆亚洲太平洋大学的名誉校长，一个月还要去做一次讲演。"大学里有1 000多名中国留学生，大家学习都很努力，中国充满希望。"村山先生说。

不时，还有旅行社带着游客来看"首相之家"。有着130年历史的村山家，经过改修后，别有一番纯正的日本传统住宅的风貌。

临别时，村山先生为《第一财经日报》记者题写了"思无邪"三个字。他说，这是孔子的话，无论是对于当前的日本政治，还是中日关系，都有教益。

（徐静波）

索托马约尔

索托马约尔：出身贫民窟的大法官

美国东部时间8月8日，美国联邦最高法院，前最高法院大法官马歇尔的肖像下。一位拉美裔的女性举起右手，左手放在由她母亲亲自捧着的《圣经》上，跟随着现任首席大法官罗伯茨逐句宣读："我将不分人群，无论贫富，主持正义……"

这是美国最高法院大法官的誓词。宣誓人是新任大法官索尼娅·索托马约尔。在她完成宣誓后，罗伯茨宣布，她正式成为美国第111任大法官。

索托马约尔是被总统奥巴马任命、接替业已退休的大法官戴维·苏特的。在接下来的一段时间里，她将在大法官的岗位上工作。根据法律和习惯，除了去世、辞职、自己要求退休或被国会罢免外，她将在这一岗位上服务终生——当然，在现代，很多大法官选择以退休的方式结束。

不过，无论索托马约尔的大法官生涯将会有何经历，她的就职本身就已经引起了美国媒体和公众的关注。原因在于她的双重身份：拉美裔、女性。美国自建国以来，仅有三位女性大法官；而索托马约尔是首位拉美裔大法官。据美国媒体报道，索托马约尔童年居住地的一位年轻人威廉·瓦加斯表示，提名索托马约尔担任最高法院大法官对他来说意义重大。

出身贫民窟的大法官

55年前，索托马约尔在纽约出生。她的父母都是来自波多黎各（加勒比海小岛）的劳工阶级。在索托马约尔很小的时候，她的父母就带着她和弟弟搬到布朗克斯代尔居民区，她在当地政府为穷人建造的公寓里长大。

索托马约尔9岁的时候，她的父亲去世。她的母亲塞林娜有时候要干两份工作。其中一份工作是在一家戒毒诊所当护士。塞林娜就靠这些微薄薪水养活索托马约尔姐弟俩。索托马约尔对母亲抱有深厚的感情。她后来回忆说，母亲非常重视对子女的教育，设法把她和弟弟送进一所教会学校，还买下了社区内仅有的一套百科全书。在为希望报考法学院的学生制作的一部录像片中，索托马约尔这样讲述了她的母亲："我之所以有今天，全是因为我母亲。我的能力只是她的一半。每当我想到她克服了多少艰难困苦，我都不禁感到惊讶。"

索托马约尔在1998年接受采访时说，小时候她最爱看当时美国流行的侦探剧《南希·德鲁》，渴望长大以后成为像剧中少女神探那样的警探。不过8岁时，她被诊断患有儿童糖尿病，需要终身注射胰岛素，医生劝她打消当警察的念头。不久,她把对南希的崇拜转移到另一系列法制剧《佩里·梅森》上,发誓将来要当法官。

高中毕业后,索托马约尔被美国著名的普林斯顿大学录取,并获得奖学金。当时,她是那里仅有的几名拉美裔学生之一。她大学时代的同学、好友索托朗戈说,索托马约尔十分关心社会正义,并为增加少数族裔教师或同性恋权利等问题大胆直言。"她一直独树一帜,与众不同。如果她认为有不公现象,总是会直言不讳地指出。"

索托马约尔后来曾经对外界表示,她的生活经历和拉美裔传统对她的思想提供了参考;但她的司法决定则完全是依照法律。

奥巴马在公布新任大法官提名人选时说,他期待索托马约尔不仅给最高法院带来多年法律生涯积累的经验和知识,还带来"多彩人生旅程中汲取的智慧"。

律政俏佳人

在普林斯顿,她获得了本科生最高荣誉。带着这份荣誉从普林斯顿毕业后,她进入耶鲁大学法学院继续深造。

即便如此,索托马约尔总觉得与所处环境格格不入。"尽管我在普林斯顿、(耶鲁)法学院待过多年,干过各种法律工作,但还是不能完全融入我所在的圈子,我总是在考虑自己合不合拍。"她在采访中说。

毕业后,她进入纽约法律界。她一度进入纽约曼哈顿地区检察官办公室工作,同时接手一些私人案子。

1995年,索托马约尔因一桩案子的判决成为全国名人。

借职业棒球案的人气,1997年,她获得时任总统比尔·克林顿的晋升联邦上诉法院法官的提名。这一提名经过不太费劲的周折,于1998年获参议院通过。一般认为,这一职位是通往最高法院大法官的一块跳板。

从"打下手"开始大法官生涯

8月6日,美国参议院以68票赞成、31票反对的投票结果通过了索托马约尔最高法院大法官的提名。反对票全部来自共和党阵营。这一点不难理解——传统上,9位大法官中大体维持着偏自由派与偏保守派的平衡。此前退休的大法官苏特被认为属于温和自由派,而索托马约尔本人虽然被认为比苏特更偏保守,但是她的拉美裔身份使她被一些人归入民主党同路人。

主持批准听证会的民主党人雷希声称:"这是一次特别的任命。""今后的数年,我们仍会记住这一时刻,我们伴随着索托马约尔走上大法官之路,我们国家通过这次历史性的批准程序而又前进了一步。"

不过,索托马约尔短时间内可能难以摆脱"新人"的标签。由于最高法院正在内部装修,明年下半年才有望结束,索托马约尔只能先在一个临时办公室办公。

此外,作为"新来的",索托马约尔的大法官生涯可能将从"打下手"开始。比如说,根据英美的不成文规定,当大法官们在议事堂闭门谈论某个案件时,如果外面有人敲门,得由资历最浅的法官起身开门。如果真有这种情况发生(一般来说现代已经没有这种情况了),索托马约尔必须得当"跑腿儿"的。根据另一条不成文规定,除了开门,索托马约尔上岗后还得负责法官闭门议事记录。这意味着,她不仅要参与议事,还得记下要点,会后把纪要交给法院工作人员。这时,索托马约尔就得变身为"秘书"。

不过,这个"新来的"除了"打下手"外,还有一个特权——根据习惯,9位大法官就某个案件表决时,索托马约尔将最后一个表决。理论上,当支持和反对票数相等(4比4)时,索托马约尔的投票将一锤定音。当然,到了现代,一般情况下,这种特权已经流于形式。

(陈晓晨)

跳萨尔萨舞的索托马约尔

索托马约尔已经宣誓就任美国最高法院220年历史上首位拉美裔大法官。从法学院、律师、检察官、联邦法官到最高法院大法官,一路走来,索托马约尔似乎是为"法"而生的。

但是,在索托马约尔身边的朋友眼中,她其实并不是一个冷酷的、工作狂式的法官,她具有显著的"纽约客"特点,"会工作也非常会玩",是一个喜欢和人家飙拉丁萨尔萨舞,喜欢组织让所有人都来参加圣诞节派对的人。

索托马约尔原来的一名助手说,几年前,索托马约尔在参加她的婚礼时曾要求和前来祝贺的另外一名法官比赛跳萨尔萨舞,看谁跳的时间长。这位助手说,当时两位法官在台阶上"共舞"的场面非常"喧宾夺主"。索托马约尔的同事也向媒体报料说,索托马约尔在曼哈顿的美国联邦巡回上诉法院办的圣诞派对是很有名气的,大家在法院大楼的走廊里摆满各种食品,请来音响师,从法院的大法官到职员,从保安到在餐厅里工作的厨师,大家一律平等,一起跳萨尔萨舞狂欢庆祝圣诞。索托马约尔的同事说,最重要的,让大家都很难忘的是,索托马约尔邀请了所有的各个阶层的人,她也认识所有的人。

美国总统奥巴马说,他选择索托马约尔作为最高法院大法官,是因为她是一个将智慧和激情结合起来,并且能够正确地诠释美国宪法的人。

在索托马约尔在最高法院10月5日下个开庭期开始正式上任之前,对索托马约尔提名和资格的争论一直没有停止过。从奥巴马提名索托马约尔开始,她犀利的办案风格以及毫不掩饰的对"社会各阶层的同情心"就受到不少质疑。而引发最大争论的莫过于2001年索托马约尔在加州伯克利大学发表演讲时所说过的一段话,她当时称"一位拉美裔女法官多数时候能比白人男性法官做出更为公正合理的裁决,因为她有着更丰富的生活经历,也更能体会到少数族裔的困境"。索托马约尔因此一度被冠以"倒退的种族主义者"的称号。而在对索托马约尔提名举行的听证会上,共和党议员更是多次以此作为理由,攻击她思想偏激,判断偏颇,怀疑她秉持公正的能力,认为她无法胜任大法官的职位。

在美国,对最高法院大法官的提名总是和有关"棒球"的比喻联系在一起。最高法院首席大法官约翰·罗伯茨曾经指出,大法官就像是"棒球裁判",裁判是不制定规则的,而只是去运用规则。罗伯茨指出,裁判和法官的角色都是很重要的,他们确保每一个人照章办事。阿拉巴马州参议员、国会司法委员会成员赛辛斯说,如果一个法官有任何政治或者个人的政治议程的话,这样的判决不是对比赛进行公正的评判，而是被赋予权力而对其中的一个队进行偏袒。

　　索托马约尔本人也是一名狂热的棒球迷。在1995年，索托马约尔曾因对一桩与棒球有关的案子的判决成为美国体育界和法律界的名人。那一年，美国职业棒球联赛因球员罢赛一度濒临瓦解，球员和球队老板把官司打到联邦地区法院。作为这一案件当时的主审法官，索托马约尔做出有利于球员的判决，敦促球队老板与球员们达成新的劳动协议，这一举措挽救了美国职业棒球业。这一判决下来后，美国棒球界和部分媒体对索托马约尔充满赞美之词，甚至称她是职业棒球历史上最辉煌的名人。

（孙　卓）

阿勒马克图姆

迪拜酋长阿勒马克图姆："魔术师"演砸了

谢赫·穆罕默德·本·拉希德·阿勒马克图姆，看见这一长串名字，卖游艇和英纯血马的人就知道，这是他们最大的客户。

去过迪拜、被当地魔幻般的棕榈岛和迪拜塔所震撼的旅游者以前可能不怎么认识他，但随着迪拜世界债务危机的爆发，现在也知道了，打造这些超现代建筑的正是这个迪拜酋长阿勒马克图姆。只是，这位沙漠魔术师如今被剥去了"皇帝的新装"——戏继续不下去了。

"迪拜速度"：最好最大最快

1833年，阿勒马克图姆的先人率领一支约800人的部落到迪拜湾河口居住下来时，这里只是一个小渔村。即便是到了20世纪60年代，迪拜也只有6 000人。1967年石油的发现给了迪拜一个机会，在石油开采完后，富有的迪拜完成了一次蜕变：从一个以渔业维持生计的小港口，成为世界上规模最大和最繁华的商业中心之一。

现年62岁的阿勒马克图姆有句名言："瞪羚必须比狮子跑得还快，否则就会被吃掉。狮子也必须比瞪羚跑得要快，否则就会被饿死。不管你是狮子还是羚羊，每当晨光降临，你就要比别人跑得快，才能获得成功。"阿勒马克图姆这样解释"迪拜速度"。在迪拜建设的高峰时期，全世界十多万台工程起重机中有15%—25%在迪拜。而在迪拜，种一棵大树的成本高达3 000美元，所以在迪拜，人是否富有的标志是院子中树木的数量。

最近四年，阿勒马克图姆接手迪拜最高统治权后，当地发展速度更是惊人。各种耗资庞大的工程破土动工的消息频繁传来，这个酋长国一度染上了梦幻豪华、奢靡无度的魔幻色彩。一个没有自然景观和历史名胜的沙漠港口城市成为了全世界最热门的度假胜地之一。

不过，像巡洋舰一样长的游艇、千万美元一匹的英纯血马，都只是阿勒马克图姆的日常休闲。世界上第一家七星级酒店帆船酒店、沙漠中建起的世界最大室内滑雪场、全球最大人工港、世界最大人造岛棕榈岛和世界地图岛、全球最高大楼迪拜塔等超现代建筑、中东最繁忙的货运中心、全世界最壮观的超大客机航队，这些让人喘不过气的沙漠魔法，才是阿勒马克图姆的雄心所在。

阿勒马克图姆用巨额投资，让时间在迪拜被加速了。事实上，在阿联酋七个酋长国中，最大的阿布扎比日产原油270万桶，迪拜日产量只有24万桶。尽管如此，迪拜凭借高端房地产业、金融服务业和旅游业迅速崛起，风头压倒阿布扎比成为了中东最全球化的地区，100多万人口中有80%都是外国人。

阿勒马克图姆在他所著的《我的愿景》一书中表示，迪拜追求创新，期望建成世界经济中心，建议其他阿拉伯国家学习迪拜的成功模式。竖立在迪拜扎义德大道上阿勒马克图姆写给迪拜全体市民的广告牌注解着他的迪拜精神："梦想没有极限，持续往前。"

阿勒马克图姆还希望申办奥运会和世博会。但在泡沫没有破灭时，一切都是辉煌壮景、鲜花着锦，一旦资金链运转失灵，台上的魔术就有"穿帮"危险。

遮盖不住的危机

阿勒马克图姆实现梦想所依靠的是迪拜旗舰公司——业务横跨房地产和港口的企业集团迪拜世界。但近期负债累累的迪拜世界与债权银行商讨，请求把590亿美元债务偿还暂停六个月的消息震惊了全球投资者。

迪拜世界负债590亿美元，一旦无力还债，将成为全球最大主权基金违约事件之一。目前投资评估机构对迪拜还债能力信心大跌，其债务违约保险价格比冰岛还要高。

这让迪拜庞大的基建项目和旅游度假区项目蒙尘，大家开始意识到"建在沙子上"的危机。迪拜政府总负债800亿美元，包括迪拜世界的590亿美元债务，其中逾一半债权由欧洲银行持有。据德意志银行统计，迪拜楼价自2008年高位急跌一半，瑞银报告预测还会再跌30%。

在经济严重依赖石油出口的阿拉伯世界，相对缺油的迪拜走出了一条与众不同的发展道路。迪拜的石油产量约为每天24万桶，只占迪拜GDP的2%。

为了不使财源陷入枯竭，阿勒马克图姆推出了将迪拜建设成金融贸易中心以及观光城市的战略。但在资产泡沫严重的情况下，"迪拜模式"脆弱如一座沙堡。由于经济过于倚重房地产业和外来投资，在金融危机的背景下，资产缩水，外资抽离，迪拜最终出现流动性问题。金融危机爆发后，号称全球最高的迪拜塔的建筑工程在今年1月被冻结一年，其他建设工程也受到影响。

在过去一年中，阿勒马克图姆本人的资产净值估计损失60亿美元，成为福布斯全球15位最富有的皇室成员年度榜单上最大的输家。

但阿勒马克图姆不仅是个公司CEO，还是一个地区统治者。现在他只能向阿布扎比求助，以挽救梦想。阿布扎比拥有阿联酋全国九成的石油储量和价值7 000亿美元的世界最大主权基金。阿勒马克图姆最近数次强调，迪拜和阿布扎比这两个实力最强的酋长国联系紧密，团结一致。但愿这不是他的一相情愿。

（孙　进）

范龙佩

"中右派"范龙佩：欧盟总统我没想当

比利时首相范龙佩当选欧洲理事会常设主席（即"欧盟总统"）后，报端不乏各种嘲讽评论。

《纽约时报》在向读者介绍这位名不见经传的"欧盟总统"时，在范龙佩后特地加括号注明，"读做龙佩"，揶揄之感跃然纸上。"什么龙佩？"瑞典《Dagens Nyheter》报在社论中写道："这意味着欧盟再次选择了一个欧洲人自己认不出来的人物。"

然而在各种批评声中，法国前总统德斯坦的评价最为中肯："目前欧洲各领导人并不认为欧盟总统应是一个在能力上超越他们的人，而最多最多，是一个他们中间的一分子，一个代表了整个系统平均水平的候选人。"

范龙佩是一个低调的首相，若非有富通案牵连前首相莱特姆因下台，而比利时国王艾伯特二世又再三恳请，范龙佩是不会主动谋求此首相职位的，他甚至是非常不情愿地接受了比利时首相之职。

在今年春季的布鲁塞尔，《第一财经日报》记者曾同范龙佩偶遇，彼时范龙佩从首相官邸出发前往王宫与艾伯特二世议事，一行仅两辆轿车，毫无警戒措施，只有"E1"的车牌号显示出车主的身份。

彼时比利时民众对此位新首相评价颇高：范龙佩在国内政治中的成功之处，即在弥合比利时政界裂痕。

此次范龙佩也没有主动竞选欧盟总统一职：就在当选之夜，混合着英语、法语和荷兰语，范龙佩对在场的记者表示："我自己没想找这个职位。"

"但是从今晚开始，我将带着坚定的信仰和热情来从事这个工作。"范龙佩又补充道。像欧洲大部分的学者型政治家一样，范龙佩也具备亲民的自我贬低的幽默感。

美国前国务卿基辛格曾有一句著名的话，"如果我要和欧洲通话，我该打给谁"，以此讽刺欧洲大陆政治立场的支离破碎。在宣布当选后，范龙佩摆出故作正经的样子表示："我正焦急地等着那电话呢。"

范龙佩也第一时间澄清，他将尽职尽责做好欧盟的"总统"而非一个全球旅行的"欧盟发言人"。目前他的职责包括在欧盟国家领导人之间协调并开好每年的欧盟峰会。范龙佩认为，他的职责在于应对气候变化问题以及降低欧盟国家的失业率。

范龙佩这位低调的欧洲政客的当选，代表了德法联盟在重新掌控欧盟事务主导权上的胜利。在过去的五年中，由于欧盟从15国迅速向27国扩张，一直作为推动欧元一体化主要力量的法德在欧盟东扩过程中,控制权一度被稀释。此次"小国领导"范龙佩的当选,可以令法国继续谋求欧盟内部市场份额,同时也可以让德国放心地继续追求工业和贸易增长。

(冯迪凡)

默克尔与施泰因迈尔

默克尔与施泰因迈尔：两个"管家"式政客的较量

当地时间27日晚6时，德国联邦议会选举开锣。本土选民前往全国299个选区投票。

在德国目前的选举制度下，每个选民有两张选票，不仅要选人，还要选党。不过，大选之前，人们就认为这次选举实际上是安格拉·默克尔和弗兰克–瓦尔特·施泰因迈尔的PK。

而在之前的民调中，默克尔的支持率一直遥遥领先，在六成左右，直到大选前一刻。与默克尔多少相似的是，施泰因迈尔的政治生涯也是出于偶然，而且他们都曾被认为是"管家"式政客，性格内敛不张扬。

"乖乖女"得到贵人相助

"来自东部"的默克尔其实曾当过八个月的西德公民。她原名叫安格拉·多罗特娅·卡斯纳，1954年7月17日出生在德国北部海港汉堡。当时，汉堡属于西德领土。在默克尔八个月大的时候，她妈妈抱着她来到东柏林寻找她爸爸，默克尔从此成为东德人。

巨蟹座的小默克尔可以说算个"乖乖女"。班主任后来回忆说，尽管有时稍有放纵，但是大多数时间她是一个勤奋、努力、刻苦、博学多才、聪明伶俐的好学生。她曾获得"优秀学生"称号，并在俄语奥林匹克竞赛中获胜。作为奖励，她前往苏联参加学生交流活动——这是当时东德人的殊荣之一。

默克尔在大学毕业后从事物理研究，似乎与政治绝缘。不过，柏林墙倒塌、两德统一为默克尔铺就了通向政界的道路。当时的德国（西德）总理科尔是默克尔从政的领路人。

默克尔并不算一个"政治动物"。她在柏林墙倒塌后才开始进入政界，从政多少出于偶然。1989年11月，她加入了前东德"民主觉醒"组织。从政初期，她按当时同党的话说，"更像一个志愿者"，只做些后勤工作。不过，很快她凭借严谨细致的工作成为党部里离不开的人，她也逐渐参与到更高层的政治活动中。

1990年，她出任前东德最后一届政府的副发言人，同年8月加入德国基督教民主联盟（基民盟）。也就是在那时，她进入了当时的西德总理科尔的视线。在德国统一后，她当选了联邦议员；1991年，在科尔的提携下，多少也由于"东部人"的出身，她开始担任基民盟副主席；1991至1994年任联邦妇女和青年部部长；1994至1998年任联邦环境、自然保护和反应堆安全部部长。

在与科尔搭档的时候，她隐藏在科尔巨大身躯的阴影下，似乎又变成童年时的那个"乖乖女"。她也因此有了一个"科尔的小姑娘"的绰号。不过，当科尔因腐败等问题"下岗"，施罗德领导的社会民主党掌权后，成为基民盟主席的默克尔开始显露她不张扬却坚定的性格。在2005年大选中，基民盟的竞选联盟与社会民主党不相上下；是默克尔出人意料的坚持，使得施罗德最终让出总理一职。她成为德国历史上第一位女总理，也是战后德国第一位来自东部地区的总理。

此次默克尔一路领先，获得较高支持，一个重要助推器就是政绩。这位化学家的妻子使得德国经济几年之内出现了"化学变化"。她关注国际贸易，重整了法德关系，使德国主导欧盟事务的能力大为提升。不过，她最重要的成就是改善了对美关系，停止了在中东政策、国际贸易及全球变暖等问题上与美国分庭抗礼的做法，使得德国逐渐取代英国，成为美国处理欧洲事务的最重要中间人。虽然默克尔奉行保守的"价值观外交"，其对华政策颇为强硬，2007年接见达赖更是使得中德关系一度跌入谷底，但是她的对华经济政策却奉行实用主义。

不过，也有人认为，默克尔的政绩实际上是"施罗德请客"。施罗德在其任上推行的经济改革，虽然导致他本人因为改革招致的不满丧失总理宝座，但是却把成果留给了后来的默克尔政府。此外，施罗德的下台是为了换取默克尔接受"2010年改革方案"——恰恰是这个改革方案提高了德国经济的效率，引领德国重新走上经济高速公路。

性格相似的竞争对手

默克尔的竞争对手是来自社民党、现任副总理兼外交部长的施泰因迈尔。他1956年1月5日出生于德国西部北莱茵—威斯特法伦州的利伯河地区。

与默克尔多少相似的是，施泰因迈尔的政治生涯也是出于偶然，而且他们都曾被认为是"管家"式政客，性格内敛不张扬。长期以来，施泰因迈尔一直在幕后运筹帷幄。他曾任下萨克森州办公厅媒体官员、州长办公室主任、规划处处长、办公厅主任、总理府国务秘书、总理府办公室主任等。直至2005年担任外长，才算是结束了长年默默无闻的幕后工作。2008年9月，他被德国社会民主党党主席团推荐为2009年德国联邦议院选举总理候选人。

当时，施泰因迈尔在公众中获得的信任度不高。然而，他很快就投入到新的工作环境中去。报道称,他的竞选目标是防止中间偏右势力组建政府。在9月13日与默克尔展开的电视辩论中,他充满信心的表现为他赢得了一些选民的支持,其工作方式也赢得了国内外的尊敬,他在民众中受欢迎的程度在短时间内有了明显提升。

虽然施泰因迈尔的个人支持率不及默克尔,所在政党社民党的受欢迎程度也不及基民盟,但在大选前与默克尔一对一的电视辩论中,很多观察者都认为施泰因迈尔的表现更加抢眼,比略显紧张的默克尔好很多。此外,在年轻人中,他也逐渐拥有了较高的人气。

施泰因迈尔作为外长,曾发表过对中国以及中德关系的看法。他认为,现在中国变得更自信了,"我们需要一个允许开展坦率对话,同时也允许发表批评意见的(中德)伙伴关系"。"我们必须面对商业流通的不平衡、社会和环境标准的欠缺,包括因此对我们的就业岗位所造成的威胁等挑战。没有中国的参与,我们在气候保护方面也将停滞不前。"他还认为,德国的"一个中国"政策没有变化。

(陈晓晨)

亨茨曼

美驻华新大使亨茨曼：从"豪门浪子"到政治新星

一个中国色彩浓厚的美国人、一个知己知彼的沟通者——乔恩·亨茨曼，8月4日通过了美国参议院的批准，出任美国驻华大使。49岁的亨茨曼是一个共和党政治新星，犹他州前州长，美国化工巨头亨茨曼公司创始人的儿子。

中国渊源

美国多家主流媒体都强调，驻华大使，这是美国最重要的一个大使位置。亨茨曼的当选，是因为他具备关键的中国元素，那他是怎么和中国产生渊源的呢？

亨茨曼是个摩门教徒，犹他州是美国摩门教根据地。摩门教徒需要赴世界各地传教两年，进入完全陌生的国度。他当年以摩门教传教士身份在中国台湾地区活动了两年，在此期间熟悉了中国文化，他给自己起了一个中文名"洪博培"。他不仅能讲普通话，还熟悉闽南话。

亨茨曼的州长官邸里到处都装饰着中国字画和陶瓷。他是美国50位州长中，唯一会讲中文的州长。他最喜欢阅读的书籍中，哈佛大学教授费正清所写的关于中国的书有很多本。亨茨曼和妻子九年前从中国扬州收养了一个漂亮小女孩。女孩被遗弃时出生才两个月，面带微笑，亨茨曼起名"杨乐意"。

一遇到中国人，亨茨曼就会展示一下他的汉语功底。2007年6月，中国国家足球队来到盐湖城，他主动邀请全队来到他的官邸做客。双方一见面，他就用流利的中文说："我有一个中国名字叫洪博培，你们直呼我的中国名字就行了。"

每年的犹他州华人新春晚会上，亨茨曼都会用流利的汉语向现场华人致以新年祝福："我是美国唯一一位会汉语的州长。祝大家万事如意，恭喜发财！"

犹他州旅游的官方网站上甚至专门推出了中文网页。他将中文列为"战略外语"之一在公立高中推广，使犹他州成为美国第一个通过立法，在公立学校开设中文课的州，犹他州也成为美国学中文人数最多的地方。

他表示，喜欢中文是因为它是全世界使用人数最多的语言。"不要忘了，中国人口占全世界的1/5。因此对美国人来说，必须学习中文。这是我们对未来的一项非常重要的投资。"

他的从政经历也与中国密不可分。1983年，时任总统的罗纳德·里根访华时,他作为白宫官员助理到北京打前站,曾在钓鱼台国宾馆住了一个月。

1992年,他在老布什时期出任美国驻新加坡大使,是一个世纪以来美国最年轻的驻外大使。而在小布什时期,他担任美国贸易副代表,并在2004年成功当选为美国犹他州州长,并取得连任。

亨茨曼喜欢的中国格言是:"互相帮忙,互相学习;一起工作,一起进步。"他认为,美国和中国的关系是美国最重要的双边关系之一,他承诺将把中美关系提升到新的高度,不只关注两国的分歧,更重要的是关注两国的共同利益,这对于维护两国关系的持久和平与繁荣至关重要。

他认为,自己是一个"脚踏实地的现实主义者",这也将成为他处理中美关系的一个基调。现在是三十年以来中美关系最振奋人心的阶段,希望同中国就两国有着共同利益的问题进行更加频繁和坦率的合作。

奥巴马表示,他提名的美国驻华大使一方面要代表美国原则,同时也要尊重中国的看法。亨茨曼既尊重中国传统,也拥护美国的利益和理想。他拥有包括政治和经贸方面的多种经验,会讲普通话,理解中国文化,他将成为美国外交官中的明星。

从豪门浪子到政治新星

亨茨曼1960年3月出生于加州,他的父亲老亨茨曼曾是美国前总统尼克松的助理,后来离开政坛进军商界,创建了化工企业亨茨曼集团。

作为家中长子,亨茨曼曾有些"豪门浪子"的味道。他一度酷爱前卫摇滚乐。为加入一支摇滚乐队,亨茨曼不惜高中辍学,他至今还能弹一手不错的钢琴。他还喜欢那些刺激性的运动,比如登山、骑摩托车越野。

后来在家人的规劝下,他进入犹他大学,后至宾夕法尼亚大学。亨茨曼大学毕业后在父亲的安排下进入家族企业。但他意不在商,把董事长还给父亲、CEO交给弟弟之后,亨茨曼来到华盛顿。

亨茨曼于2004年上任犹他州州长后,优先处理经济发展、医疗保险改革、教育和清洁能源等议题,使犹他州成为美国少数几个预算盈余的州之一。去年11月,他以77%的高得票率竞选连任成功。

亨茨曼被认为是共和党竞逐2012年或者2016年总统大位、挑战奥巴马的热门人选,也许中国就是他实现政治抱负的新起点。

(孙 进)

管彤贤

不老的管彤贤：59岁创业，76岁退休

12月8日，上海振华重工（集团）股份有限公司（600320.SH下称"振华重工"）公告称，总裁管彤贤先生由于年龄原因，提交了辞呈，不再担任公司总裁职务，公司董事会审议并同意。

"年龄可能并不是他退下来的主要原因，他是真的下了决心，让自己好好休息了。"一位熟悉振华重工的投资公司管理者告诉记者。

这位七旬老者向公司职员专门嘱咐，不想接受采访，希望自己的离去能尽量低调。但离开自己创业并为之奋斗了17年的岗位，依然引起了不小的震动：公司一位管理层说道："其实大家很意外，都以为他会继续做下去，至少不是现在离开。"

59岁再出发

76岁的管彤贤早已超越了传统意义的退休年纪，虽然说话节奏并不快，但管彤贤思路清晰、事无巨细地管理着一家国有机械企业。他每天工作十来个小时，经常最后一个离开地板还是老木头的那座旧办公楼。

如果一名大学毕业生在23岁起步、60岁退休的话，17年只不过占去了职业生涯一半的时间。但若是要求你在59岁重新创业，再历经17载风雨，是否能挺得下来？一直使用《斗牛士进行曲》做自己手机铃声的管彤贤做到了。

24岁从北京工学院毕业后，管彤贤被意外下放到了黑龙江农场。大荒野的生活锻炼了他很强的自我管理能力。他形容，那时"自己的生命像小草般卑微，但旺盛并坚强"。

"文化大革命"结束后他被调回交通部并一直工作到1992年。在水运司、中港总公司船机处担任处长的他时年59岁。"公司也没有规定必须要退休，但总觉得自己还需要干点什么，于是请求组织将我调往上海。"

对港口机械产品很熟悉的管彤贤，想不通的是，"我们中国人干吗总是进口海外的港口起重机呢？不如自己做吧"。

这种想法并没有得到很多共鸣，但也没人反对。凭借与生俱来的敏锐度，并仔细揣摩海外客户的想法，工程师出身的管彤贤带领几个人旋即成立了振华重工，一干就是17年。现在，这家企业占了全球80%以上的港口机械市场份额，九年稳居第一。

赏罚分明

管彤贤对工作嗜爱如命。他一般会把当天的事情全部处理完毕，长长的书桌也一定要整理干净再走。

有一次晚餐，记者也碰巧在公司内部食堂里看到，他一边吃着面条，一边还在和自己的部下谈着一个工程的进度。

在公司内部，他也提出了"退休不按年龄划线"，振华重工的总工程师邬显达比他还要年长三岁，照样予以重任。

公司也不会一边倒地起用博士、硕士毕业生，而是谁有能力就培养谁。

振华重工曾想让公司的中专生上MBA班，让大家多学习一些商业知识，但被国内众多大学拒之门外。但管彤贤还是不肯放弃，最终找到了美国当地的一所学校，对方很乐意接收这批学生："只要（你们的员工）有相应水平，就可以入学。"该专业一开就是六年多。

他也让行政部门安排员工多出去旅游："国内走过了，就多去海外看看，比如美国和欧洲。"而重奖科技人员也是管彤贤一直倡导的：2004年振华重工用于科技人员的奖金是不到400万元，五年后公司拨出的奖金已经高达近2 000万元，提高了四倍。

一家港口机械公司的发展基石是了解海外市场，这对公司职员的外语水平提出了高要求。管彤贤就制定了一项政策：一年举行两次外语测试，通过的人能连续两年拿到每月上千元的奖金。

但如果遇到违反规则的事情，他也毫不留情。有位职员就说了这样一件事：公司曾有一个规定，不允许酒后开车。一天晚上恰好企业聚会，某职员就将公司规定给忘了，喝完酒晕晕乎乎地开了车。这事被老管知道后，该干部立刻被降了级。

公司每个周一下午都有两个小时是全员学习时间，员工要在这段时间内交流自己工作上的教训，与别人分享心得。十多年来该制度从来没有改变过，如果谁不来参加，管总也会毫不留情地扣奖金。

与振华重工打了多年交道的某券商分析师在得知管彤贤退下后，把自己的MSN后缀名改为了"后管彤贤时代悄然到来！"几个字。

该分析师说，事实上管彤贤离开后，继任者要面临的困难并不少，"这将不是简单的守业。振华重工如何平稳地过金融危机，怎样从一家单纯的港口制造商变为集海上重工、港口机械为一体的企业且继续保持世界领先等一系列挑战都会摆在新人的面前"。

（王　佑）

宁高宁

双面宁高宁：高调整合与低调人生

中粮集团（下称"中粮"）董事长宁高宁清早起床，照例在楼下的小餐馆买了两个火烧饼，回到家做的早餐就是两份炒饼，自己一份，女儿一份。

不过，在楼下的小餐馆买火烧饼的时候，他仍然有一丝忐忑。在此之前中粮集团大手笔收购中国蒙牛乳业有限公司（下称"蒙牛"）20%的股份，一时宁高宁成了舆论的焦点。之后没过几天，便有传言说宁高宁"停职学习"。尽管中粮第一时间出面辟谣，"但这段时间记者有时候会在门口等我，我刚起床蓬头垢面的，也怕有人看我"。

宁高宁被外界誉为长袖善舞的资本运作家，以一系列大刀阔斧的企业并购和整合闻名天下，走到哪里都是一股将军气势。可是他本人其实想过一种低调的生活，比如简简单单给女儿做一份早餐。"我不太喜欢做这些很高调的东西，但是没办法，因为每个人都有自己的角色，我必须扮演好。"在接受《第一财经日报》记者专访时，宁高宁淡淡地说。的确，他必须要扮演好自己经理人的角色，无论是在华润还是在中粮。

2005年初，宁高宁从华润集团总经理的位子调任中粮董事长，进入中粮之后，对中粮的产业链进行了一系列改革。两个多月前，中粮联合私募股权基金厚朴投资出资61亿港元，入股蒙牛，成为蒙牛第一大股东。

事实上，宁高宁在进行整合的这几年，也在不断校正和调整手法，包括对收购企业人事的安排、管理架构的梳理、企业文化的渗透整合以及财务手段的搭配运用等。宁高宁离开华润之时，面临的就是这些问题，现在依然是。

宁高宁在大学的时候主修财务，也因此在业界以并购整合擅长。不过，资本之外，他脑袋里装的却是风云诡谲的历史与波澜壮阔的地图。

宁高宁最近在读柏杨的一系列历史著作，特别对近代史情有独钟。明末清初时中国和外国的关系，以及文化和经济的构成，在他眼里变得越来越有意思。"我最享受的东西，说实话，就是今天我没事，看一本书。"

在近代史之前看东亚，和近代史之后看东亚，是一个完全不同的现象。在中国被忽略的《海国图志》，在日本却洛阳纸贵。这段历史对于中国工业的启蒙与发展产生了深远的影响。

宁高宁顺便还讲了一个故事。曾国藩曾经赠给其弟一副对联："千秋邈矣独留我，百战归来再读书"，勉励其在连年征战之后好好地读书，修身养性。这副对联如今被刻在忠良书院的再读亭上，忠良书院是宁高宁来到中粮之后创办的企业大学。"我们的同事，在外面竞争激烈，也比较辛苦，那么回来就读读书。"宁高宁说。

对话

宁高宁详解全产业链

在中粮与蒙牛的收购完成之后，中粮集团董事长宁高宁与《第一财经日报》记者进行了独家对话。

《第一财经日报》：关于蒙牛收购案，有人提出价格上的问题，现在回过头来，你怎么看这桩交易？

宁高宁：蒙牛实际上在今年上半年过得非常好，马上就要公布中期业绩了。在中粮入股之前，蒙牛有35亿元的现金存款。所以我和老牛在设计这个方案的时候，费了很大的劲儿，公司不能要太多现金，否则会变成回报率非常低的一个资产。他们不希望有这么多现金进来，希望能买一些老股，所以说中粮去救蒙牛了，完全是不存在的。蒙牛为了不让大家误解，把财务报表都放到网上去了。实际上中粮和蒙牛在价格上谈了很久，其中几次可能因为差几千元钱就差点要谈崩。

我希望能够通过董事会来管理，包括经营战略、方向甚至团队的组成，因为我觉得蒙牛团队是一个比较好的团队，中粮进来以后不应该把它打乱，我还是很满意这个交易的。

《第一财经日报》：国内公众了解蒙牛都是通过蒙牛的产品，三聚氰胺这个事件有很大的负面影响。大家也都知道蒙牛是一个民营企业，而很多人，包括商业银行都觉得国有的东西更可信，特别是在安全相关的领域。今后中粮势必要对蒙牛的生产、经营和战略进行管理，这个责任你是没有办法回避的。

宁高宁：一定是这样的，希望能够渗透进去中粮的管理理念，而且现在看来这个责任还比较大。因为你是第一大股东，是一个国企，如果将来有什么问题了，大家看问题的角度就不一样了。但是反过来说，蒙牛自己经过三聚氰胺事件以后，也开始改变系统，特别是加强了奶站的管理。我希望能把三聚氰胺这个事变成一个教训。

《第一财经日报》：中粮这几年的并购跟整个农业产业都是相关的,,未来汇源是否也是一个不错的可买对象？

宁高宁：我在中粮的工作会议上讲过几次了，汇源是不可能买的。这个事情我在公开场合也讲过，因为中粮和可口可乐合资有装瓶厂，双方是有协议的，而汇源和可口可乐基本上是有一个比较直接的竞争关系，中粮不会去买。

《第一财经日报》：中粮想打造全产业链，从过去只做产业链中间的贸易和加工环节向上下游拓展。不过目前中国上游产业和下游产业高度不匹配，农产业很落后，下游可能很不富裕，那怎么整合？

宁高宁：我觉得上游自身只能是一种管理式的，就是引导式的整合，你是不可能把上游都买下的。因为上游太大、太散，而且政策也比较复杂，牵扯的人也非常多。中粮自身对上游的整合也尝试了很多，现在看来效果很不错，包括对番茄种植业的整合、对葡萄种植业的整合等。

（高永钰）

傅成玉

中海油回应傅成玉"千万年薪"

皮肤黝黑、身材魁梧的傅成玉,相比中石油的蒋洁敏、中石化的苏树林,要高调很多。

称自己为"土鳖"的这位海归派掌门,不仅定期亮相于中国海油(00883.HK,CEO.NYSE)的财报发布会、公司媒体交流会上,其他重大的颁奖典礼和论坛,他也乐此不疲。

但这一次,让他成为焦点的不是中海油公司本身,而是他超过千万元的"薪水门"事件。

日前,财政部发出"金融限薪令"。财政部通知称,国有金融机构在清算2008年度高管人员薪酬时,按不高于2007年度薪酬90%的原则确定。这个议题还在街头巷尾热议着,随即就曝出某银行部分高管2008年薪水同比上涨约1倍的消息。

不过,中国海洋石油总公司有关负责人13日马上回应称,中海油有限公司高管层薪酬福利严格遵守国务院国资委有关规定,个人实际所得与向资本市场披露的"名义收入"大相径庭。

"名义收入"

中海油总公司新闻负责人介绍说,在上世纪末和本世纪初,国家为推动石油行业在海外整体上市,特批中海油有限公司为先行试点,允许中海油有限公司在香港注册,并以红筹股形式分别在纽约和香港上市。在当时的历史背景下,为了消除海外投资者对中国企业的投资顾虑,经国家主管部门认可,中海油有限公司按照国际惯例和香港公司的标准设计了包括公司高管层薪酬、期权激励在内的一整套公司治理和激励机制,并定期向资本市场进行披露。实际上,所有高管层成员从2001年上市第一天开始就把董事会批准的收入捐给了母公司中海油总公司,因而成为"名义收入"。

按照2008年中国海油年报,傅成玉的收入为1 204.7万元。2007年,该数字是1 130.2万元,同比上升6.5%。

傅成玉的薪水中约有一半来自"股票期权收益"。股票期权收益约为544.5万元,占其总收入的45%。因而傅成玉的实际薪水是660.2万元。

660万元的薪水体系中,最大一笔是"薪金津贴及福利"(下称"薪金"),为305.1万元,占千万薪酬的1/4;其次为绩效奖261.6万元,占1/5。大华继显(香港)有限公司的分析人士对《第一财经日报》记者表示，薪金基本可以理解为"工资"。

在2008年年报中记者查询到，傅成玉如果要对现有股份行权的话，需在7.22年内行使完毕。

薪水上扬

有一点不能忽视的是，中国海油2001年于纽约、香港两地上市后，随着企业业绩的强劲蹿升，包括傅成玉等在内的中海油多位高管薪水也在攀高。

2001年，时任中国海油执行董事、总裁兼首席执行官的他，位次仅低于卫留成。当时，公司没有公布傅成玉的年薪。那年，九位董事中，薪酬在250万港元到300万港元的有一人，150万港元到200万港元的为两人，其余都在100万港元以下。

2002年和2003年企业高层的收入增长都不明显。2005年时，傅成玉的个人收入首次对外公布。他没有获得任何袍金、绩效奖，不过"薪金"一项为441.1万元人民币，股票期权收入为223.6万元人民币，总计收入664.7万元人民币。

2006年，由于股票期权收益大幅上扬，再加上薪金津贴及福利和退休福利等，他的收入逼近了人民币1 000万元，为963.4万元。但薪金相比2005年反而有所减少。

2007年和2008年，傅成玉的总薪酬双双破千万元人民币。

收入较大增长的原因，不仅是因近两年来股票期权的收益没有大幅下降，且个人的袍金和绩效奖都实现了"从无到有"的增加。所谓"袍金"，就是从利润中拿出一部分额度来奖励董事会成员，这种奖励制度在境外上市公司中并不少见。

昨天，傅成玉的超千万年薪，在业内引起众说纷纭。有人认为中海油的成功，更多的来自于中海油对中国海上石油资源的垄断。

但是，"业绩好，他理应拿这么多"又代表了另一种声音。

中海油这家新型国有企业的成功当然是有迹可循的。在上世纪90年代改制后，这家拥有四个地区公司、人员冗杂的石油集团，转变为了三家上市企业：一个以油气业务为主的"中国海油"，两家专业型企业"中海油服"和"海油工程"。

1997年，中国海油的收入仅为123.73亿元，上市时也不过208.2亿元，2008年公司收入已破千亿元大关。

人事改革大刀阔斧

除了建立上市公司、更国际化地管理企业外，让公司得以快速发展的另一个要素还在于通过各种方式调动人的积极性。

傅成玉本人就力主企业内部的人事改制。"在管人的问题上，他更愿意通过制度的建立来做文章。"前述中海油高层对《第一财经日报》记者说，中海油在上市后有过多次股权激励。

2003年那场真刀真枪的改革中，不到六个月总公司和中国海油的机关编制锐减了20%，80%以上的岗位做了变动，900多人被分流到其他企业之中。公司部门经理全部实行竞聘上岗，一些表现突出的人才，薪水直接晋升了七级。

上市后的几个年份中，中国海油也多次制订和修改了公司的股权激励计划，公司众多高管和表现杰出的员工也都有股份在手。因而，中海油在近几年中业绩突出，也让高管享受到了更多的绩效奖励。

尽管收入明显上涨，但中海油总公司新闻负责人说，作为国资委直接领导的中央企业，中海油有限公司高管层和员工实际收入与名义收入有天壤之别，并严格接受国务院监事会监管和审计署审计。

在此次争议薪酬事件以前，不管是手下还是外界，傅成玉留给人的都是"为人随和、愿意采纳意见"的印象。2008年8月26日，中国海油的香港业绩发布会恰好与中石油的在时间上"撞车"。傅成玉在会议室耐心等了近半个小时，多位记者才陆陆续续落座。当一位记者向他表示道歉时，傅成玉心情依然很好："没有关系。"对于每个记者的问题，他不仅耐心倾听，不明白的还要求对方重复。

南开大学教授万国华说："像过去那样，让国有企业管理者也拿公务员的收入，显然不可行。财政部对金融高管限薪的规定发出后，好似一个强烈的信号，即政府在考虑国有企业管理者的收入问题。我个人认为，政府既要让那些做出贡献的人获得应有回报，同时也可能需要设立一个薪酬的上限。"

（王　佑）

谢企华

"铁娘子"谢企华的后宝钢生活

白衬衣、黑西裤、大镜片眼镜，退休后的谢企华似乎跟几年前那个叱咤钢铁业的"铁娘子"相比没有什么变化，只是发型从短发变成了蘑菇头，脸上也多了微笑。

两年前，64岁的谢企华从宝钢功成身退，众多的头衔显示，她肩上的社会工作并没有比以前少。这些头衔包括中国贸易促进会冶金分会的会长、世界可持续发展理事会的理事、三个主攻管理和经济的博士的导师、渣打银行中国和宁波港务外部董事，以及淡马锡顾问。

不过与担任宝钢董事长时相比，谢企华说她的压力小了很多，可谓"轻松悠闲"。虽然一周中她还会去一两次宝钢大厦，但不必准时上班，也用不着对那个中国最大的钢铁厂的大事小事操心了。

"铁娘子"是如何"炼"成的

1978年，35岁的陕西钢厂技术员谢企华来到上海，担任宝钢工程指挥部基建处技术组组长。当时这位清华大学工民建专业的高才生，已在陕西奉献了十年的青春，而她在上海的事业还是一片空白。

当年12月23日，宝钢工程正式动工，谢企华也开始了由一个技术员向中国最大的钢铁集团领军人物转变的征途。

那时候，模样平平、说话和气、有些不修边幅、行事略带男子气的谢企华，做梦都没想过自己会成为一个企业的领导人。"1994年，当黎部长（宝钢第一任董事长黎明）找我去，说让我当总经理，我还跟他说我当不了。"谢企华回忆说，"我是学土木工程的，既不懂管理也不懂财务。"

最终，谢企华没有让黎部长失望，多年后，她被美国《财富》杂志评为全球最有权力的50位女强人之一。谢企华说："把你放在这个位子上了，就逼着你要去学习，压力很大。当时是工作中缺什么就加紧补什么，现在看来，在工作中学习是效果最好的，也是进步最快的。"

与一般企业的领导人相比，谢企华显得颇为普通，她脸上没有焦灼，没有担当大事的人惯常的额头纹和一道道褶皱，只有一股质朴的书卷气。而在普通的背后，却有一种天生的战略眼光和超前思维，这让她丝毫不输给任何一位钢厂的男性领导者，甚至更胜一筹。

早在2003年、2004年时，当大部分人还不太清楚"供应链"为何物时，谢企华就在宝钢工作会上提出了"供应链管理"这一概念，要求宝钢与客户、供应商之间优势互补，打造最具竞争力的钢铁供应链。

没多久，当其他钢厂还在进行设备改造、自顾不暇的时候，宝钢就与上游的煤炭、矿山企业，中间的运输企业，下游的汽车、机电企业签订了各种各样的战略联盟或者长期合同。

直到现在，宝钢依然沿着谢企华铺下的道路在往前走，90%以上的矿石依靠进口，而且全部是长期合同，与中远、中海等航运企业签订长达十年的长期海运合同，甚至合资成立航运公司。

不过，由于去年金融危机爆发的影响，铁矿石价格从上半年的高位迅速下滑，拥有年度长期合同的钢厂如今却吃了亏。对此，谢企华认为，购买和签订长协矿的策略并没有错，只是这次碰到了金融危机的特殊情况，才有特殊的结果，"管理一个大企业，要看长远利益，而不要计较一时的得失"。

这样一个有大局意识的女领导，很多方面又无法超脱女性固有的一些特质——她的管理极为细致。谢企华告诉记者，在宝钢的时候，她对财务数据是绝不放过的，批报告就连错别字也要改，而很多部门级别的会议，也常常会看到她的身影。

"平和、人缘好、有亲和力"，是宝钢和钢铁工业协会的同事对谢企华最多的评价。高温下，她可以与工人们亲切交谈；酒桌前，她可以把一个年轻的男性员工放倒，不管是啤酒还是白酒。

谢企华说，酒量好是练出来为了对付日本人和韩国人的，"他们喜欢喝酒，你不能输给他们"。现在，谢企华回忆起在宝钢的几十年，很平静地对记者说，她没有什么遗憾。

至少淘汰1亿吨钢产能

退休后的谢企华，吃得很随便，穿得也很简单，没有太多的爱好，生活规律，每天走上十分钟，闲暇时看看书，有空了打几场乒乓球。以前她只关注宝钢，现在则更关心国家的宏观经济。

"总理提出中国经济今年增长8%，目前看是比较乐观。"不过谢企华说，一季度或者上半年如果不能走出低谷，8%的增长就会比较困难。

对于政府4万亿元刺激政策的投向，谢企华提醒说，如果4万亿的投资继续增加，可能会造成新的产能过剩，"政府不能有投资冲动"。

谢企华认为，中国与美国不一样，中国经济的下滑是因为美国经济影响了中国出口，所以应该趁经济低迷加快经济结构调整，把13亿人民的需求和消费带上去才是根本。

而对于她的老本行钢铁业，谢企华认为目前中国超过6亿吨的钢产能至少需要淘汰1亿吨，"企业扩大规模、兼并重组的同时，也要考虑怎么淘汰落后产能，这取决于地方政府是不是能下决心，当然这也会给政府带来一些问题，比如员工如何安排"。

在谢企华看来，经济不景气时期，节能减排的指标更不能下调，应该利用这一时期强力落实，促进可持续性发展，"当然怎样缓和社会矛盾，也是应注意的"。

在酒店一起吃晚餐，记者注意到她饮食非常简单，席间甚至连饮料都没有喝，而临告别时，她递上一根香蕉嘱咐记者带走，这样的细致与体贴，在以前似乎不可想象。

对话

建议投资境外资源项目

《第一财经日报》：目前新年度的铁矿石谈判仍在进行，你有什么建议？

谢企华：现在中国一直强调定价权，但首先要想好怎样是对我们有利的，是一年定价好还是半年定价好。要对整个经济形势有个准确的估计，中国下半年经济不会像去年上半年那么好了，谈判时就不用过于着急。

《第一财经日报》：现在越来越多的中国企业走出去收购海外矿产资源，你认为是控股好还是参股好？

谢企华：此次两会，我的提案就是建议趁着国际资源价格比较低，投资资源项目，政府也应鼓励有条件的企业走出去。不过，我认为获取海外矿产资源的方式最好不要控股，否则很容易引起国外政府的警惕。收购前一定要明确自己收购的目的是什么。宝钢在2001年就开始参股海外矿山，但都不是控股，不进入对方董事会，只是成立了管理委员会以了解公司的成本，保证一定的矿石资源。

《第一财经日报》：如何采取措施绕过国外政府审批的敏感门槛？

谢企华： 可以与其他公司联合起来收购，比如中铝联合美铝收购力拓的股份。另外，现在都走出去不能互相竞价，需要政府引导，协会协调。

《第一财经日报》： 目前国外对我国钢铁出口反倾销反补贴调查愈演愈烈，如何能够扩大出口？

谢企华： 建议是出口多元化，不要集中在一个国家。品种上也应多元化，因为倾销只针对一种产品。另外，价格上不能以非常低的价格出去，政府层面上也要争取市场经济国家的地位。

（陈姗姗）

郭本恒

与郭本恒的四次相遇：给光明注入雄性激素

场景一 "解说员"（2006年10月）

第27届世界乳业大会之前，光明乳品八厂扩建工程顺利竣工。刚刚出道的年轻记者在乳品八厂的展览室对玻璃窗里的展品自言自语，边上恰好站着光明的一位管理人员，二话不说就充当起了解说员。

晚上，采访结束，在八厂门口等车的间隙，当时的光明掌门人王佳芬顺便向记者介绍起身边一位高管："这是管技术的老总，你有问题可以问他。"记者抬头发现，原来正是下午那位"解说员"。交换名片后才知道，这位亲切而温和的"解说员"名叫"郭本恒"。

那时，草原双雄伊利和蒙牛凭借常温奶迅速扩张，早已取代光明成为中国乳业新贵，而光明的增速则已经降到了个位数。不过在那一届世界乳业大会上，光明作为主办方却吸引了足够的眼球。王佳芬满面春风地宣扬着"聚焦新鲜"的主张——这是世界的潮流。事实上，这是王佳芬这位"乳业女王"在公众面前的最后一次亮相。几个月后，郭本恒继任掌门。

场景二 略显尴尬的亮相 （2007年3月）

"我们的酸奶是从中国婴儿粪便中提取出来的菌种研发出来，特别适合中国市场。"台上一位中年男人用洪亮的嗓音一口气说出上述的话语，台下提问的记者顿时愣住。这是郭本恒成为光明新总裁后首次公开亮相。

中国还没有一位食品行业的老总会主动将自己的产品和粪便挂钩，但是郭本恒却无所顾忌。看惯了乳业"铁娘子"王佳芬鲜亮的红唇、职业的微笑，眼前这位声音洪亮、略显憨厚耿直的东北汉子，突然让记者无所适从。

光明一位管理人员事后对记者说：我们老总是技术出身，这些在他看来很正常，也许他没有考虑到大家的接受度。说这话时，对方略显尴尬。

当时与会的记者们并没有对这句独特的发言大做文章，但郭本恒似乎并没有察觉到记者们的"友好"。在此后的一次电视访谈中，他又将同样的话重复了一遍，令主持人大跌眼镜。

场景三　变革（2007年下半年至2008年）

"畅优"发布会之后，郭本恒在公众视线中沉寂很久，记者几次约访未果。事实上，这段时间光明发生了很多事情。

突然有一天，郭本恒再次出现在电视访谈节目中。

彼时，郭本恒毫不客气地表示，光明的产品较之对手更有内涵，之所以暂时落后，问题出在营销上。"他们是狗鼻子，我们是人鼻子，他们是我们20倍的灵敏度。他们是反常的，但是我们也要从正常变得异常。"

说这些话的时候，郭本恒双目炯炯有神。对着电视，记者脑海中那个温和的"解说员"和那个憨憨的东北汉子的形象开始模糊，眼前的郭本恒，已经有了"杀气"。

他似乎已经很明白自己要做什么。王佳芬的"聚焦新鲜"策略看上去很美，但是中国毕竟不是西方发达国家，鲜奶在二三线城市多如牛毛的夫妻店面前仿佛是一位无法委身下嫁的贵族小姐。郭本恒急需改变这一状况。

郭本恒将王佳芬"聚焦新鲜"的战略改为"聚焦乳业、发展新鲜、突破常温"，同时他对光明组织架构进行了大刀阔斧的调整：组织架构删繁就简；整合供应链和渠道，减少"内耗"。战略调整的同时，王佳芬时代的矩阵式组织结构也被否定。此外，这位技术出身的老总一口气砍掉了光明一百多种已上市产品，重点对明星产品进行营销。

更令人始料未及的是，郭本恒做这些事情仅花了一年多时间。

场景四　带领光明反攻（2009年，初夏）

"今天最后一个拍品，澳洲十日游，起拍价三个月38万销量。"

"100万！""130万！""150万！"

这是一次特殊的拍卖，金融风暴并未退潮，乳业正在三聚氰胺风波后开始缓慢地恢复，但是光明乳业为了自己的新品"Hi优果粒"发布，大方地包下了黄浦江上的一艘游轮，光明的各路经销商更是齐聚一堂。

此时的郭本恒穿着一件T恤，坐在拍卖台的一边，嘿嘿地笑着。他脸上又露出了那种温和的神情。两年时间，他已经完成了对自己团队的改造。他曾向记者表示，作为领导者，必须搏。而在团队中，"没有这种精神的人我原则上是排斥的，我要这种类型的人"。

在游轮的甲板上郭本恒告诉记者，以往光明每年都要推20种新品，"'孩子'太多养不过来，现在我们每年集中精力推四五个，集中精力把'孩子'培养好,给'孩子'交学费,领着'孩子'上小学、高中,甚至将他们培养成'院士'"。

以往光明主攻保鲜奶,"我们在保证新鲜领域领先的同时,也要在常温领域发力"。事实上,光明最近力推的两款新品"莫斯利安"和"Hi优果粒"都是常温产品。光明为今年1月上市的新品莫斯利安酸奶已经投入了约1 500万的线上营销费用,换来了5 000多万的销售收入。

这就是光明掌门人郭本恒,两撇浓密的眉毛,眼睛瞪得如铜铃。一路走来,他形成了自己独特的气质。"一个企业的领导一定要有信心,而且要正面和阳光。"在接受《第一财经日报》记者专访时,他曾如是表示。

即便在三聚氰胺那段灰色时光,他也用自己洪亮的嗓音激励着大家。在那段时间,蒙牛和伊利两位掌门牛根生和潘刚均躲开媒体,郭本恒则大大方方地坐到了聚光灯下。他要带领光明进行反攻。

但对于郭本恒的质疑之声也从来没有停止过。根据《中国企业家》杂志此前的报道,他上台之初,意欲转变王佳芬时代的"新鲜"战略时,几乎被董事会的口水所淹没。三聚氰胺和金融风暴出现的2008年,他因给高管高工资而一度遭遇非议。在光明最近的股东大会上,他大手笔的营销开支也引来种种质疑。2008财年,光明销售费用23.2亿元,占营业成本近47%,占当年营业收入的31%,2008年净利润亏损2.86亿元。

如此种种,郭本恒依然我行我素。

在三聚氰胺事件中,他迅速的反应一改光明以往给人行动迟缓的印象。面对最新的质疑,郭本恒并没有太多解释,他表示"培养孩子需要交学费",也许他只想用业绩来证明。

(惠正一)

魏家福

"船长"魏家福：890亿现金在手，所以底气十足

要想不费力气见到中远掌门人魏家福，去哪里找命中率最高？答案是国际会议或MBA论坛。

"昨天晚上BDI（波罗的海干散货海运指数）大涨了180点，是你们来中国给我们带来的好运！"来自伦敦金融城卡斯商学院的一百多名学员，昨天风尘仆仆来到上海，为的是听一听包括魏家福在内的中国企业家对企业管理和世界经济的独到见解，而魏家福用与中远业绩息息相关的BDI欢迎了他们的到来。

魏家福就是魏家福，操着不标准的英语"能说会道"，屡屡张开双臂，在演讲台上到处走动，在任何一个国家任何一个演讲场合，他都是如此自信与张扬。

现金最重要！

今年已是魏家福成为中远集团掌门人的第11个年头。虽然与央企掌舵人的普遍低调作风有些不符，但没有人怀疑魏家福是个绝对激情澎湃的人，平时公司里大大小小的会上，他无不慷慨激昂，以致员工经常发现他嗓子是沙哑着的。

如今，即使在金融危机对全球航运业带来重创，中远集团一度浮亏数月的情况下，他依然泰然自若面对着闪光灯，以及媒体的质疑与簇拥。

魏家福的底气在哪里？

"现金流就是企业的血液，没有现金流的企业是生存不下去的。"在昨天的演讲中，魏家福屡次拿出中远的现金流来说事儿。

早在去年美国次贷危机刚刚显露时，魏家福就组建了一个应对次贷危机的领导小组，并亲任组长，连续开会对形势进行综合分析，领导小组当时就预测次贷危机有可能严重地摧毁美国的金融体系，进而波及全球，并影响实体经济。

随后，魏家福迅速做出决策，立即把在美国外资银行借的债务转到中资银行来，在外资银行的存款也尽可能转到中资银行。此外，魏家福还立即否决了二级公司报上来的上百条新造船计划。他认为，集团要掌握大量现金，才能应对可能出现的金融危机和经济危机。

果然，金融危机在去年下半年全面爆发，全球经济遭受巨大冲击，国际

航运业更是首当其冲，而魏家福心里却已经有了底。

"现在，我们有890亿元现金在手，也就有了底气。"魏家福向上推了推他那副在演讲时才会戴的无边眼镜，显得比平时更加得意。当其他公司的在建船舶没有资金续建，或者没有现金继续运营现有船舶的时候，中远还有足够的实力和金钱抄底收购。

之所以可以如此未雨绸缪，得益于中远经历的"前车之鉴"。1998年魏家福出任中远集团总裁时，正好是东南亚金融危机爆发的第二年，当时外贸运输同样处于低谷，加之中远此前的过快扩张，不仅搞航运，还搞房地产，甚至是航空货运公司，资金链岌岌可危。

那个时候，刚上任的魏家福立刻收缩投资战线，除航运主业必须更新的投资计划外，其他投资一概不批，用了不少时间才让中远喘过气来。

昨天，说到兴头上的魏家福在演讲用的PPT文件中出示了一个巨大的"赢"字。"这个字就是英文中的'win'，现在我就来告诉你们，怎样才能让企业'赢'。"魏家福挥舞着双臂兴奋地说，以至于他红色的领带，似乎都要随着大幅的动作抖了出来。

"要想赢，首先要想到'亡'，想到最坏的情况，进行危机管理；然后就是需要足够的现金，并能准确地判断形势；最后，则是要将每项投资都确定一个明确的时间表。"

航运春天要来了？

作为全球最大的干散货运输企业的老总，BDI的上蹿下跳，其实一直牵动着魏家福的神经，每天看指数的变动是他雷打不动的功课。而从去年年底到现在，他也看着BDI从22年历史最低点的663点强劲反弹，然后在3月掉头一路向下，到4月8日跌至1 463点后又一路上涨，在6月2日突破了4 000点。

就在最近短短的两周内，BDI又经历了一个"小转弯"，从4 000点直线下跌，直到这两天才又开始攀升，并在15日收于3 763点。

但魏家福昨天的心情没有受到BDI像过山车一样的波动，以及集装箱运输仍深陷泥潭的影响。"现在这指数涨得还不够，这个月肯定会突破4 000点。"面对记者关于BDI未来走势的提问，魏家福摆了摆手，一点都没有迟疑。他说："如果从年初开始算，现在航运企业还在成本线以下运行，我相信今年的干散货航运是前低后高的走势。"

魏家福说，之所以下此判断，主要是因为中国政府刺激内需的政策已经见到了效果。"政府还在不断推出新的刺激计划，比如最近出台的提高出口退税率的政策，都是非常强有力的措施。再说中国有13亿人口要进行消费，中国还有很多项目在等待建设，需求是客观存在的。还有外国人也要吃饭、要穿衣，需要家庭用品，去年圣诞节可以用前年的礼物，今年还能用吗？肯定要换新的了。"

因此，魏家福坚信航运业的春天会来临，正如他仍为中远集团确立了今年要赢利的目标一样。

不过昨天中国远洋(601919.SH)下跌0.83%，收于13.09元，并没有受到魏家福"豪言壮语"的刺激。

（权利冰　任玉明）

陈同海

陈同海：中国最大企业前掌舵人的沦落

在中国石化（600028.SH）2006年年度报告上，有一张陈同海的照片。他头发有些灰白，拿着一本黄色封面的年报，面带微笑地坐在椅子上。三年之后，陈同海的手上换成了一张北京市第二中级人民法院的一审死缓判决书。

双面人物

事实上，当昨天有关陈同海受贿1.9亿元的消息发出之后，大部分中石化集团的中高层都显得很平静。

但在2007年6月22日突然宣布陈同海出事时，不少人却很惊讶。

有媒体报道称，那天下午中石化集团在总部召开总部机关和在京所属单位党政主要领导干部会议，中组部副部长王东明、国务院国资委主任李荣融等出席了这一会议。王东明宣布了相关任免决定。陈同海在当日下午一度出现在会场，但中途离去，再未回来。

当时国资委网站也挂出了由苏树林任中石化集团总经理、党组书记的消息，并称陈同海因个人原因提出辞去中石化集团总经理、党组书记职务。事后三个月，国资委主任李荣融向媒体确认，陈同海处于被"双规"调查的阶段。

今年61岁的陈同海是原中共天津市委书记、浙江省委书记陈伟达之子。他在政企"两栖"的升迁路径，与其他石化系统的高管不太一样。

15岁就参加工作的陈同海，28岁从东北石油学院采油工程专业毕业。在大庆研究院开发一室做了地质员不久后，他就调往了浙江省科委。1983年，35岁的陈同海被派往中国石化现在最大的石油企业镇海炼化工作，并先后担任党委副书记及书记。38岁到50岁时，他又到浙江省和国家计委担任干部。从1998年到2007年，他回到石化系统，并一直身居高位：前五年，他是中石化的二把手，做了五年的集团副总经理；2003年3月起出任中石化集团总经理，一个月后当选为上市公司董事长。

而陈同海的个性似乎很难琢磨，他的言谈举止往往会有两面性。

在一些基层员工的记忆中，陈同海对人和气，没有什么架子。但另一些员工则认为陈同海平常非常霸道。

2006年，中石化的销售收入也首破万亿元大关，达到了1.044万亿元人民币，进一步确立了中国第一大企业的地位。有媒体报道称，这位中国第一大企业的掌舵人在集团内是挥霍出了名的，每日挥霍4万元。当有人劝告他要收敛些时，陈同海大言不惭地说，我一年上交税款200亿，这点算什么？

被判死缓

经北京市第二中级人民法院审理查明，1999年至2007年6月，陈同海利用其担任中国石油化工集团公司副总经理、总经理和中国石油化工股份有限公司副董事长、董事长的职务便利，在企业经营、转让土地、承揽工程等方面为他人谋取利益，收受他人钱款共计折合人民币1.9573亿余元。案发后，陈同海退缴了全部赃款。

北京市第二中级人民法院认为，陈同海身为国家工作人员，利用职务便利为他人谋取利益，收受他人财物共计折合人民币1.9573亿余元，其行为构成受贿罪。陈同海受贿数额特别巨大，情节特别严重，论罪应当判处死刑。鉴于陈同海在因其他违纪问题被调查期间，主动交代了办案机关未掌握的上述全部受贿事实，具有法定从轻处罚的自首情节；此外，陈同海还具有认罪悔罪，检举他人违法违纪线索，对查处有关案件发挥了作用，以及积极退缴全部赃款等酌情从宽处罚情节，故对其判处死刑，可不立即执行。

巨贪被判死缓的还有云南省原省长李嘉廷，在该受贿案中，李嘉廷受贿数额特别巨大，情节特别严重，就是因为其具有立功情节而被判处死刑，缓期两年执行。

北京市第二中级人民法院认为，回顾法院曾经判处的受贿案件，确实存在对一些比陈同海犯罪数额小的受贿犯罪分子判处死刑，立即执行的情况，例如成克杰、王怀忠、郑筱萸等。这些受贿犯罪分子都不具有法定从轻处罚情节，而且还分别具有拒不认罪、索贿、受贿行为造成后果极其严重等从重处罚情节，因此法院依法对其判处了死刑，立即执行。

据了解，近年来国有企业腐败案件频发，陈同海是其中级别最高、掌管企业规模最大、犯罪数额最大的一个，案值之巨、危害之深、影响之广，令人震惊。

就陈同海的陨落，一位中石化地方石油公司的负责人直言，个别国有企业领导者的情况，即便是集团内部都不一定了解，"谁会想到他会贪污？会知道他有那么多事情呢？"

当记者告诉他，陈同海也曾经入围过"中国制造业年度十大创新人物"时，这位高层说："这些奖项并不是给个人的，他是代表国有企业领的。就像一个企业的发展，你能说就是他一个人的功劳吗？因此国企领导人更要洁身自好。"

据媒体报道，陈同海不仅自己受贿，与其可能有亲密关系的云南籍女子李薇也存在腐败问题。据了解，李薇通过其亲属拿到过一块出让金为1.18亿元、青岛市黄岛开发区的土地，且该地块建成后的房屋只能定向销售给青岛大炼油等项目的高层和专家，青岛大炼油的主管单位便是中石化集团。而这块地的成交价明显低于市场价。另据报道，经陈同海介绍，李薇与山东省委原副书记兼青岛市委书记杜世成也有亲密关系。

2008年2月5日，福建省厦门市中级人民法院依法对杜世成做出一审判决，以受贿罪判处其无期徒刑，没收个人全部财产。

（禾 苗）

于淑珉

海信总裁于淑珉：平凡"老太太"的强势作风

于淑珉刚到海信的时候，恰逢长虹引发了国内电视行业的第一场价格战，她主持工作的第一块"硬骨头"就是精简机构和减员。

这触犯了不少海信的老员工，"这个外人刚来懂什么？"他们在暗地里设置了不少障碍，拒绝服从的理由五花八门，甚至找到资历更老的副总裁出面解围。不过于淑珉没松一下口，不管什么理由，所有的政策全部执行到底，没有任何情面可讲。

做完这件事之后，于淑珉的管理风格终于在海信传开了，有员工私下称她为"海信的撒切尔"，但以后的执行基本上没再遇到太大的困难。

这就是于淑珉。九年前，海信董事长周厚健做出一个让所有人都惊讶的决定，让比自己大六岁的于淑珉担任海信总裁。于淑珉把这样一个决定归结为自己的"执行力"。

强势的执行者

于淑珉今年58岁，当《第一财经日报》记者问到她的管理心得时，她说："充分理解企业的经营理念，然后把长远目标和近期实践结合好。"

在目前海信的管理层中，包括于淑珉在内，一共有十位总裁和副总裁级别的管理层，其中还有三位"国际人才"，于淑珉是其中唯一的女性，也是唯一的一个总裁。做到总裁这个位子，海信员工评价于淑珉是个"急性子的人，风格有些强势"。

2008年底到2009年初，席卷全球的金融危机让海信也感到了切实的寒意，出口额一度下滑30%之多，于淑珉分析后认为，应该紧盯风险较大的几个国际市场，俄罗斯就是其中之一。

据海信员工透露，于淑珉找到海信进出口公司的副总经理，让其专门飞到俄罗斯追缴回款。"如果收不回钱来，你就住在他们办公室不要回来了。"于淑珉下了死命令。

由于先下手，海信最早拿到了货款。在2009年年初美国第二大消费电子产品零售商电路城(Circuit City Stores Inc.)破产前夕，海信也是率先拿回所有的回款。"在这轮经济危机下，没有造成新的损失，也没有新的坏账产生"，让于淑珉感觉"很踏实"。

"可能他们（员工）在压力大的时候会埋怨我要求比较严格，但还没有严到让大家受不了的地步吧。"于淑珉为自己的"强势"辩解说。年轻时常被员工评价为不苟言笑，现在的于淑珉待人接物之中还多了一分和蔼。

小心驶得万年船

但就是这样一个强势的管理者，却也有如履薄冰、谨小慎微的一面。"这么多年，我最害怕的就是决策失误，一旦出现失误，海信就会跟不上了。"于淑珉说。

在海信，重大决策都是先由周厚健和于淑珉两个人"碰一下"，然后是包括党组书记在内的三人小组讨论，再提交董事会决定。尽管如此，最初担任总裁一职的于淑珉常有压力大到睡不着觉的情况，这种危机感也贯穿她的职业生涯。

最近，于淑珉给所有的管理层都买了一本书，就是日本京瓷公司和第二大运营商KDDI的创始人稻盛和夫写的《在萧条中飞跃的大智慧——日本"经营之圣"谈危机下的生存之道》，并要求管理层在每周的《海信时代》内刊上发表读后感。

只要资金链不出问题，只要危机中不犯重大错误，企业就一定能存活下来。这就是于淑珉对形势的判断。

其实早在2008年第四季度，于淑珉就开始每月召开经营分析会，让管理层对这场"生与死"的考验引起充分重视。"谁也不知道这个冬天到底寒冷到什么程度，所以要做最坏的打算，但往最好的方向努力。"于淑珉说。

危机发生之后，于淑珉将固定资产投资的审批额度从5万元降低到3万元，而且停止了一切扩大规模增加生产的投资，仅保留提升质量和效率的投资以及前瞻性技术投资。

这种谨小慎微的风格也成为海信的一种企业文化。于淑珉感到很庆幸的是，每当经营方向不明确的时候，海信就会放慢发展速度，但至今为止，海信从没有大的失误。

以收购科龙这个难啃的骨头为例，于淑珉首先考虑的是有无生死风险，即一旦收购失败，是否会给海信带来致命打击。在确认只要方案好就没有生死风险之后，海信才开始研究怎样并购。尽管收购过程远比预期艰难，但海信始终保持"进退自如的谈判筹码"。

也有的投资者对于淑珉抱怨，海信太保守了，也太"平"了，基本没什么波澜。于淑珉并不赞同"保守"的评价。

13年前，海信果断进行变频空调的研发，尽管在总体空调市场一直很不突出，但到了2008年9月1日，变频空调的国家能效标准开始实施，守候多年的海信终于等来了春暖花开的一天。

2004年，所有人都认为海信进行了一次大冒险，那就是投资数亿元开发液晶模组，并于2008年推出第一款LED电视，当时市场上只有两家外资企业可以提供。通过模组，海信将LED电视可操作的利润空间从30%提高到50%，而且从2004年以来，一直保持了LED市场甚至整个彩电市场销售额和销量的双料冠军。

于淑珉很欣赏稻盛和夫的一句名言：危机对于企业来说，就是竹子的竹节，如果一直很顺利，竹子就会很脆弱，但有了危机，有了那么多竹节，竹子就能抵御更大的危机。

采访后记

为了采访的需要，于淑珉换了一件她在德国买的套装，还非常少有地化了一次妆，不过她显然对自己的新形象有点不习惯，不停地问旁边的工作人员："怎么样？是不是不像我了？"

如果不是在这样一个场合见到于淑珉，你见到的会是一个最普通不过的"老太太"（她自称老太太）。虽然是一名商业女强人，但她从不化妆，衣着朴素，从不喝酒，也不会打高尔夫。

"我一直对我的女儿说，不要把你的母亲看得多么了不起，她就是一个普通老百姓。"

尽管年届"耳顺"之年，于淑珉还在耿耿于怀自己的英语水平，她已经向周厚健提出建议，希望能在退休之前再充一下电，进一步提高自己的学习和理解能力。

"有一天我退休了，我希望别人说，这就是一个普通的老百姓，一个平凡的老太太。"于淑珉说，她不会有大起大落之后的失落感。

（马晓芳）

陈峰

山西人陈峰：其实我胆子很小

再次采访陈峰，是在杭州的一家五星级酒店，这家酒店几个月前才被海航集团买下。而几天前，海航刚以单价36 481元/平方米的高价，拍得黄浦江中心段地块。

下午两点半，陈峰结束了新员工的培训课程准时出现，醒目的红色领带，衬得这位新晋"上海地王"的带头人红光满面。

"那块地将作为大新华物流和海航集团在上海金融企业的总部。"陈峰这样解释高价拿下上海那两块地的原因，"之所以选择上海，一是看中了上海国际航运中心和金融中心的两个中心的建设，这正是海航集团的两大产业。此外，海航也正需要一个优质的地块来树立企业高品质的形象。"从海南到上海，从航空到地产，如今的海航，布局的网正越拉越大。

"战战兢兢"的争议人物

1990年，离开民航总局计划司、国家空中交通管制局计划处的陈峰受命组建海南航空时，手里只有海南省政府拨给他的1 000万元人民币——陈峰常说这"连半个飞机翅膀都买不起"。谁又能想到，他会在中国民航这片"垄断的天空"下，打造出一个国内第四大航空集团，所以从很久以前，陈峰就一直是中国民航界最有争议的人物。

国内的一些航空公司提到他会说，海航是一个市场的搅局者。

民航总局的内部人士却指出，他要办的事没有办不成的。

一些分析师则表示，研究过海航的股票，但很不容易看懂。

而他的员工会说，他是一个脾气来得快、去得也快的执着追求者。

有人评价陈峰敢想、敢干、胆子大。而陈峰却说，山西人骨子里胆小。"我每时每刻都如履薄冰，战战兢兢。"

的确，对于行业，陈峰一直保持着一种谨慎的乐观。

回忆起去年爆发的金融危机，陈峰庆幸海航有一件事没做，也做了一件事。"没做的事就是燃油套保，做的事是在金融危机来临之前就开始收缩战线，大规模地降低成本。通过开源节流，海航集团去年节约了11亿元成本，增收了28亿元。

而如今，海航终于等到了国内航空市场开始回暖的迹象，不过，陈峰认为现在还不能说彻底回暖，"首先金融危机的发源地美国还没有回暖，其次全世界航空运输业应该说还是非常困难的，因此国际航线的压力还很大，所以中国航空业要想真正取得一些大的发展，解决根本问题，还有待时日"。

扩张与修身

不过，在金融危机期间，海航在一些领域的投资并没有停止。比如上半年挂牌成立大新华物流集团，进入全新的物流领域；下半年收购了浙江的造船厂，进入了上海的黄金地段。

如今的海航，涉足的领域有旅游服务、机场管理、现代物流、酒店管理、商贸零售、金融服务、房地产等，显然已经走上了一条与国内其他航空企业不同的道路。

对于外界关于海航多元化扩张风险的质疑，陈峰在接受记者采访时一再强调，海航并不是一个所谓的"多元化"企业，"我们现在的产业都是属于现代服务业，地产是围绕主业的地产，物流是海陆空联运的物流，还有以旅游为龙头配置的现代旅游集团，这样才能将产业链的附加值加大"。

而说到陈峰本人，这个在西装革履包装下自信从容的老总，最感兴趣的却是中国的传统文化。

如果成为海航的员工，你就得熟悉牢记"同仁共勉十条"——团体以和睦为兴盛，精进以持恒为准则，健康以慎食为良药，争议以宽恕为旨要，长幼以慈爱为进德，学问以勤习为入门，待人以至诚为基石，处众以谦恭为有礼，凡事以预立而不劳，接物以谨慎为根本——因为随时可能会有被电话抽查背诵其中一两条的危险。

"同仁共勉十条"，是南怀瑾从百丈禅师"修行二十条"里挑出来的，陈峰说，这十条都是做人做事的道理，他的员工谁背过了这十条，谁真的认同这十条他一眼就能看出来，因为"相由心生，背过的人、认同的人，眼神都充满了善念"。

而在办公室里，陈峰也都是穿着对襟开衫工作的。办公室里面还有个小房间，要出去开会了，陈峰就进入小房间换上西装，做一个老板工作时应该有的打扮。

问答

《第一财经日报》：明年航空业的走势你如何预计？

陈峰：我就怕金融危机再来第二波，目前美国的信贷问题还没完，美国三万亿刺激计划结束以后怎么办？债务的问题怎么解决？第二，欧洲的问题也没解决，再加上中国的产业结构调整也不会那么快，所以到底怎么样还要看。

《第一财经日报》：你认为国家对航空业还需要有哪些支持政策？

陈峰：民航局已经给我们很多支持了，但我觉得随着中国航空企业的发展，应该在扶持优秀的航空企业发展得更快、提供更多的航空资源方面步伐更大一点，这样有利于中国航空业高质量的发展，而并不只是发展国家的三大航空，多给我们点儿公平待遇和发展的环境，这样更有利于老百姓得到实际利益。

《第一财经日报》：据说大新华航空现在推迟上市了，主要阻碍在哪里？

陈峰：我们之前说的是进行资本市场的准备，并没有说出上市的时间表，去年和前年的计划到金融危机还能行吗？一切都要推倒重来了，原来的想法已经不适合今年的环境和条件。之前进行的政府注资、定向增发，都是按新的条件下必要的资本市场的运作。

《第一财经日报》：今年商业领袖奖的主题是"领导力·潜"，你怎么理解这个主题？

陈峰：在任何时候，任何一个组织都涉及基本的领导力和领导力运用的问题。我觉得这里有两点：首先是领导个人的修养和素质。中国儒家讲的"修身、齐家、治国、平天下"，实际跟佛学讲的"明心见性"是一个概念。如果一个领导者修养到了一定的境界，就能够有智慧把事情看透看准，这是领导力最重要的组成部分。第二点，中国有句古话叫"运用之妙存乎于心"，心的运用和管理技能的运用是领导力最重要的两方面。

（陈姗姗　徐含露）

王建宙

中国移动总裁王建宙：上下求索3G之解

1月8日下午，王建宙一边给下属布置工作，一边不停地被电话打断，当他终于从"连轴转"中腾出时间坐到《第一财经日报》记者面前时，仍掩不住拿到3G牌照后的好心情。

作为中国移动董事长，就在前一天（1月7日），王建宙刚带领高管团队从工信部拿回了第一张3G牌照——具有中国自主知识产权的TD-SCDMA牌照。中国移动一位内部人士说，整个产业界都为之兴奋。

不过，24小时后的王建宙已走出了拿牌时刻的复杂心情。"我当时想的只有一句话，3G发牌将使TD发展进入一个新阶段。"在3G发牌"仪式"完成后，更重要的是，下一步中国移动该怎么走？

为TD产业链奔走

坐在记者面前的王建宙显然对3G战略有了"深思熟虑"。"为了加强TD产业链的沟通，过去所有产业链上的合作伙伴能见的我都见了。"王建宙说。由于TD的产业链相对薄弱，过去一年中他拜访了三家TD芯片企业凯明、T3G和联发科的CEO。同时，几乎所有的手机企业老总他也全都见过，很多老总还不止见了一次。

去年11月在澳门通信展期间，当他第一次见到诺基亚全球CEO康培凯时，脱口而出的第一句话也是："你们什么时候支持TD？"跟摩托罗拉刚上任的手机总裁桑杰·贾进行视频会议时主题也只有一个："赶快生产TD双模手机。"现在几乎所有手机企业在中国移动的呼吁之下已加入TD手机生产和销售产业链中。

"自从中国移动2007年开始建设TD试验网以来，他们（指中国移动员工）都在千方百计、刻不容缓地努力做好这件事（指TD）。"王建宙说，所有的努力终于有了回报。TD终端这个一直被认为是TD推进中的最大障碍目前已基本解决。按照中国移动的规划，未来所有2G手机都将加上TD功能。

求解中国3G难题

目前全球范围内已正式商用3G的运营商还没有一个成功案例，3G发牌后如何实现赢利，是三大运营商需要面对的最大课题。

由于承担了中国自主知识产权的TD网络建设与推广，摆在王建宙面前的这个问题显得更严峻。"兼顾TD的社会效益和经济效益是我们的一贯原则。"王建宙说，"现在谈3G何时赢利还为时过早，在确定3G商业模式的过程中，我们也吸取了国际运营商的经验和教训。"

中国移动目前已展开了三方面工作，一是为GSM与TD的融合组网。根据规划，除了TD一期10个城市的TD网络采用了独立建网的模式之外，二期28个城市的TD网络建设以及未来全国范围的TD网络建设都采用了与2G共用核心网和支撑系统的模式。"这为未来TD的大规模建网铺平了道路。"王建宙说，就国际经验而言，很多运营商一开始都采用了独立建网模式，现在看来融合组网已是趋势。

融合组网的重要意义在于，中国移动的2G用户可以平滑过渡到TD网络，而可能出现的用户流失将被完全避免。

王建宙介绍说，中国移动通过试点发现，如需要消费者更换号码，将成为用户流失的最主要原因，换卡和登记也会影响用户对TD的使用，因此推出了发展TD用户的"三不"政策：不换号、不换卡、不登记。

此外，王建宙还计划通过"利诱"方式推动TD产业链发展。据他介绍，中国移动推出的政策包括：只要是TD双模终端，中国移动优先定制；开发符合移动要求的功能和产品，中国移动给予专项激励资金支持；经销商销售TD产品也会受到激励。有一点可以肯定，最终受益的将是消费者。

（马晓芳）

楼忠福

楼忠福：为富二代的成长埋单

限量版手机随意地放在桌上，旁边一堆烟头和一个老式茶缸。

楼忠福穿了一件粉红色的衬衫，微微发福的身形，衬衫领口的三颗扣子没有系上。从他身上丝毫看不出欠债事情对他的影响。

从去年开始楼忠福一点点陷入到丑闻中，他被爆拖欠银行大量贷款以及民间借贷缠身。

这并不是一个精明的商人会犯的错误。2008年9月份，他不得不站出来，表示要在一个月内把民间资本全部处理好。但这一"处理"就是一年。更令人没料到的是，他说："这是我为富二代成长所付出的代价。"

为富二代埋单？

楼忠福的身份是广厦建设集团有限责任公司董事局主席，浙江广厦股份有限公司董事长兼总经理。二十多年来，这个只有小学文化的建筑工人，把广厦从一个镇办修建社，发展成为大型企业集团。

2008年广厦被银行和民间债权人集体逼债，最后楼忠福被迫出面平息此事。在谈到和最大的债权人吴坚之间的纠纷时，这个年龄的人该有的平和，在他身上几乎一下子消失："我给他几次机会解决此事，再说了，哪个民营企业资金链不紧张？"

"借了他（吴坚）一共4.04亿元，全部还清了，他利息拿到了7 480万元，这么高的高利贷，做什么投资会有这么多钱？"楼忠福显得很暴躁，一会儿的工夫就抽了半包烟，很多根烟只匆匆抽了两口就掐掉。

"我从来没有见过吴坚，这些事情，都是在我儿子开始掌控企业后出现的问题。"他一副无所谓的表情，"为富二代的成长代价埋单而已。"

2002年，广厦集团发生人事变动，楼忠福的大儿子楼明出任广厦集团总裁，同时，广厦集团更名为广厦控股创业投资有限公司。

"我给他开过一个最大的口子。在他上任的时候，我说，如果企业资金实在调头调不过来，可以临时'掉寸头'，尺度不许超过8 000万元。"楼忠福告诉记者。

这个尺度最后成为广厦整个资金链危机的导火索。"后来，我就感觉不好。传闻很多，但实际情况也不了解。"楼忠福说。2006年11月6日，楼忠福复出，开始兼任广厦控股的总裁。

到2007年6月底,广厦控股的民间融资余额已经累计达到3.774亿元。"2004年银行贷款余额是70亿元,现在差不多80亿元左右。"几乎不假思索,他就随口报出了数据。

这个时候,楼忠福和记者已经熟络了起来,他像是忘记之前所说的:"事实上,前不久我在飞机上见过一次吴坚,但是我没有理他。"

八面玲珑还是随意率真

楼忠福的生活就是一部活脱脱的富豪剧本。"飞机我一定要坐头等舱,平时工作那么辛苦,为什么不对自己好一点?"他对自己好得让人不可思议,几乎每天都住在宾馆的豪华套房里,家里富丽堂皇的别墅一年都住不到两次。唯一还"忠于原著"的是他的胃,"就喜欢到杭州龙井路一带吃点家常小菜"。

没有人规定富豪的生活一定是怎么样的,这是他自己的选择。

有意思的是,在深陷债务纠纷的那段时间,他却频频出现在各项慈善活动中。几乎每一年,他都可以抱回一个慈善类的大奖。在每年关于慈善的排行中,他的排名都非常靠前。"我并不是想留一个好的名声,或者想贷款容易些。对我来说,要先做企业家,再做慈善家。那点债,不算什么。"楼忠福表示。

"我不懂这些场面上的应酬,自己的生活怎么舒服怎么来。"面对沽名钓誉的指责,楼忠福表示,自己是个生活随意的人。

他说:"昨天穿了一件紫色的衬衫,我喜欢亮色的衣服。这些衣服都不便宜,喜欢的我就去定做十几二十件。"

事实上,在浙江的官员眼中,楼忠福一向都是长袖善舞、八面玲珑的形象。而且,他也为广厦挖来不少官员,这几乎已经成为广厦蔚为壮观的一道风景,像现在广厦天都城集团董事长兼总经理、党委书记何勇,广厦控股执行总裁郑可集都是官员下海的典型例子。仕途可谓一帆风顺的郑可集2001年意外地跳槽到了广厦,其后,郑可集发展迅猛,在一次年终大会上得到楼忠福亲手赠与的18万元巨额奖金。

但面对采访的他显得非常率真,在说到愤怒处还不由自主爆粗口。在谈到性格中有矛盾冲突一面的时候,他还会表示自己的星座是双鱼座。

对于什么时候准备再放权的问题,楼忠福表示:"快了,等火候到了,但还不是今年。"

(李 娟)

张近东

张近东：担心跑步没标杆

不喝不知道，一喝吓一跳。46岁的张近东酒量惊人。前晚在苏宁电器2009年迎春答谢酒会上，这位董事长连续应付了几十位家电行业老总的敬酒，一度出现排队局面。而两个小时前这位董事长还身在另一场酒会。在两场酒会间隙，他面对《第一财经日报》记者的采访，打了一通"迎春醉拳"。

第一场：意有所指的自选套路

红光满面的张近东在见记者前显然早有准备，没等提问，便滔滔不绝地讲起近来的感受。"每次来上海，就觉得做得不够。因为上海聚集了众多跨国企业，在这里参与竞争一定要在管理上狠下工夫。一下飞机就跟凌国胜（苏宁上海总经理）讲了，步子要快。"

接着他开始谦虚。"我们庆幸做了连锁零售，这是中国工业进入世界市场的咽喉，有战略意义。"他表示，努力也好，运气也好，苏宁已在这个行业搭起了基础平台，希望能真正承担些责任。

没提眼下震荡中的国美，但他却借题发挥了一把，说："1998年二次创业，我们提出打造一个社会化企业，今天看还是非常适合。"做企业不能过度追求自身利益最大化，需要融合社会利益，否则"一定会有问题"。

酒意渐消，他有了一些自夸，说苏宁一直苦练内功，现在同质化竞争只是表象，连锁零售一定会分化，"2010年苏宁会领跑"。他甚至说，苏宁担心跑步时没有标杆，对手只有自己。这个标杆不一定在前，只要提示苏宁不要脱离主业，迷失自己。

"距离目标还有差距。前几天我见了海尔的张瑞敏，认为这个产业的供应链有对接问题，必须通过管理提高效率，降低成本。"他说，苏宁目前也存在很多问题，比如店面布局，有些是"为了开而开"，区位规划不合理，必须坚持店面管理，提高单店赢利能力。他认为，坚持三到五年才能建立真正的竞争力。

第二场：应对提问的标准招式

张近东打完"自选套路"后，面对"金融危机来了，你对家电业发展有何看法"的提问有些谨慎起来。

"外部环境正在变，中国经济最近进入下行通道，家电业不可避免地受到影响,不过中国制造业整体还是很强劲。"他说,随着钢铁、能源成本大幅下降,中国制造业反而有了新的机会。以液晶面板产业为例。去年9月他去了日本夏普,看到十代线建设,判断生产出来必亏,因为32英寸面板只卖2 000多元。国内企业虽无话语权,但日韩的优势反而跌到最低,目前大陆拿出20亿美元采购台湾地区的面板,可创造出来竞争优势,这是制造企业借力的条件。

在金融危机的局面之下,连锁零售拓展条件变得更有利,因为店面租赁价格较以往大幅降低。而且这一时期也可优化区位布局与内部结构,实现店面升级。"市场很大,刚性需求很多,苏宁在国内仅占10%不到,就算负增长,中国还是有7 000亿到8 000亿元的容量。苏宁今年的业绩统计口径上是700亿到800亿元,2009年正增长是铁定的。"张近东说。

黄光裕被拘捕后,张近东在家电连锁零售业中的形象明显突出,成为中国家电连锁零售业强人,这也为他创造了更多话语机会。目前,张近东是全国工商联副主席。他在记者面前也更愿意谈危机时期国家拉动内需的政策。

从振兴产业计划、相关部委提议的组建大型国资流通集团计划,到如今"家电下乡",他认为这一切都为连锁零售业创造了一个绝佳发展机遇,尤其是"家电下乡"已直接拉动农村消费。"第一轮'家电下乡'试点每投入2亿元能带动20亿元销售。2009年'家电下乡'财政补贴将上升到100多亿元,可拉动超过1 000亿元的内需,全国推广四年总销售额有望超过5 000亿元。"

第三场:"暴打"对手的独门绝技

借着酒意,张近东没有放弃醉打其他对手的机会。

他说,自己曾给同城对手五星电器董事长汪建国讲过一个例子,以证明苏宁不可战胜:一群人在跑步,忽然其中一人(苏宁)有了自行车,速度加快;不久,跟随者也有了自行车,可那人忽然又有了汽车;等跟随者有了汽车后,那人忽然到了机场,登上飞机,连影子都不见了。

"苏宁靠的是内功,不是建立在别人犯错的基础上。苏宁也受到外部环境冲击,但增速仍高于同行20%。"放言之后,他也没有"错过"对五星外资控股公司百思买的揶揄,称这家公司正积极扩张,一年来新增七家门店,"但百思买进来又怎么样呢?它在发展,我们远快于它。不研究、不关注不可能,无论大小都研究,但我们充满信心。现在考虑的是进入国际市场,2010年进入香港地区,可能还可以提前。"他说,公司正考虑并购,前不久就评估过已破产的美国第二大电子连锁零售企业"电路城",它只值1亿美元,收购起来"小菜一碟",连上海苏宁都可以买它,但没什么价值。

他还很不满外资同行进入中国市场越来越通畅,优惠条件很多,而本土企业进入海外市场却要遭遇许多条款限制,有很多陷阱。不过,他还是充满挑战欲望:"说不定某天我也进入它们的市场,而且我的机会远大于它们。"

(王如晨)

黄秀虹

黄秀虹：鹏润"女掌门"夜宴群臣

偌大的会场，人们正逐渐离去。当一名追随多年的女下属走近时，34岁的黄秀虹没能控制住自己，几滴泪悄悄落下。但一转瞬，她还是迅速控制住了情绪，当《第一财经日报》记者走近时，她几乎给了一个热情的长时间拥抱。

前晚，在国美上海大区2009"保增长、扩内需"大会（宴会形式）上，主角黄秀虹，虽然因飞机晚点迟到两小时，但却坚持到最后，并实现了她在致辞时所说的"不醉不休"。

"今天，我将离开这里，我会永远记得这一天，如果大家到北京，希望打电话找我叙叙旧。"她操着口音很重的普通话说。

黄秀虹，黄光裕的大妹妹，鹏润投资集团新任董事长兼总裁，国美电器八人决策委员会成员之一。无论是历史的无奈，还是时势的造化，她现在要从上海出发，重回北京，成为"鹏润系"迄今为止的首位女掌门。

前尘往事

黄秀虹比黄光裕小4岁，在黄家四兄妹中排行老三。1991年，当黄光裕还在北京卖家电、国美电器刚开始连锁化时，19岁的黄秀虹便加入国美电器，成了哥哥手下一名普通的财务人员。

十多年后，这名学历不高的财务人员，渐渐升为财务主管、商场经理、北京国美电器总经理。那时，国美电器正处于高速连锁化阶段，几乎以每日一店的速度在全国范围内疯狂复制着自身。而在与大中电器的"德比战"中，黄秀虹主持的北京战，将起步更早的对手远远地甩在了身后。

大概胞妹战功显著，2005年初，黄秀虹"空降"上海，负责筹建国美华东一区，并担任最高主管。当时国美虽已落户多时，但面对"地头蛇"——陈晓主持的永乐家电，还无法真正实现突破。

在2006年国美收购永乐之后，黄秀虹出任国美上海大区总经理，成了双方整合的核心角色。她重新规划双方的物流、供应链，并重新梳理了品牌定位。直到2008年初，她将永乐总部从上海南汇乡间迁至市区，与国美华东管理总部整合在一起办公，提高了双方的运营效率，而这也标志着双方的业务整合进入了尾声，国美在上海的双品牌策略开始发挥综合效力。

由此，国美在上海的声音大了许多。如今，无论在市区还是城郊，每个消费者都几乎深陷在"红蓝国美"、"橘黄永乐"的门店怀抱之中。

如果不是哥哥黄光裕被拘，黄秀虹在国美集团中的影响力，短期内恐怕仍将维持在这一区域。

一切随着国美集团为自救而将黄光裕夫妇与鹏润集团区隔开来，同时黄家老大黄俊钦"被调查"而瞬间巨变。国美商业帝国急需一个能代表家族特色的掌门人。而一直坐镇华东的黄秀虹，由此步入前台。

大概，此前她还没任何思想准备。

背后的故事

在创始人黄光裕领导国美时期，恐怕没人能超越他的影响力。即使现在，在百度、谷歌里搜索"黄秀虹"三个字，基本信息也没新增多少。

黄秀虹显然满足于这种氛围。因为她太"崇拜"二哥了。在此前几次采访中，她曾表示，要成为哥哥那样的人：在用人上知道何时重用，何时不该重用，把握好分寸。

在这种氛围中，黄秀虹个人的管理能力一直不太透明。

"她是一个非常细心的人。"她的下属、原上海国美电器一位员工表示，在她任内，国美华东的管理刚柔并济。

该人士举例说，黄秀虹训起人来不太留情面。比如2005年刚到上海不久，在一次内部视频会议上，她严厉批评某区高管不打领带，说："再热能热过上海吗？"

一位中层更是对《第一财经日报》举了两个例子：一是黄秀虹是真正将公司当成家。比如，之前国美上海办公区中午休息时不熄灯，黄秀虹上任后就随手关掉，以至于该中层如今在家中楼道也习惯随手关掉楼道灯，"简直成了物业的人"；二是黄秀虹将庆贺员工生日制度化，而且要求每次庆贺必须有新花样，不能老是吃吃蛋糕。

"你不走近她，根本不了解她，她是一个非常注重细节的人，对人坦率、真诚。"一位上海国美的女员工说，黄秀虹确定重返北京后，部门人心"空落落"的，非常怀念以前的时光。

她还举了女掌门在业务上的"精细"。比如，黄秀虹曾多次率领中高层，甚至店面底层员工去日本考察店面陈列，"根本不游玩，两天就回来，回来后大家都还不清楚她已经有了新的思路"。

"她就是我们集团新的3C战略业务筹划人。"该员工强调，经过年前的调整，3C业务已是集团目前三大业务之一。

这些背后的故事，显然她已经习惯在背后书写。当《第一财经日报》记者尝试请教业务问题的时候，她微笑着没有回答。"你不要打扰她，在她心里，谁也无法超越她的哥哥黄光裕。"国美北京一位高层表示。"不经历离别，不知道思念的珍贵。"她两次对本报记者强调了这句话。

危机时刻力挽狂澜？

2月18日，是传统24节气中的"雨水"。国美上述员工透露，这是个特意选择的日子，"今天真的又下了雨，春雨贵如油啊"。

但一个严峻的事实是，摆在这个新任女掌门面前的，是一个充满诸多未知的国美。从华东大区直接调任集团最高决策层，黄秀虹是否有"失重"的感觉？

她没有向本报记者透露丝毫"野心"。在略显激动的晚宴致辞中，她更多地渲染了离别的情绪。而且她几乎深陷在上百名供应商代表的酒杯之中，几乎没有拒绝任何一个。

就个人影响力而言，黄秀虹显然不如黄光裕。同时，成立十年的鹏润投资及旗下国美电器、中关村等诸多公司的命运，也无法任由一个"亲情世界"左右。

国美正处于一个关键转折点上。国美官方此前表示，黄秀虹上任目标是"加强鹏润投资的经营与管理"。不过，近日来黄秀虹的公开活动更多在于稳定信心，还没有对外直接传达新的战略。

前晚，国美新任华东大区总经理辛克侠，在宣布该区2009年新战略时，透露了整个集团经营的主旋律：在扩大内需、保增长的形势下，由规模增长转向内生性增长，尤其是提高单店经营质量。他表示，2009年公司将关掉部分布局不合理的门店，同时新增旗舰店等。

国美电器新的经营团队目前已步入正轨。国美电器董事会主席兼总裁陈晓、常务副总裁王俊洲、副总裁魏秋立组成决策委员会，负责公司日常经营和重大管理决策。

黄秀虹是决策委员会成员之一，这似乎为她直接参与管理决策提供了一个直接通道。消息人士透露，尽管国美电器中充满多个势力的话语，但黄秀虹的个人渗透力，其实早已铺垫多时。"你可以查查，几年来，国美在山东、厦门、东北等区域分支中，很多法人代表都是黄秀虹。"上述消息人士说，这表明尽管黄秀虹此次是"火线"出任鹏润投资集团董事长，但她在这个商业帝国中的话语权，早晚也会显山露水。

前晚，黄秀虹自始至终都没有在所谓决策权力上表达一丝欲望。但她仍然公开吐露了自己的坚韧与进步："这几年，你们大家都是看着我成长的。愿大家的友谊像上海此刻的'绵绵细雨'。"

（王如晨）

褚时健

昔日红塔董事长今日橙园园主　褚时健的一声叹惜

　　红塔集团原董事长褚时健再一次出现在公众面前，已经81岁高龄，白发满头。

　　去年底，昆明市茭菱路上的一家水果店为一种冰糖橙打出了这样的广告语："褚时健种的云冠牌冰糖橙"。尽管这个牌子的橙子比普通橙子每公斤要贵3元左右，但销量很好。

　　直到这个广告牌打出来之后，人们才知道，褚时健改行种水果了。

一个果农

　　而褚时健正式邀请亲朋好友参观他的果园，则是上周六，褚时健和他的老伴马静芬十几年来第一次在媒体面前露面。

　　云南省玉溪市新平县戛洒镇附近的两片山头，就是褚时健的果园所在地，这里大约有210名工人，大都来自附近的山区，在这里他们不仅拿了一份工资，而且年底的时候，还能拿到一份"年奖金"。

　　这片果园总共有2 400亩，有34万棵果苗。其实，褚时健的橙子已经上市三个年头了，但之前一直没叫"褚时健种的云冠牌冰糖橙"，去年底经销商的这个广告，却让这种橙子卖得出奇地好。

　　最初的创业资金，褚时健主要靠以前积累的人脉，东借西凑来1 000多万元，投入了果园基础、发展建设。

　　"褚老在职的时候，给了我们大力指导和帮助，我个人就拿了一点钱出来，这笔钱入股也好，借人也罢，我相信褚老。"红塔的一位部门负责人在接受《第一财经日报》采访时这样表示。

　　褚时健对云南媒体解释是，估计今年，最多明年，这钱就能还清。搞果园借了那么多钱，再多借也会心慌。

　　而对于这片果园的利益分配，褚时健仍然沿用了其在红塔集团的分配方式：多劳多得，少劳少得，不劳不得。

　　因此，褚时健将果园划成片，以3 000—5 000株为标准，分包给农户，平常每月给农户发500元的基本生活费，等果子成熟后，按果子质量，以每吨不同价格向农户收取。

　　去年收入最高的农户家庭达到了24 000多元，最低的也有12 000多元。而当地农户的年均收入只有2 000元。

一段不堪

曾经，褚时健以其惨痛经历推动了国企职业经理人薪酬制度的建立和变革，国企改革的历史上，他是一个不会被忘记的名字。

1998年，中国企业界最大的争议是一个叫褚时健的企业家该不该被判处死刑。

原因是，1996年底，中央纪委信访室接到匿名举报，对褚时健展开调查。12月28日，褚时健试图通过云南边陲河口边关出境，被边防检查站截获。

1997年6月，褚时健因贪污罪名被正式拘捕，这一年，他已经是69岁的高龄了。

被批捕之后，他向法官坦白了罪行。1995年7月，当时新的总裁要来接任。尽管没有确定是谁，但褚时健想：新总裁接任之后，就得把签字权交出去了。辛苦一辈子，不能就这样交签字权。所以最后决定私分了300多万美元，还对身边的人说：够了！这辈子都吃不完了。

值得一提的是，在褚时健被正式拘捕的1997年，"红塔山"的无形资产为353亿元，在中国所有品牌中位居榜首，在褚时健任职的17年间，红塔集团总计纳税800亿元。

而在17年之前，1979年的时候，玉溪卷烟厂只是云南省数千家默默无闻的小烟厂之一，固定资产1 065.65万元，生产设备全部是20世纪三四十年代的水平。

褚时健的辩护律师马军曾算过这样一笔账：褚时健当了17年厂长，红塔创造利税800亿元，褚时健17年收入约80万元，企业每创造1亿元，自己收入1 000元；如果加上"红塔山"品牌352亿元，收入比例更降至649元。

而当时褚时健的继任者字国瑞年薪加上奖金超过100万元，比褚时健一生的收入还能多个二三十万元。

当然，这些并不能为他开脱。很显然，褚时健在错误的时间，做了一件错误的事情。

一声叹惜

上周六邀请亲朋好友参观他的果园时，新"果农"褚时健说，我的果园还需要再努力，目前的产量在全国不是最大的，但我应该做到最好。

褚时健正努力为自己重新赢得尊重。

在1999年1月，褚时健"因为有坦白立功表现"被判处无期徒刑。据当时的媒体报道，宣读判决书的时候，褚时健只是摇摇头，没有说话。2000年起，由于褚时健的身体原因，允许保外就医，之后，褚时健和马静芬便承包了一片果园。不过，据另一位云南烟草系统的人士称，褚时健保外就医之后，仍然在一些烟草公司做一些顾问工作。"他的指导就是效益。"该人士谈起褚时健时仍一脸钦佩。

从褚时健承包了这片果园起，经常有一些企业家去看望他，其中就包括万科的王石。

2008年的最后一天，云南当地媒体发布的"改革开放30年影响云南30人物"中，褚时健排名第五。

褚时健回忆往昔，长叹一声说："人啊，对很多东西的希望值最好不要太高，不要计较过多。"

（高永钰）

朱孟依

"隐身富豪"朱孟依

今年的政协会议上，一名没有到会的委员成为外界关注的焦点。他就是合生创展集团有限公司（00754.HK，下称"合生创展"）董事局主席朱孟依。

曾被万科董事长王石亲口封为"内地地产航母"的合生创展的掌舵人，低调的朱孟依从来没有出现在公众视野中。"不接受采访"几乎成了朱老板的一张名片，在网络上能搜索到他的唯一一张照片，是合生创展在港上市时被要求必须要提供的那张。

风波骤起 行踪成谜

当然，这符合南方富豪界通行的"闷声发大财"商业潜规则。

2月下旬，港媒报道，朱孟依因被有关部门调查，被限制出境。两日内，合生创展的股价累计跌幅超过40%。该公司2月20日发表声明，指上述内容无事实根据，但没有就朱孟依是否仍在主持集团日常工作等外界关心的问题做出回应。即便出现如此轩然大波，朱孟依仍然没有露面，合生创展的总裁办对外界猜测也一律不予置评。

政协会议开幕后，朱孟依的秘书郭斌代其交了请假条，并称朱孟依因身体不适不能出席。《第一财经日报》致电合生创展位于北京的总裁办，工作人员对朱孟依何时正式露面及目前是否如常主持集团工作等问题，均表示"我们都不太清楚"。

"在广州居住多年，除政府官员、企业部分员工和少数业界高层，从来没人见过他的庐山真面目。"一名在合生已经工作了近十年的中层对记者说，朱孟依在北京一般在自家旗下物业住着才会安心，不会入住其他宾馆。

背景神秘 资产成谜

据见过朱孟依的人说，他今年50岁，看上去要比实际年龄大很多，个头不高，身材瘦弱。被转述的他自己的解释是："做企业，就是选择每天都睡不好觉的生活——白天你用前面的脑子想问题，晚上还得用后面的脑子想问题。"

他的低调比未上市前的碧桂园（02007.HK）老板杨国强更甚。广州业界曾传闻，他从不允许自己的照片外漏，曾有媒体因发布朱孟依的照片而令合生在这家媒体撤掉一切广告。

上世纪80年代中期，王石开始在深圳倒腾玉米换外汇的时候，高中毕业的朱孟依洗脚上田，成为广东梅州丰顺县这个偏僻县城的一名包工头。通过协助镇政府建设商业街，回笼了大笔租金后，他获得了平生第一桶金。但是1992年，是什么促使朱孟依到广州，与人联合创办合生创展，并在1998年到香港上市，个中原因无从探究。

不过，朱孟依的商业嗅觉在业界广为称道。朱孟依发家是由于他在十多年前的全运会前夕，以低廉价格抢先在当时尚属偏僻的广州天河区买到大批农田，令合生创展此后仅土地资产即呈十多倍乃至百倍级数的增长。随后，在北京、天津，朱孟依同样重演了这一拿地神话。

尽管合生创展在2007年的土地竞赛中没有成为土地储备最多的开发商，但在当年广东资信二十强的评比会上，与会人士透露，朱孟依三兄弟所控股的合生一珠江系，拟正式过户的土地储备量近5 000万平方米。

同时，朱孟依家族控股的珠江投资也进行了多元化投资，包括在内蒙古开发煤矿、火电，在广东建设发电厂和数条高速公路等。目前，合生一珠江系的投资范围包括地产、物流、能源、教育、交通等多个体系。

与王石、潘石屹不同，朱孟依走的是一条"借强大社会资源，让企业出名，个人却藏起来"的路。对于朱孟依的人脉关系和资产总值，合生的员工永远都只有一句话："很大很强，谁都没法摸到底。"他的工作要求则被员工概括为"不打折扣地接受任何高难度目标，没有条件也要创造条件，办成一切看似不可能的事"。

（陈　华）

许家印

沉浮之后仍有大考

许家印这两天成了"红人",因为一份颇有几分"劫富济贫"色彩的"三控降房价"提案,他被推上风口浪尖。

作为广州恒大地产集团董事局主席,他除了在提案中"曝光高房价幕后推手",还不无豪迈地宣称,房产开发商合理利润应为5%。

不过,时间如果回溯到一年前的2008年3月,许家印连同他旗下的恒大地产集团,因追赶香港上市的末班车而进入公众视线时,踌躇满志、极有可能因上市而坐上"首富"宝座的他,心中盘算的合理利润绝不会是5%。

不按常规出牌

从1997年凭借300万元贷款做房地产开发,到2008年恒大集团实现销售118亿元,许家印总是在以超越常规的方式出牌。按他自己的话说叫跨越式发展。

他一位多年的朋友评价说:许家印为人绝顶聪明,擅长人际关系。

他的部下说:老板精力充沛,脑子灵活,他盘算的事情,你猜不透。

跟随许家印多年的恒大地产营销总监何妙玲,至今养成了时刻背下各种销售数据的习惯,以备老板随时打电话来问,哪怕是半夜三四点。

恒大地产一位高层透露:"老板并非事无巨细都管,但有的事管得很细,例如设计——窗户该有多高多长、厅该有多大,他喜欢盯着图纸慢慢研究。"

难以捉摸的性格,让常现身公众场所的许家印像一个"谜"一样存在。

比如,他大手笔的营销。多数人认为恒大花钱如流水、疯狂在各大媒体打广告的方法很傻。去年,恒大在香港路演期间的一场新闻发布会上,他就遭遇了当地记者的质疑:"大量的广告投入,是否导致恒大营销成本过大?"许家印回答:没错,我在广州一个项目上投入了5 000万元营销,但这个项目开盘当天就成交了10个亿。相对于10亿的快速回款,5 000万元的投入很划算。

又比如,他今年的提案,其中两个建议也会让很多企业家郁闷:一个是控制开发商利润,另一个是强制企业拿出部分赢利设立"低收入家庭扶助基金"。提案内容不仅看起来完全不想为自己所处的群体争取利益,还让他自己成了开发商中的"异类"——主动"控制利润"。

此前,中国的房地产开发领域只有万科董事长王石一人,曾提出"超过25%的利润万科不做",这一利润线曾遭同行"嘲笑"。如今,许家印提出的

5%的利润，仅比经济适用房3%的利润高出一点点，无怪乎会引发热议。

沉浮2008

恒大地产2008年3月上市折戟，成为房地产市场下滑的标志性事件，五十多家房地产公司随后也被统统挡在香港股市大门外，这让许家印此前两年的精心谋划功亏一篑。

为了给资本市场筹备一次盛宴，许家印曾率领恒大地产在两年内，由广州扩张到全国22个城市，土地储备最高达到4 580万平方米。如此储备量，与碧桂园不相上下。但不同的是，碧桂园的土地集中在二、三线城市，拿地成本低，而恒大则在核心城市获取了数量不菲的地块，其中包括2008年1月8日在广州夺下的员村"地王"，总地价41亿元。

与此同时，2008年的资本市场给了许家印一个出其不意的打击。

不愿贱卖资产、勉强上市的许家印，在香港招股期限的最后一天，突然宣布，中止IPO计划。这个决定，让许家印背负上沉重的资金压力。

在此之后，许家印消失了一段时间。各种传言也随之甚嚣尘上，如"恒大完了"、"许家印已经'走佬'（广东话，逃跑的意思）"等。不过，三个月后，他带着私募的6亿美元，重新回到了广州。为此，他付出的代价是，瘦了"四五斤"。

私募成功的许家印，随后启动了另一个计划——"降价抛盘"。

去年10月1日，恒大在全国13个城市的近20个楼盘同时开盘，并且公开宣称，开盘当日全线7.5折"成本价"销售，一举撕开大型地产集团悄悄降价的"遮羞布"。

这一天，许家印心情很好。早上，他亲自到广州的恒大山水城开盘揭幕，晚上，则到尚未正式对外营业的恒大御景半岛花园酒店，轻松地吃了一餐晚饭。这期间，何妙玲一直跟在他身边，直到晚上12点多，还向他汇报："重庆的购房者还在排队等待签约"，"超过30亿元了，具体数据还需要等等"。当晚，在现场的人士称："他今天很高兴，彻底轻松了。"

凭借"成本价"，恒大在2008年实现销售收入118亿元，头一次跻身地产界"百亿军团"行列。

许家印在广州的一个同行透露：在广东这个地产圈子里，恒大的日子已经不是最难过的了，最难过的是某些上了市的公司。恒大地产内部一位中层管理人员也坦陈：目前在行业中不敢说公司的状态很好，但起码排"中上"。

2009年大考

2008年有惊无险，许家印的2009年又将如何演绎？

尽管他新年跟媒体第一次打照面时"只谈民生、不谈经营"，但集合在他身上的谜团，终究难以让他的这一年变得平静：员村"地王"何去何从？私募债务何以化解？传说中的对赌协议又将带出怎样的风波？

对于员村"地王"，刚刚公布的广东省15条"救市"意见，将给许家印以喘息机会。这15条"救市意见"中有一条指出："对在2008年签订土地出让合同，确实无法按时缴纳土地出让价款的项目用地，由土地使用者申请并经当地市、县人民政府批准，可适当延长缴纳土地出让价款期限，延长时间原则上不超过两年。"根据这一条款，恒大即使不退地，近40亿元的土地出让款，也可不必在短期内支付了。

真正考验许家印的，是私募的债务以及罕有人知晓内情的"对赌协议"。有消息称，美林等机构投资者与恒大签订了私募协议，约定恒大如果不能在2009年年中完成上市，将向机构投资者追加抵押1倍的股权，令机构投资者持股超过2/3。如果恒大地产无法如期偿还贷款，机构投资者将对其展开债务重组。

无疑，许家印的2009年不会轻松，这也使得他提出"控制利润"以及"合理利润5%"的言论，显得那么让人费解。

姑且不论他的提案被采纳和实施的可能性有多少，仅试想如恒大地产按私募约定再度上市时，他的"合理利润"在同行20%左右净利润的对比下，将给投资者造成怎样的心理冲击？

过去的多次采访中，许家印面对这些追问始终笑而不答。擅长"出奇兵"的他可能有自己破解谜底的暗器吧。

（张艳红）

施正荣

施正荣：当质疑声袭来

当鲜花和掌声褪去时，质疑声包围了施正荣。

毛利率从去年第三季度的21.8%狂跌至第四季度的0.6%，高价硅料库存、汇率损失、客户延缓订单、股价暴跌，变相裁员和险遭收购的传闻……如果说金融危机造成了世界经济总体的震荡，那施正荣一手打造的尚德电力（STP.NYSE，下称"尚德"）无疑离这个震源的距离很近。

"急功近利、战略失策"这样的评语与这位太阳能富豪联系在了一起。自从2005年登陆纽交所后，他已经成了中国太阳能领域的一个象征性人物；如今，关于他的故事又强化了这个行业的困惑。

3月8日晚上8点多，电话那头的施正荣对这些议论不屑一顾："一些人对行业很不了解，我不想跟他们争辩。尚德绝对没有错。"

"这次是属于'天灾'"

事实上，施正荣还是多说了一些，尽管采访期间，电话断线了四次，但他依然很耐心地接起电话，敞开心扉。或许这个时候，他更期待有人理解尚德，理解他。

尚德电力的那份年度财报是引发"囤硅"等多重质疑的一个导火索。去年第四季度该公司的毛利率为0.6%，而第三季度还一度高达21.8%。促成毛利率下降有众多因素：公司的多晶硅原材料库存较多，在四季度多晶硅价格暴跌50%的前提之下，形成了大量计提。

他此前对媒体承认，自己购买多晶硅的价格可能"不恰当"。据年报显示，公司库存在去年年底仍高达2.319亿美元。而太阳能电池和组件的价格却逐月降低。

有报道称，当时公司以350—400美元/公斤的价格，在现货市场上购买了占四季度计划产能需求量约1/3的多晶硅，而后价格大跌造成计提。

但施正荣并没有认为自己在战略上存在什么差错："很多人对太阳能太不了解，还在这里说三道四。"

2006年到2008年前十个月，太阳能行业一直处于上升通道。由于上游硅材料的短缺，很多下游电池和组件生产企业必须要通过锁定长期原材料订单和现货采购，来保证生产，尚德也不例外。

施正荣说，在2008年第一和第二季度，尚德还有很多订单因为没有足够的原材料,而推迟交货。所以,去年第三季度公司大量吃进现货的多晶硅。"其实去年10月采购的现货价比其他公司还要便宜些,但紧接着的第四季度,多晶硅价格突然降低了50%。"

"外界对另外一个概念也没有搞清楚,这次是属于'天灾',谁能想到金融危机这么严重。"

"我们的投资是谨慎的"

而对另一番指责,他也不能接受。

业内认为,由于施正荣将太阳能电池(及组件)的摊子铺得太大,去年他投资了洛阳和扬州生产基地,耗资巨大,此外还签订了许多上游原料的长单,并参股数个上游硅企。这都占用了大量资金。

有媒体称,尚德整个2008年用于扩大生产力建设生产设施的资本支出达3.479亿美元,预期投资NitolSolar与HokuMa – terials的损失在4900万—5200万美元。另外加上订单延缓和汇率损失,去年10月之后,曾照耀尚德上空的阳光陷入了黑暗。不久以后,尚德开始对员工进行"末位淘汰"。

施正荣却认为:损失归损失,签单和投资的战略无误。

"NitolSolar等公司减值的原因是,它们低于我们当初投资的价值。但长期来看,投资多晶硅公司对我们有帮助,决策肯定没错。"

据了解,在尚德内部,有一个七人组成的投资委员会。"任何一个投资项目都是一票否决制。我们的投资是谨慎的。"按照施正荣的判断,一到两年内多晶硅产品依然短缺。"而且,你别看我们有这么多投资,但投资额其实不大。"

了解尚德的人知道,尽管有这样的投资委员会,但施正荣对于整个公司的影响力无人能比。

苦日子再来

这到底是金融危机的错,还是施正荣的失误?

"人们对他的评论并不公正。尚德在去年前三季度的业绩是非常不错的。第四季度谁能躲过?"一位尚德的内部人士为施正荣抱不平,"当然,他自己的个性确实很倔。"

小时候,为了补贴家用,他偷偷地学着大人编起了暖壶壳。手被锋利的竹条划出了多道小口子,手指也磨起了泡。从农地里回到家的母亲看到这一情景时，让他放下手中的活，而他反而说："我一定要编好才行。"

自幼聪慧过人、连跳两级的施正荣16岁考上长春理工大学（原光学精密机械学院）。当时，最舍不得他远赴长春念书的就是看着他长大的爷爷。虽然爷爷劝过他不要走，但他还是流着泪告别老人、离开江苏扬中县。

二十多年后，他执著的性格依然未变。2002年，扎根无锡科技创业园的尚德已运转七八个月，却未见任何成效。有些合作者感觉希望渺茫离他而去，而随他从澳大利亚回国的一些技术人员也选择了放弃。施正荣后来回忆道："有些人是不够了解我，我心里对一些事情有底。"当年7月，第一条生产线的设备全部到齐，公司顺利投产，其产出的太阳能电池转换效率超过14%，达到了世界先进水平。

"应该说，施正荣是一个很有远见的人，他可以看到别人看不到的东西。但有时，他有点过于坚持己见。"一位太阳能上市公司的高管分析道。

施正荣的强势性格，让他一直处于争议之中。坊间曾流传过一件事：最初与他不欢而散的投资伙伴中，还有一位当初将他引入到无锡"于他有恩"的前政府官员，施正荣的原因是希望锻造一个更加国际化的团队。

但另一位了解他的人告诉记者，施正荣的强势只是表象，接触久了会发现施正荣为人真诚，很给部下面子；如果真有什么不愉快，他会把人约出去吃个饭，化解矛盾。"虽然说话时比较直接，但与他相处久的人都知道，施正荣待人随和。"

对于认为正确的事情，施正荣一般都会坚持，除非对方所说的道理可以让他认同。

施正荣也在电话中始终强调：战略上绝对"没有错"，因为长期来看多晶硅依然会很缺少。"即便是我们签了长单，做了投资，但就公司太阳能电池线的总规模而言，原材料还是不够。"

尚德能否躲过这场大风暴，不仅取决于全球经济何时可以见底，还要取决于这位掌舵者如何把握今后的航向。

（王　佑）

蔡万才

蔡万才：首富"复仇者"

59岁的郭台铭，被摘了"帽"。他曾经一直戴着的"台湾首富"称号，今年被一个70岁的老者摘走了。

这个老者叫蔡万才，台湾地区富邦金融集团创始人兼董事长。昨天美国《福布斯》杂志公布的2009年全球富豪排行榜显示，他以33亿美元的身家，超越了郭台铭等另外四名台湾富豪，占据了当地富豪榜首位置。郭台铭的财富今年只有20亿美元。

蔡万才为什么能超越脾气火暴的郭台铭呢？

这似乎是一场"复仇"之战。因为，"台湾首富"的帽子曾经戴在过蔡万才家人头上。

蔡万才原名蔡万财，早年毕业于台湾大学法律系，在台湾已是家喻户晓，因为他所属的蔡氏家族，与辜振甫的辜氏家族、王永庆的王氏家族一样声名显赫，很大程度上控制着整个台湾地区的经济命脉。其中，蔡家地位更核心，一直掌控着目前当地最大的金融资本集团——富邦。

蔡万才有三个兄长、两个姊妹。二哥蔡万春，1961年与人合资成立了国泰产物保险公司，由此衍生出蔡家事业。1973年，其总资产便为新台币108亿元(约合3亿美元，不含国际石油化工业务)。不过，当年因从事金融事业，负债额也达85亿元新台币。

1979年，蔡万春病逝，旗下公司分家，蔡万才获得了国泰产物保险公司的业务，这正是富邦金融集团的雏形。当初这家公司包括六家企业，覆盖保险、投资以及建筑等领域。当年年底其营收便接近220亿元新台币，超过了当地两家最大的产物保险公司，成立一年的富邦建设也名列台湾地区十大建筑公司之一。

但蔡万才最初一直被三哥蔡万霖的名气压制，后者获得了国泰人寿，上世纪70年代这家公司曾渗透到台湾的各个角落。此后，蔡万霖开始进入房地产市场，如今已是台湾地区资本额最大的公司，蔡万霖一度被视为"建筑界巨人"。1993—1996年，他连续四年占据台湾富豪榜首位；2002年、2003年也曾重返榜首。

不过，2002年之后，随着鸿海代工帝国的狂飙突进，郭台铭的财富不断攀升。2004年，郭台铭以32亿美元（全球第183名）的身家，位列蔡万霖、王永庆、辜濂松、张荣发、林百里、许文龙等富豪之前。几年来，郭台铭已成为台湾地区首富代名词。

蔡万才今年能夺回"台湾首富"称号，是全球经济形势使然。

郭台铭的鸿海集团，在经历了多年的高速成长之后，受困于去年以来的金融危机，大客户订单锐减，加上其主要运营基地位于大陆，人民币升值及出口压力倍增使其发展受困。

而蔡万才的实力则一直在稳步上升。几年来，他一直名列台湾富豪榜前列，去年在台湾地区的排名为第三。

在接手国泰产物保险公司的第12年，即1991年，蔡万才将公司更名为"富邦产物保险公司"；2001年，这家公司成为台湾地区第一家金融控股集团；次年，并购总资产达到192亿美元的台北银行，使"富邦金控银行"跻身台湾地区最大的民营银行之位。

蔡万才的个人财富也随之水涨船高。1993年，在"台湾100大富豪排行榜"中，他名列第18位，1994年飙升至第7位，1995年、1996年则分别稳定在第7位与第6位。他一度被评为排名上升速度最快的台湾富豪。

蔡万才是其四兄弟中性格最活跃的一个，早年学习甚好，且嗓音洪亮，常在公开场合展示自己的才能。这似乎也成为富邦脱离家族管理模式的主因。

蔡万才一直崇尚欧美式的控股经营策略，不鼓励家族成员担任集团董事长或总经理。他曾经主持引进了五位专业经理人，协助自己两个儿子管理公司。他还十分俭朴，从不抽高级烟，只抽台湾产的"万寿"烟，乘坐台湾产的轿车。

(王如晨)

李书福

李书福自述：我的发家史

3月22日，"走进新吉利"的媒体见面会开至中途，一记者突然对李书福发难：摊子越铺越大，如何实现融资？

类似的质疑，李书福遇到不止一次。在前年的房地产高峰期，即传出李书福四处拿地的消息，最近更有吉利资金链紧张的饭桌式传播。

但是这一次，李书福被激怒了。这位向来以情绪不稳定、语出惊人闻名的民营企业家顿时面红耳赤，突然告诫在座媒体："你们不是法院、公安局，没有调查我的权力。"

而当了解到提问媒体并无恶意时，不出半小时，李书福又一次公开向在座媒体道歉，表示收回刚说过的话，并开始谈起自己的发家史。他自我解嘲说："今天要真正实事求是。"

这可能是李书福第一次在公开场合完全描绘了其资本积累的历史。总结自己的创业历史，思路敏捷的李书福马上给出了16个字："悲情万种、困难重重、希望在人、成功在天。"

起家"不差钱"

"我们银行贷款达到三十多个亿，然后资本市场上拿来了二十多个亿，加起来就是六七十个亿，再加上我们对配套商的欠款，一百多个亿的负债就形成了。你问我钱哪里来，钱就是这么来的。"被追问为何总是"不差钱"，李书福透露了家底。

事实上，从创业伊始李书福就给外界一种"不差钱"的感觉，虽然外界普遍认为台州商人资本运作手段了得，但他自己评价："虽然我们有大战略、大方向，但具体还是靠大运气的配合。"

凭借建材和摩托车生产，到了1997年，李书福就积累了几个亿的原始资金。于是，他异想天开，跑到浙江省机械厅要求做汽车。这一要求当即遭到拒绝。对于民企造车说"不"，成为李书福跑汽车项目以来，政府的普遍态度。

"但是我很喜欢汽车，我研究汽车行不行？"

"你研究可以，我们不管，这是你自己的事情。"这是李书福得到的回复。

由于口径松动，李书福开始筹备汽车企业。上世纪90年代末，国家基本垄断汽车制造，这反而让价格低、质量次的民企造车有了生存空间。同时，前期投入也可以少一点。

拿到浙江省的批文后,李书福显示了其"忽悠"的能力,他向台州市政府表示要在临海拿地,但不是以汽车项目的名义,而是"假托"摩托车扩产。这一"摩托车项目"得到了800亩土地,当时土地价格为5万元/亩。

"这个项目,几乎把我所有的资金都折腾进去了。"李书福表示,然而困难未曾就此结束。由于缺专业工人,他挂靠在当地广播电视大学旗下,开班招收汽车专业学生;由于要安置工人,他盖了宿舍楼。前一个动作由于违反政策,被罚款20万元;后一项,更是触动工业用地变住宅用地的红线,被勒令停止。

于是,在吉利临海基地,看到的是盖了一半的宿舍楼、教学楼和盖了一半的厂房。等待汽车准生证的过程极为漫长。1998年8月8日,当第一辆吉利豪情车下线时,这辆车尚未列入国家规定的生产目录。

台州的成本优势

李书福再次撞大运。不久,他从四川德阳一所监狱汽车工厂拿到了一个车型目录,车型生产基地从德阳搬到了台州临海。售价只有7万多元的吉利豪情车甫一问世,就为李书福暂时缓解了资金紧张的问题。

2001—2002年,在宁波北仑,通过收购日本人的破产钢结构企业,李书福拿到了不到1 000亩土地,这里后来诞生了吉利的第二款车型——美日。

第二款车型问世,吉利只做到收支平衡,此时的李书福还处在不断撞运气、捡"便宜"的阶段。同时,他道出"不差钱"的另一个因素——成本低。作为中国模具之乡的台州,在那里模具的价格只有欧洲、日本的1/10、1/100。

豪情车的模具,使用的材料是钢板和环氧树脂,后来为了降低成本,还向其中掺入水泥。这种模具,每个进行几百次轧制就得报废,即便如此,吉利汽车的生产成本较之合资品牌还是要低得多。

"我们这么搞的另一个好处是,诞生了大量的钣金工,因为冲压件出来都要人工再敲。"李书福说。今天,李书福那个简陋的、手工作坊似的原始汽车车间,已经成为中国汽车史的一个重要教材。

2001年12月1日,李书福拿到汽车生产商的资格。李书福说:这意味着在中国的银行眼中,吉利汽车不再是个"野鸡",我可以拿贷款了。说到这里,李书福用食指指着自己,颇有忆苦思甜、苦尽甘来的味道。

此后,吉利从银行贷了第一笔钱——2 000万元,后来都被投入到发动机生产线上,这条生产线来自中国大连,价廉物美。

同时,李书福做出了让所有同僚瞠目结舌的决定:将所有厂房、土地抵押给一家宁波进出口贸易公司,以向韩国大宇开出信用证,换取大宇生产设备。

直到今天,这套设备仍在宁波北仑基地,被用来生产吉利"新三样"之一的自由舰。自由舰的制造工艺终于使吉利摆脱敲敲打打的历史,按照李书福的话说,"它(吉利制造的汽车)不再松散"。

同时,自由舰成为第一辆帮李书福"赚大钱"的车,吉利很快赎回土地和厂房,还用这笔钱投入到变速器的研发。此后,李书福在天津齿轮厂挖来了徐滨宽。徐滨宽的到来,让吉利拥有了手动变速器。之后吉利又费时七年,开发出自动变速器。

多基地发展

拥有车身、变速器、发动机的自主制造能力后,零部件厂商们终于相信,这个长相憨厚的台州人,能够造汽车了。

台州市委、市政府四套班子登门拜访,送上"路桥基地"。李书福坦言,当初提了一些条件,但细节不便透露,"既符合国家法律,又符合制度"。路桥基地费时四年投产了金刚。

后来,李书福的弟弟李书通赴上海创办"上海杰士达",哥哥李胥兵在湖南湘潭打造江南奥拓,民间造车一时尽显浙江民企的草莽特色,外界的眼光从怀疑开始变为钦佩。

但时过境迁,汽车市场再不认同小打小闹,上述两家企业全部成为当地政府的"心腹之患"。出于盘活资产的考虑和对行业前景暗淡的预判,上述两人均选择退出汽车业,而李书福成为上述两地政府的"救星",他因此获得了上海、湘潭两大基地。

兄弟之间的协议均是:不赖账,但也不马上付钱,等赚了钱再结账。

两大基地的加入,让吉利的产业布局获得了腾挪空间。宁波基地的自由舰、临海基地的熊猫、路桥基地的金刚、湘潭基地的远景、上海基地的华普,构成了吉利汽车的基本布局。此时,济南和成都两大基地又纳入到公众视野中来。

李书福对上述基地获得过程不愿透露更多细节。他说,吉利发展壮大后,在台州市获得了鼎力支持;济南、成都两地,也获取了当地政府的垂青。李书福表示,原本吉利要在杭州下沙拿地5 000亩操作汽车项目,但在2003年因第一次政府宏观调控被叫停;后来,该项目缩减面积,又赶上2008年第二次宏观调控而被叫停。

回顾发家史,李书福觉得吉利发展的历史上,之所以"不差钱",主要是"要花钱"的地方不多。"至于后期,收购英国锰铜公司这些资本运作,都是我们的副总裁尹大庆在弄。"李书福表示,他本人已经将更多的精力放在了技术研发方面。

"当初捷达和富康投建15万辆的产能,就耗资100多个亿。我担心的是,现在吉利不到30万辆,在六年内实现200万辆的目标,要投多少钱啊。"汽车产业资深分析人士贾新光对记者表示。而谈到目前的资产负债率,李书福也表示"很艰难,要引起警惕"。

(赵 奕)

朱骏

玩家朱骏:"玩"丢了魔兽

●朱骏:"我不是企业家,我是个商人";"我进入这个行业,就是为了赚钱。"

●丁磊:"我不是以追求利润本身为驱动去经营企业";"竞争是一场长跑,谁跑得最远、最久,谁就跑得最好。"

小时候曾骑黄鱼车帮别人运货赚家用的"穷小子",后来成为开宾利跑车的富豪。人生的起起落落,对42岁的朱骏而言,也许真的不算什么。

就在网易(NTES. NASDAQ)宣布夺得了暴雪的网游《魔兽世界》代理权的16日下午,失去代理权的九城(NCTY.NASDAQ)CEO朱骏还在与上海申花足球队的预备队一起踢球。他亲自上场,并进了两个球。

没有人能真正猜到他的真实想法。就在当天,他将70万元奖金发给了球队,而《魔兽世界》占了九城93.8%的收入。申花康桥基地场边的球迷见到身穿蓝色球衣的朱骏后,有人惊呼:"他这么有空啊!"

朱骏昨日仍强调,九城的运作与投资申花完全没有关系,投资申花是自己的兴趣爱好,即便放弃《魔兽世界》也不会影响到投资申花。

玩家

朱骏是那种你见过一面就能感受到他个人风格的人。在网游高速发展的2006年,当时盛大(SNDA.NASDAQ)和九城占据了中国网游界的前两位,那是以游戏代理为主的"第一代"网游企业的黄金年代。

有一次开会,新闻出版总署副司长寇晓伟穿西装打领带坐在主位,盛大CEO陈天桥穿着西装解开一个衬衫扣子;网易CEO丁磊只穿衬衫,也解开一个扣子;朱骏也穿着衬衫——但解开三个扣子。

"张朝阳花400万美元买艘游艇,跟我比差远了,我一年要花1 000万美金。"朱骏曾这样评价他玩足球的爱好。

他心目中的理想是,等到退休了,抽根雪茄在一旁看着一群小伙子踢球,这才是最奢侈的享受。事实上,2000年,朱骏就组建了足球队;2007年,运营《魔兽世界》三年后的他以1.5亿投资申花。

"怎么全队人都把球传给16号呢?"2007年8月的荷兰鹿特丹港口杯足球邀请赛,朱骏的上场曾让英超球队利物浦的教练大吃一惊。朱骏当时以16

号球员的身份，在这场正式比赛中获得了首发机会并踢了六分钟。

当时，其他申花球员都"疯狂"地争取把球传到朱骏脚下，这让对方主教练以为朱骏是位核心球员。

朱骏入主球队时曾放言："不就是每年几辆法拉利开进黄浦江嘛。"朱骏不仅参与训练，还指挥球队，负责考察球员和主教练等诸多管理事宜。

为了让自己能从日常工作中"解放"，九城任命陈晓薇在去年年初出任公司总裁一职，负责公司日常工作及战略发展规划，向董事局主席兼CEO朱骏汇报。朱骏当时对《第一财经日报》记者表示："我跟陈晓薇的分工就是，我负责战略，陈晓薇负责执行。"

对于外界质疑朱骏玩球的问题，他曾说："如果你手上有十几个亿，你拥有了一支球队，正好又喜欢踢球，那么，你会不会让你的队员们陪你一起踢球？"他认为，如果他一周不出现在公司，这证明公司运行得良好。

事实上，盛大和九城正好在张江园区比邻而居，双方的员工在日常工作中都感受到了两位公司CEO的不同。有九城员工表示，"我们私下的总结是，陈天桥即使一天没有大事，也要工作到晚上12点；而朱骏可能一个星期都不在公司里出现"，他经常露面的地方是足球场，接受体育媒体采访要远远多于财经媒体的采访。

都市媒体的文体版成了朱骏常露面的版面。申花足球队队员打架斗殴，他需要出来表态；足球队管理层在酒吧闹事，他需要出面调查；甚至他在徐汇区的别墅搭建了一堵三米多高的围墙挡住邻居采光，被告上法庭也被公之于众。

后《魔兽》时代

对于九城失去了《魔兽》的代理权，朱骏的比喻是，现在九城的情况是有房无贷、有存款、手上还有活儿。有九城的员工认为，九城现在就像有钱人丢了高薪工作。

"《魔兽》这个游戏在过去的四年里给九城带来了很多财富，我承认《魔兽》肯定可以做到120万用户或者更多的用户同时在线，但是，没有哪个游戏可以长盛不衰地走下去，在这个时候，放弃《魔兽》也没有什么。"朱骏表示，希望大家相信九城有能力做好后面的一些游戏。九城就是没了《魔兽》，还有现金。

根据九城2008年第四季度财报，当季来自于付费网络游戏（《魔兽世界》）运营的净营收为3.8亿元，占其总营收的93.8%。

而截至2008年12月31日，九城的总现金和现金等价物盈余为人民币22.2亿元(约合3.255亿美元)。

在艾瑞首席分析师曹军波看来，九城没有失去《魔兽》之前，前四位基本上都是在十亿元人民币以上的收入规模，盛大、网易、腾讯和九城规模差距不是很大。而现在网易强化了第一阵营中的位置，九城会进一步下滑。

与暴雪谈判持续了一年多，朱骏曾有不好的预感，他曾多次对公司内部提醒，要做好没有《魔兽》的准备。他预设的方向一是布局研发，二是更多地代理其他游戏。但九城的准备历经两年多仍没有最终达成。

在朱骏看来，基本上所有的网游公司都是靠一款游戏成功的，网易靠《梦幻西游》、巨人靠《征途》、盛大靠《传奇》。因此，只要九城手握现金，再抓住一个《魔兽》，就会更加辉煌。而由于暴雪对中国市场的介入越来越深，代理《魔兽》的利润逐渐下滑，九城也为《魔兽》付出了更多的资源与精力。如果这部分资源投入其他游戏，可能也会获得类似《魔兽》的成功。

朱骏希望能够抓游戏的大战略跟方向。他对游戏的理解是："只要你不撤离，手里还有筹码，这筹码包括资金与有质量的人才，就永远还有成功的机会。这场叫网游的比赛，我相信我们会一起打下去的。"

对朱骏而言，网游是一场纯粹的掘金游戏。"我不是企业家，我是个商人。"朱骏并不想给自己贴金，他说，"我进入这个行业，就是为了赚钱。"

早在1998年，他就是中国最早投身网游的商人。2002年，盛大依靠代理韩国游戏《传奇》成功。同年，朱骏也跟进买下了韩国游戏《奇迹世界》。2004年，他依靠同时在线50万用户的承诺和更多的妥协，击败盛大，取得了世界上最好的MMPORPG(大型多人在线角色扮演游戏)——《魔兽世界》的中国代理权。

在2007年，他以15%的股份引入国际游戏巨头EA的1.68亿美元注资。而EA是暴雪的全球竞争对手，朱骏认为自己股份卖得很好，因为当时九城股价接近历史最高点。但这现在被认为可能是导致暴雪"移情别恋"的前奏。

一直以来，九城只做游戏代理、过分倚重《魔兽世界》已经被外界不断提起。

而如今，朱骏头上的那把达摩克利斯之剑果然落下。他现在面临的最大挑战是，在自主研发的产品还远不能到位的情况下，再找到第二个可以代理的主力产品。

相关

"工程师"丁磊：我与暴雪惺惺相惜

拿下《魔兽世界》代理权后，丁磊正带领网易走上新一轮扩张之路。

1997年创建了网易的丁磊是IT工程师出身，跟腾讯CEO马化腾一样，丁磊喜欢关注技术、产品，相比担任公司CEO，他宁愿担任首席架构师。而且，他在业界中也尽量保持谨慎和低调的形象，个人爱好和生活也"乏善可陈"。

相比之下，九城的朱骏则完全是另外一种类型的创始人，玩跑车、游艇，乃至足球队这种昂贵张扬的爱好，跟媒体聊起来会很"High"，而丁磊则是"惜字如金"。

对于网易为什么获得《魔兽》，此次丁磊给出的答案也与他的思维模式十分符合，他认为暴雪是因自主研发而尊重网易。

网易最初的方向是门户网站，而丁磊把门户网站中的电子邮箱做得最为出色，相比门户网站中的新闻和广告，邮箱这种"技术含量"更高的业务，似乎更对丁磊的胃口。

2000年的互联网泡沫破裂，反而促使丁磊为网易找到了更好的发展方向。2001年，丁磊依靠无线增值服务，挽救了当时股价已经跌到1美元以下的网易。

但无线增值服务很快被丁磊抛弃，他曾对《第一财经日报》记者透露，无线增值服务需要处理很多关系，与电信运营商，与政府主管部门，大大小小的关系，让丁磊很反感这种业务。因此，他决定，即使无线增值服务再赚钱也不做了，他更喜欢依靠自己的研发和技术实力取胜的业务。

于是，2001年丁磊决定尝试网游，这一决定让网易步入了"第二代"网游企业的行列，而依靠代理韩国游戏起家的九城是"第一代"。

本来，网易也想先代理海外游戏，而丁磊去与索尼等谈判时遭到了挫折，他"一气之下"，决定进行自主研发中国题材的网游，而且当时还宣称只坚持自主研发，绝不代理。

在丁磊督战下，网易开发的《梦幻西游》取得了成功。网易因此也跻身中国网游市场的第一阵营，网络游戏收入占总收入比例超过80%。

蓝港在线CEO王峰认为，《梦幻西游》开创了中国网游的一个产品流派，而从网易夺得魔兽的代理权可以看出，网易已经开始扩张自己的游戏业务，逐步从仅仅自主研发向代理和发行的角色扩张。

而以技术出众、不惜花费长时间打造经典产品的暴雪，对丁磊有种"天然"的吸引力。去年，网易将美国暴雪娱乐公司旗下的游戏大作《星际争霸2》和战网等引入中国，同时双方成立合资公司对游戏运营提供技术支持。此举曾让当时与暴雪谈判的九城十分紧张。

谈到网易获得暴雪合作资格的问题，丁磊三句话不离工程师风格，他认为，暴雪认同网易过去在网游方面的经营理念。因为网易本身是个依靠自身研发成长壮大的企业，跟暴雪这种以研发知名的企业"惺惺相惜"，有很多共鸣，很多话题也更容易谈拢。而且，网易在过去营运自身研发作品时在反外挂、反盗号、反私服方面，下了很多工夫。

"我不是以追求利润本身为驱动去经营企业。"丁磊表示，他的理念是："竞争是一场长跑，谁跑得最远、最久，谁就跑得最好。"

（孙　进）

曹国伟

成功MBO：曹国伟新浪十年终成正果

曹国伟——职业经理人的新典范。

昨天是新浪网（SINA.NASDAQ）CEO曹国伟人生的一个节点。从1999年9月28日加盟新浪开始，屈指算来，整整十个春秋。

前十年中，曹国伟以职业经理人身份体验了新浪的多次变动。送走了王志东、茅道临、段永基一个个位高权重的人物之后，沉稳、内敛的曹国伟虽然也时受争议，但仍稳坐钓鱼台。

昨天，以曹国伟为首的管理层用1.8亿美元收购9.4%的新浪普通股之后，这家始终处于被收购传闻和高层变动中的互联网公司第一次迎来了它的真正主人，他叫曹国伟。

"终于要发布了，有些兴奋，又有些紧张。"昨天晚间，正与公司管理层一起庆祝的曹国伟向《第一财经日报》表示，"我在新浪工作已经整整十年，作为职业经理人，我已经经历了一个职业经理人应该经历的一切，也做到了一个职业经理人应该做到的一切。"

"我觉得现在是我改变角色，去接受新的挑战，去尝试一种新的人生体验的时候了。"曹国伟说，"为新浪服务满十周年之际，我决定跨出这一步。"

曹国伟的两个绰号

1999年，曹国伟告别美国普华永道公司，加盟新浪担任CFO，此后走出一条从CFO到COO、总裁、CEO的平缓上升曲线。

在中国互联网界，曹国伟有两个绰号，一个叫"老查"，另一个是"曹会计"。

新浪内部人习惯叫曹国伟"老查"，这是因为他与另一家互联网公司，同时也是新浪最直接的竞争对手搜狐的董事局主席兼CEO张朝阳同名：英文名都叫Charles。与曹国伟低调、内敛，甚至有些沉闷的性格相比，另一个Charles会作秀，会讨大众喜欢，在公众中的知名度远高于曹国伟，因此叫"老查"以示区分，另外叫起来也很亲切。

而"曹会计"的绰号，是新浪以外的人经常对曹国伟的称呼：不但暗指曹国伟的会计出身，也说明他注重数字和报表，有着优良的财技，能够设计出高人一筹的账务和收购方案。有一件事可以印证曹国伟的财技：据知情人士透露，当年雅虎以10亿美元收购阿里巴巴近40%的股份方案，即是曹国伟设计的，因为当初雅虎"酋长"杨致远先找到了新浪，并由曹国伟设计了收购方案。

据了解，2008年年底新浪收购分众案也是曹国伟设计的，而在这次收购案之前，分众传媒的董事长兼CEO江南春也经常向曹国伟讨教财务方面的问题。而这次中国互联网业首例MBO，也是曹国伟借助高超财技所实现的。

曹国伟沉稳、正统的性格，与前任和其他网站CEO们张扬、作秀的风格不同，他坚持实际主义的作风，同时又稳稳操纵着公司的发展。

在公司管理方面，曹国伟不论担任什么职务，一直坚持公司的各种制度建设，在制度的基础上管理人。

在曹国伟的主持下，从2001年开始，新浪设立了国内互联网公司中最严格的销售管理和采购报销等信息化管理系统及严格的财务制度。这些系统建成后，为新浪压缩成本、提高效率和管理透明化做出了很大贡献。

曹国伟告诉记者，互联网广告销售相比报纸和电视要复杂得多，一个广告可能在很多栏目中都投放，卖给谁、以什么样的价格卖、广告折扣，都得做最好的分配，新浪都是通过系统完成的。

"把人为的因素降到最低，可以避免很多问题的发生。"曹国伟说。

从管家到主人

在曹国伟之前，新浪网经历了沙正治、王志东、茅道临、汪延四位CEO，与众多前任相比，曹国伟担任CEO伊始被认为劣势明显：他既不是公司创始人，也不是股东，而是一位彻头彻尾的职业经理人。

在担任CEO之前的那段时间，曹国伟躲在幕后，苦练内功。在曹国伟的主导下，新浪网于2003年和2004年分别完成了广州讯龙以及深圳Crillion两大无线增值业务公司的重要并购，使新浪网一举跻身无线增值领域前列，并由亏损逐渐走向赢利。

而2005年2月，盛大在二级市场收购新浪19.5%的股权，当时曹国伟临危受命，连续工作两个多星期推出"毒丸计划"，成功阻止了盛大对新浪的进一步收购。在收购与反收购的斗争中，这一案，应记载于中国企业并购史，因为这是首例遵循美国法律进行并购的中国案例。

后来，时任新浪CEO的汪延回忆，刚到澳洲度假的曹国伟不顾眼疾折磨，马不停蹄赶回北京，并两三星期连续不睡觉地奋战，才确保了"毒丸计划"最后能够取得成功。

而当2004年新浪业绩下滑，被搜狐等竞争对手迎头赶上时，也是曹国伟勇于担当，勇敢地改革了新浪的销售团队以及广告系统，才使新浪力挽狂澜，重新回到互联网广告领军者的位置上。

2006年5月，担任CEO之后，曹国伟真正进入新浪的权力核心，但还是由于其分散的股权结构，曹的位置并不十分稳固，甚至还多次传出曹国伟离职的消息。

但是通过这次MBO，曹国伟成功转身，从职业经理人上岸，以主人身份掌控新浪。

"毫无疑问，我和管理层的增持将使新浪的股权结构更趋合理，管理层与股东的利益更趋一致，从而大幅提升新浪的决策效率和战略发展能力，有利于新浪长期稳定的发展。"曹国伟告诉《第一财经日报》记者，"从今天开始，我们将实现自己角色的转换，以一个创业者的心态来面对我们的未来。"

过去，与众多有主人的中国互联网公司相比，股权分散的新浪曾有两年左右一换CEO的传统，从1998年底由王志东创建的四通利方和由姜丰年创建的华渊资讯合并正式成立新浪开始，七年之内有过五任CEO。

新浪前四任CEO的平均任职时间是1.8年。但无论谁担任CEO，曹国伟都始终受重用。走完了十年的历程，而后一个十年，新浪仍然属于曹国伟。

（杨国强）

丁立国

德龙老板丁立国：我想退出钢铁行业

"我们从见面到最终签订协议仅一个月零一天，见了三次面，每次谈判不超过两天，一个月16亿美元就卖了。这算是一个完整的故事，我很兴奋，他们也很兴奋，但是接下来却是漫长的一年半的等待。"丁立国说。

上着一件似唐装又似道袍的衣服，下着一双布鞋，丁立国坐在"2009中国企业领袖年会"中"这一轮海外抄底术"分论坛上，和几位同台论道的嘉宾穿着极不协调。他羞涩地调侃着自己："大家可以看一下我这身装扮，肯定以为我坐错地方了。"

几个月前，丁立国创办的河北德龙控股有限公司（Delong Holdings-Limited，新加坡证券交易所代码：DELO，下称"德龙"），成为中国钢铁行业宏观调整的主要对象之一。作为一家具备300多万吨产能的民营钢厂，德龙与国内其他中小型钢厂一样，遭受着来自各方的"指责"。

"钢铁这个行业就像'过街老鼠'一样，宏观调控首当其冲的对象就是它。节能减排相关问题也最先找我们，铁矿石价格高了也说是我们民营企业闹的，好像没有什么好事。"在接受《第一财经日报》记者专访时，丁立国显得非常平静。他说，几年前就想放弃这个行业了。"从事这个行业已经不再让人尊敬。"

只是，让这位已入不惑之龄的男人进退维谷的是，时隔一年多以后，中国政府没有批准俄罗斯最大的钢铁企业耶弗拉兹公司收购自己的企业。

这让他感觉非常疲惫——钢厂想卖卖不出去，想转行又囊中羞涩。他转而"求仙寻道"，师从重庆缙云山道教协会会长、绍龙道观住持李一道长。

想卖卖不掉

2007年年底的时候，丁立国就在想，到底要不要换个"活法"。矛盾的心态理所当然——他依靠投资钢材生意掘得人生第一桶金，把德龙的资产从2 000多万元做到了100多亿元。

权衡再三，他最终决定，卖掉公司。

"这个事基本想明白后，我比较了全球最大的钢铁公司米塔尔和俄罗斯耶弗拉兹公司。确定以后，我通过关系问他们感不感兴趣，俄罗斯这家可能准备到海外抄底，对我们很有兴趣。我们从见面到最终签订协议仅一个月零一天，见了三次面，每次谈判不超过两天，一个月16亿美元就卖了。这算是一个完整的故事，我很兴奋，他们也很兴奋，但是接下来却是漫长的一年半的等待。"丁立国说。

去年2月18日签了半年的合同后，耶弗拉兹已经支付了德龙10%的收购款，接近1.6亿美元。"这期间，相关部门领导找我谈过话，三个领导坐我对面，问我为什么卖？我说我感觉这个行业要出事儿了，他们说这是瞎说，他们现在在调控呢。"他回忆着，试图用自己过去辛酸的创业史说服领导，"我看对面坐着一个女处长，我就说，我创业了17年，两次破产，三次车祸，没时间陪妈妈。她就说这个原因还可以。"

"后来他们说你要主动提出不能卖。"可是倔强的他并没有同意。他说："你可以告诉我你什么时候批或者不批，我不能告诉你我不能卖。你只要今天告诉我说你们不批，我今天晚上就不卖了。"

"去年下半年，金融危机已经到了顶峰的时候，领导说可以卖了，我们很不好意思地给俄罗斯公司打个电话说'咱们还得继续谈恋爱呀'，可是对方说我现在这条船'千疮百孔，不知道哪靠岸呢'。"

卖掉德龙的希望破灭了。今年8月18日，在历经两次为期半年的续签之后，交易宣告失败，耶弗拉兹公司放弃了收购计划。

转型第一单6 000万元入股华谊

丁立国非常灰心："我不想做钢铁行业了，可是现在卖不出去，也有国有钢铁企业想收购我们，可是出价太低，不是按市场规则来办。"

他给自己选择了两条路，如果钢铁公司一直卖不出，就计划在南美、非洲、蒙古等国家建钢厂，"毕竟国内产能是不可能增长了，不仅不能增加还得减少"。几个月前，德龙的高炉被强行拆掉了几个，公司的钢铁产能由300多万吨一下减到了200多万吨。他说："现有的产能都是符合国家各项法规的了。"

另一条路就是转型。作为转型第一单，2007年他以妻子的名义拿出6 000万元参股了华谊兄弟，位列第五大股东。今年10月23日，华谊兄弟（300027.SZ）在创业板上市，丁立国获得了丰厚的回报。

"商人就得求变，不变怎么能生存下去？"投资华谊兄弟，是因为他发现电影公司拍的影视剧，自己不需要投钱，而且还不到正式发行，就能靠里面嵌入式的广告回笼资金。

对于需要消耗巨额自有资金的钢铁行业，影视业的确是一个简单的高增长产业。他说："今后，我希望能寻找到一些高增长的行业。"

为了寻找高增长的行业,他需要抽出更多的时间进行思考。他说:"公司上市后,我们就不怎么管了,交给职业经理人了,现在我一年也去不了两回公司。""闲暇"之余,他去北京大学学习历史,学学道家思想。

去年初夏,马云去重庆缙云山白云观禁语、抄经,结识了重庆缙云山道教协会会长、绍龙道观住持李一道长。丁立国告诉《第一财经日报》记者,许多企业家都是他的偶像,那些千年以前的学者更是他学习的对象。

所以他也去拜了李一为师。丁立国非常喜欢老子道德经中那句话:"知其雄,守其雌。"

(曹开虎)

王良星

谦卑王良星：挖人是头等大事

利郎副总裁胡诚初的办公室里，挂着一道"诚信如初"的横幅，而总裁王良星的办公室里挂的则是一张约两米长的白纸，王良星掸一掸烟灰，笑道："一直都是这样，含义怎么理解都行。"

曾经接触过王良星的一位人士介绍，王良星跟客人握手，都是双手迎上去，态度非常谦卑。王良星自称胸中墨水不多，因此挖人和留人不仅是爱好也是一种必需。

挖一个，拖出一串

"当时利郎文化水平最高的是王总的哥哥王冬星，高中文化水平，其他的都是亲戚朋友在做，文化水平并不高，企业要发展必须招人。招大学生也不容易，专科生还可能考虑下，本科生根本看不上利郎的。"胡诚初回忆着11年前的利郎。

王良星挖胡诚初大约用了8年的时间，可能是费时最长的一个。胡诚初是上海人，在福建当兵18年，夫人是晋江人。转业后，胡诚初回到上海当铝制品厂的厂长，还要经常回福建看看。从1989—1990年开始，王良星开始游说胡诚初到利郎，一直到1998年，胡诚初觉得在国有企业无法实现理想，恰好王良星再次到上海登门拜访，王良星的诚意最终还是打动了他。

1998年的利郎，虽然每年有1 200万元左右的销售额，但库存就有880万元，胡诚初把库存处理掉后，开始革新利郎的人员构成。他到贫困山区生源比较多的黎明大学和福建经济管理干部学院招了100多名大学生，正是靠这些人，利郎建起了货品配送中心，把库存率从34%降到了4%，差点拖死王良星的高库存在胡诚初来后，不再是大问题。

王良星的谦卑、宽容、分享和耐心流传甚广。一位当地人士告诉《第一财经日报》记者，王良星和安踏总裁丁志忠是铁哥们儿，但是性格完全相反。丁志忠非常强势，如果丁志忠和王良星一起看电视，遥控器肯定是丁志忠拿在手里。王良星说："丁志忠比较强势，因为企业的历史不一样。10年前他的企业就已经很强势，在晋江这个地区、这个行业他都是数一数二；而那时，我们还是在一个最困难的时期，规模也很小。"虽然性格相反，却并不影响王良星与丁志忠的交情。据说在王良星资金紧张、被人催债的时候，丁志忠会借钱帮王良星渡过难关。

欣赏王良星谦卑与耐心的不只是丁志忠。现任利郎总时装设计师的计文波曾经获过多项服装设计大奖，服务过众多企业，但是能留住计文波的企业并不多。2001年，王良星准备大力推广商务休闲男装，"简约不简单"的广告语和代言人陈道明都准备停当，就差能诠释广告语的设计师，因为没那么多钱挖他到利郎，只能以顾问的形式请计文波出谋划策，而计文波则不计报酬给王良星干活。6年后，计文波正式到利郎任设计总监。

宁可错挖一千，不放高人一个

王良星虽然是利郎总裁，但是在董事会却常常被质疑。2004年，他突发奇想，决定在当年奥运会举行的16天时间里在央视投放1 000万的广告，吸引爱好运动的商务人士。这让胡诚初挠头不已，与其反复辩论，这些争执不但没有让王良星觉得尴尬，他甚至希望被人质疑。王良星说："五六年前，我们公司高层之间建立了一种内部文化，就是鼓励大家畅所欲言。大家在我面前可以坦诚地说真话，互相之间碰撞，这比看书更有效。碰撞会有争论，有争论的话印象就会比较深刻。决策如果没有争论就不是好的决策。"

不过，王良星如果认准了某件事，就会不停地讲，讲到别人服气为止。他说："有些想法有时候可能太超前。既要有超前性的意识和方向，又要符合现状，快半步最好，这需要控制一个度。所以有必要天天讲、月月讲，讲到搞清楚为止，还讲不清楚的就只能淘汰了。"

王良星挖人在行，留人手段也很高明。利郎上市之前，分管品牌的副总裁胡诚初、分管营销的副总裁潘荣彬等人一共分得了23.5%的股份。利郎的一位高层表示，王良星在挖人的时候，有的年薪高达300万，眼都不眨一下。同时，他还有一句经典名言，那就是宁可错挖一千，不放高人一个。

挖人现在仍然是王良星上心的大事之一，但他更在意的，则是实现利郎的制度化和规范化。王良星最直白的解释是："一个企业做到10亿—20亿的规模，老板还管得过来；你要做到50亿—100亿，没有制度就应付不了。"王良星搞制度化建设的原因，还有一句话可以作为注脚。他说，如果员工和经销商睡不着了，老板就可以去睡了。

（胡军华）

李勤夫

如何才能由"富"转"贵"？李勤夫们在努力

李勤夫在浙江平湖的办公室是按照"白宫"的样子建造的，业界盛传的不是谣言。当有客人来访时，李勤夫像正大综艺节目主持人一样，面露最自豪的神情，带领大家"游览"他的"宫殿"。当年，他就是怀着同样自豪的心情把日本人带到这里。他一直认为，一定要在气势上压倒对方，让他们看到中国企业的实力，这样，接下来的中日合资服装生产企业，就那么顺理成章地诞生了。

所以，纵然他现在往时尚旅游产业转型，却依稀仍见他当年"制造业强人"的身影。对于过去的发家史，他虽然只是轻描淡写地一笔带过，但是，曾经的"全国优秀乡镇企业家"的光环仿佛还在他的头上若隐若现，让人不得不怀疑他经营马球、帆船这些贵族运动的能力。而对于外界的质疑，他只是憨憨地一笑了之。

9月18日至20日，全国首届"九龙山"杯帆船赛在浙江平湖拉开帷幕。这里是李勤夫的故乡，十几年前也是他的茉织华纺织公司最大的生产基地。

勤劳的隐形冠军

"父母给我起这个名字应该就是希望我勤勤劳劳做事情吧。"李勤夫在自己的"庄园"里接受《第一财经日报》记者的专访。身穿橙色、深蓝色条纹休闲装，坐在欧式沙发上的李勤夫尽量将自己显得简约中透出奢华感。

父母出于某种质朴给儿子的起名在李勤夫日后的生活中多少有了印证。上世纪70年代末，年仅16岁的李勤夫就开始勤劳地做起生意，背着成麻袋的螺丝帽到上海来销售。卖一个螺丝帽赚几厘，他不知疲倦地工作着。

李勤夫人生的转机出现在1983年，21岁，有了五年"工作经验"的他以2 000元承包了一家由于大环境转变以及自身经营不善等原因濒临破产的服装厂。当时，没有一个人看好他。

"中国生产的东西从前总给人一种伪劣产品的感觉，其实不然，关键是合作方式。"李勤夫通过与外资合作，订单生产，向世界证明了中国制造业。他的服装厂从最初的16个女工发展到数百名员工，出口创汇3 000万美元。1991年1月，浙江茉织华制衣有限公司成立。四年后，茉织华占据日本制服20%的市场份额。1994—1999年，茉织华的产值利税和创汇额连年居全国服装企业首位。2001年，茉织华发行A股，成为最早一拨上市的民营企业。

上世纪90年代初期，李勤夫也与很多商人一样，将企业向多元化发展往往缘于一个机缘巧合。当时有个邻居对他说，想要印一些发票，要进口一些机器，他知道日本的印刷机好，就多买了两台。李勤夫找到平湖的税务局，劝税务局的领导印制一些正规的发票，这样假发票少了，税收就增加了。李勤夫就这样试着打开了一块别人都觉得很不可思议的市场，后来成为人民银行、邮政局和国家税务局的定点印制企业，全世界2/3的登机牌都是由他的公司来印刷，李勤夫成了一个不折不扣的"隐形冠军"。

然而，他却在以后的日子里渐渐反思整个制造业的模式，他决定用自己之前的全部家当去换一场"豪赌"。

不转型就缩水

"做制造业，最愉快的是接单和生产订单的时候，而订单完成的时候最苦恼，因为接下来他们很可能要面临倒闭，这是任谁都不想遇到的事情。"

虽然创造了很多"第一"和"最大"，但李勤夫越来越意识到制造业的层次不够高，总是受制于人。制造业是"为别人捏脚"的苦活，而高端旅游服务业才是能够让自己躺下来享受"别人为自己捏脚"的角色。

"我去看了全球很多发达地区，他们不少地方都没有制造产业，完全依靠的是服务业、高端旅游业等行业的支持。而我们这里大多还是从事低层次的产业，然后将辛苦劳动赚来的钱一袋一袋背到国外去消费掉，再倒个时差，睡个觉回来，何必呢？那么我不如自己转型做高端服务业，而且中国现在经济腾飞了，生活质量应该得到提升。"在李勤夫的规划里，将马球、游艇和高尔夫、豪华酒店等西方顶级生活元素集中起来，打造中国人自己的高端消费场所就是其产业转型的方向。

而且，在李勤夫看来，制造业的数字概念已发生了巨大变化，以前2亿元左右的生产总量可以产出1亿元利润，如今却可能需要10亿元总量才能达到1亿元利润，如此情形下，制造业再不转型高端服务业，李氏资产就会缩水了。

再谈及茉织华、造纸印刷等业务，李勤夫显得相当淡然，只是以一句"造纸印刷已经减持，服装生产也就是正常运作，没有特别的"便结束了有关传统制造业的讨论。

但望着窗外的游艇、码头，李勤夫的眼中却闪烁着不一样的光芒。

"我现在的重点就是九龙山项目，这不仅仅是游艇、马球、高尔夫活动的场所，其实从根本上讲我希望体现的是一种生活方式，甚至是一个小社会的感觉。总投资预计200亿元的九龙山整体项目现在还在一步步建设完善中，我们的融资渠道和模式是多样化的。"

其实从早年从事制造业为主开始，欧美式风格的生活以及环境打造梦想一直就萦绕在李勤夫心头。为了最大力度推广九龙山品牌，李勤夫身体力行地玩起了游艇，并且花费大量人力物力在九龙山庄园举办首届"九龙山杯帆船赛"，将AZIMUT游艇、宝马摩托车试驾等引入现场。他正向世人证明，乡镇制造企业也可以成功转型时尚高端服务业。

而扩建完善浙江九龙山仅仅只是李勤夫转型高端旅游服务业的第一步。"我的想法是在北京、上海、大连等适合的城市都建设九龙山庄园项目，将九龙山连锁化。而且我有这个信心，因为社会发展到一定程度，就会对生活有所追求。这个时候，生活就是产业，生活就是财富。"

李勤夫的"生活财富论"很简单、很美好，但是巨额的投资以及中国目前对贵族运动尚处于初级认知阶段的现状，再加上金融危机对奢侈消费的冲击，使得这个梦虽简单却有些遥不可及。35亿元的投资砸进去了，未来还要有几百亿的追加投资。李勤夫是不是太早进入这个行业了？

而对于以前的代工模式，他也并没有全盘否定。就在不久前他接受媒体采访时还说，成功不只是要创一个品牌，做代工一样可以做到世界第一。但品牌对于企业家的魔力依旧是不可抗拒的，李勤夫最终还是选择了这条道路。这是中国转型中不得不面对的问题，只是一直走在前面的民营企业家成为了最早的一批吃螃蟹的人。可能最富戏剧性的就是，带领中国从"创富"走向"创贵"过程的启蒙者，恰恰是别人都会觉得有些土的"乡镇企业家"吧。

（乐　琰）

杜双华

低调杜双华失意日照钢铁

44岁的杜双华最终还是妥协了。这位曾以350亿元资产名列"2008胡润百富榜"第二名的富豪，在2009年9月的第一个周日，同意了"虎视眈眈"的山东钢铁集团公司（下称"山东钢铁"）"吞并"自己一手打造的日照钢铁控股集团有限公司（下称"日钢"）。

9月6日，两家公司在日钢的大本营日照市正式签约，以共同向山东钢铁集团日照有限公司增资的方式进行资产重组。山东钢铁以现金出资，占67%的股权；日钢以其经评估后的净资产入股，占33%的股权。

《第一财经日报》记者欲采访杜双华时，低调的他对重组协议的签订不愿发表评论。谁愿意看见自己一手创办的公司，在前程似锦的情况下突然被别人控制？对于这样一个背景颇为复杂的重组，杜双华又怎会愿意将他内心深处最真实的想法和盘托出？

自去年11月5日山东钢铁宣布与日钢签订重组协议，至两天前正式重组，在这漫长的大半年时间里，为了提高谈判筹码，这位操着一口纯正京腔、善于资本运营的中年男人，费尽周折，做了诸多努力。

去年金融危机发生后，日钢曾传出大幅裁员的消息，这一度被认为是杜双华"撂挑子"的做法。这样的观点缘于，日钢在过往几年赚得盆满钵满，在吨钢员工数远低于其他大中型钢厂，以及其他大中型钢厂没有裁员的情况下，不太可能纯粹因为暂时的亏损而大幅裁员。

之后，杜双华采取的更为有效的办法是，将旗下资产打包上市。在去年协议签署数日后，2008年11月12日和12月1日，杜双华先后通过其控股的一家公司两次以场外增持的方式，购入香港上市公司开源控股（01215.HK）总计7亿股股份，占开源控股已发行股本的9.92%，成为开源控股当时最大的股东。

今年1月16日，开源控股又以52亿港元的总代价收购香港誉进发展有限公司持有的日照型钢30%的权益、日照钢铁30%的权益及日照钢铁轧钢25%的权益。到今年6月，开源控股宣布，这个高达52亿港元的交易大功告成。这意味着，杜双华通过将资产曲线上市，加大了山东钢铁收购日钢的难度。

杜双华更为聪明的做法在于去年四川地震期间的一次捐款。去年5月，他向四川地震灾区累计捐款1.5亿元，并累计收留了超过700名灾区儿童。自那以后，这个鲜为人知的民营企业家成为媒体争相报道的对象。日照市委的一位官员曾坦承："可以说，日钢通过捐款大大增加了与山钢对峙和谈判的筹码。"

如果不是日钢一些资产被认为不符合《钢铁产业发展政策》，这位至今还单身的"钻石王老五"，可能不会在这场民营企业与国有企业的博弈中让步。

接触过杜双华的人说，他穿着非常朴素，平时穿得最多的衣服是工装。他在与记者交谈时，从来不摆架子，这与诸多大中型国有钢铁企业的领导人截然不同。

同时，他在管理方面雷厉风行。日钢资本运营部的内部规章细则里，甚至还有这样一项规定："手机铃声响三声以内必须接通。"

可是，仍处于鼎盛时期的日钢如今已改换门庭，这家公司已不再姓杜了。

（杨　敏）

李泽源

深航李泽源：神通广大的幕后老板

"是凌晨在湖南被抓的。"11月30日，李泽源涉嫌经济犯罪、被公安机关带走的当天，一位消息灵通人士告诉《第一财经日报》。

李泽源，原名李宜时，1951年生，籍贯辽宁兴城。现任国内第五大航空公司深圳航空有限责任公司（下称"深航"）的高级顾问。是深航董事长李默之父，亦是深航的实际控制人。"李泽源很少露面，我们基本都看不到他。董事长倒是经常坐办公室。"深航内部员工说。

"关系"深远

李泽源军旅出身，曾位至军队生产经营部门高官，也曾因经济刑事问题三次获罪入狱，最近一次是被保释在外的。可见此人"关系"之深远。

孟庆平腐败案曾牵出过李宜时。据《检察日报》报道，孟庆平也是辽宁人，1937年生，曾参与海南省建省筹备，并于1988年担任海南省副省长，1993年调往湖北省任副省长。1991年底至1992年期间，孟庆平曾为原军事科学院企业局承包人李宜时在海南成立侨海公司和在琼山县进行大面积土地开发做过多次批示。孟庆平调往湖北后，李宜时还曾以"买生活用品"为由，委托其妻张文英携带两万元人民币送给孟庆平。

1998年年底，孟庆平因利用职务上的便利为他人谋取利益，收受贿赂，被开除党籍，并以受贿罪被依法判处有期徒刑十年。

李泽源此次被抓疑与2005年深航股权拍卖有关。

国内某媒体报道深航股权转让时，曾援引一位知情人士的话："汇润拿下深航，靠的是李宜时的关系、关国亮的钱。"

2004年，广发银行有意转让所持深航65%的股权。当时还叫做"李宜时"的李泽源，最初是推动脱胎于军企的北京当代集团受让这部分资产。但当代集团在2005年5月23日拍卖前夕退出竞标阵营，由李宜时控股89%的深圳市汇润投资有限公司（下称"汇润"），携哈尔滨民企亿阳集团有限公司（下称"亿阳"）组成竞买联合体，以27.2亿元拍得标的物，出乎美国AIG和国航等众多实力雄厚的买家的意料。

彼时，汇润才刚刚"出生"不到三个月，注册资金只有1 000万元。汇润支付的股权转让款，一部分来自时任新华人寿董事长的关国亮的拆借。2006年，关国亮东窗事发。2008年11月，关国亮一审被控职务侵占和挪用资金两项罪名，涉案金额2.6亿元。

但上述消息人士向《第一财经日报》透露，与关国亮关系密切的李泽源只是被关了一年左右，去年7月份就被保释出来了。

另外，汇润成立一个月，法人代表就从李宜时改成了原辽宁葫芦岛市市长赵祥。深航股权转让完成后，亿阳也将所持深航股份悉数转给了汇润，汇润成为深航的第一大股东。李宜时也在此间改名李泽源。外界对此分析，这一切资本运作的最终目的，都是为了李泽源能控股深航，成为深航的"大老板"。

尽管只是挂着"高级顾问"的职务，尽管儿子李默才是深航董事长，但深航人都称李泽源为"大老板"。

昨天，《第一财经日报》致电深航多个部门工作人员，均以"没有什么更多消息可以提供"婉拒采访。

为人"高低调"

大概也就是从去年下半年开始，《第一财经日报》从深航公司的对外宣传稿件中发现，除了深航副董事长、总裁李昆外，公司越来越多地提到了"深航高级顾问李泽源"，大有将其推向前台的意味。

此外，我们也可以从各省的媒体报道中看到这种"非常规"。在深航和江西省人民政府签约时，签约的是深航常务副总裁和江西省常务副省长，互赠礼物的则是江西省省长和深航高级顾问李泽源；在深航与哈尔滨的签约仪式中，也是哈尔滨副市长和深航副总签约，市长和李泽源会谈；在深航和河南省的签约报道中，《河南日报》也将李泽源的名字排在了深航总裁李昆的前面……

业内人士认为，李泽源去年以来比较高调，似有"主政"深航之意。

李泽源在各类官方活动中行为高调，但在深航邀请媒体的活动中，几乎很难见到他。大多数媒体记者的印象，都停留在深航主动发布的他的照片上：身材高大、偏胖，常穿黑色系衣服，习惯戴宽边黑眼镜，头上一顶棒球帽。

即使是乘飞机，也有过关于他"低调"不留名的消息。李泽源曾经乘坐深航9595航班从南宁飞往深圳，但没有购买机票，而是以"加机组"的方式登上飞机。"加机组"一般指飞行员、空管员或签派员经过办理手续后，可以机组成员的身份乘坐飞机。有人分析，李泽源这样做可能是不愿在电脑系统中留下记录。

（米 华）

吴亚军

谜一样的重庆首富吴亚军

吴亚军是一个低调的人，所谓低调，是指她从不接受记者采访，目前还无法确认她的这种低调是否跟其之前曾有从事记者工作的经历有关。但是据此前曾深入调查过龙湖，并掌握大量一手素材的国内某媒体记者称，吴亚军的低调，或与其最初发家时的借势有关。

郁闷的"中建科"

11月19日，龙湖地产拟在香港联交所主板挂牌上市，吴亚军将一举成为重庆首富，并可能成为内地地产"女二富"。

以吴亚军拥有龙湖23.43亿股计算，上市后身家可能约为167亿港元。

公开资料显示，吴亚军，女，45岁，高级经济师，1984年毕业于西北工业大学航海工程专业；1995年创办龙湖地产，历任重庆龙湖地产总经理、董事长，北京龙湖置业发展有限公司总经理、董事长；2005年9月内部机构改组成立龙湖集团，辞去兼任的所有区域公司总经理之职，任集团董事长兼总经理。

吴亚军于1993年开始涉足房地产行业，担任重庆佳辰经济发展有限公司董事长。1995年参股创建重庆龙湖地产发展有限公司（原重庆中建科置业有限公司）并担任总经理职务至今。

1995年6月，吴亚军与中建科产业有限公司合资成立了重庆中建科置业有限公司，新成立的公司立马确立了以房地产为核心的发展战略，将住宅开发作为主导方向的终极目标。不久，由佳辰经济发展有限公司控股的重庆中建科置业有限公司更名为重庆龙湖地产发展有限公司，而佳辰经济发展有限公司随后也更名为重庆龙湖企业拓展有限公司。

不过，《第一财经日报》记者注意到，龙湖地产及吴亚军无限风光之时，吴亚军及龙湖地产发家之初的一个关键性企业——中建科产业有限公司却正被挂牌出售。

11月6日，《证券时报》刊发的公告称，中建科产业有限公司在北京产权交易所出售65%的股权，出售价仅为5 309万元。

中建科产业有限公司曾是龙湖地产的前身重庆中建科置业有限公司（当时注册资本为1 000万元）的控股股东。工商注册资料显示，中建科产业有限公司出资550万元而拥有重庆中建科置业有限公司55%的股份。

目前尚无法还原中建科产业有限公司如何失去一个后来成长为区域地产

龙头企业的控股权。

"中建科产业"的傻棋?

中建科产业有限公司的股权出让公告显示,其前四位股东分别是中国建筑工程总公司、宁波市鄞州新华投资有限公司、大鹏证券有限责任公司和重庆天河保险代理有限公司,持股比例分别为65%、25%、5%、5%。

2008年,中建科产业有限公司的营业收入仅为568.96万元,营业利润 –155.8万元,净利润 –161.56万元。

国内一家财经媒体几年前曾披露过中建科产业有限公司不断减持龙湖地产的前身重庆中建科置业有限公司股权的信息:1999年7月,佳辰公司以每股1元的价格,出资112.5万元,收购了中建科产业转让的11.25%的股份。收购之后,佳辰公司在中建科置业之中拥有的股份达到56.25%,而中建科产业的股份则下降到43.75%。

而公开信息显示,1999年龙湖地产旗下的"重庆西苑"启动,"吴亚军首创了板式围合、样板景观。一面市便成为抢手货,说当时'卖房比卖菜还快'一点儿也不夸张,资金也由此充裕起来"。

目前还无法确定,为何中建科产业有限公司在其当时控股的重庆中建科置业有限公司开发的楼盘开始第二轮(第一轮是"1995年开发的龙湖南苑")收获的时候,选择了退出,且退出的售股价格仅为1元。

此后中建科产业有限公司选择了继续退出。

2000年,中建科置业有限公司增资到2 000万元,佳辰公司的股份也随之上升到70%。此时重庆龙湖花园已经名列重庆地产界前茅。2002年,佳辰公司再次以1 950.4万元的价格,收购了中建科所转让的25%股份,后者至此只拥有中建科置业公司5%的股份,而佳辰公司则上升至95%。同时,该公司更名为"重庆龙湖置业发展有限公司"。

2003年10月,中建科产业有限公司将龙湖置业5%的股份转让给自然人吴亚军,完全丢掉了金娃娃。

目前外界还无法准确界定中建科产业有限公司与吴亚军之间的确切关系,但调查显示,中建科产业有限公司在吴亚军发家之初出资550万元,无疑对这个记者出身的人,仅靠微弱的资金在重庆进行地产运营具有至关重要的作用。

(程　维)

黄
宏
生

创维创始人黄宏生提前出狱 回归悬念待解

再过几天，就差不多整整三年，创维集团创始人黄宏生终于走出了可能让他一辈子都刻骨铭心的香港赤柱监狱。

昨日下午，创维数码（00751.HK）通过创维集团网站对外声明，公司从非正式渠道得悉黄宏生先生已于2009年7月4日回到自己家中，但详情不知，也未得到任何官方正式通知。而创维数码公司是一个治理结构严谨规范的上市公司，其生产、经营、管理不会因任何个人因素而受到影响。

受黄宏生出狱消息刺激，创维数码股价昨日在1.72港元开盘后就一路走高，最高价达2.06港元，收盘1.93港元，上涨12.865%。

无论从黄宏生个人还是从公司来看，黄宏生提前出狱都是一个利好消息。不过，作为创维数码最大的股东，黄宏生是会重掌帅印，还是选择幕后操盘？而未来的创维数码的走向是否还会存在黄宏生的身影？一系列疑问的答案，可能只有时间才能逐步解答。

狱中激情来信

或许正是因为有太多的疑问存在，在创维数码的公开声明出炉之前，创维数码官方和高层对黄宏生提前出狱的消息都三缄其口。

"虽然黄宏生提前出狱，但目前还处于保释期。"知情人士透露，按照香港地区相关法律，扣除节假日，黄宏生的六年刑期也要到2010年才到期。因此，黄宏生应该不会重返创维，他还有自己的一些产业。

"他现在不是董事，不是管理者，只是一个股东，对创维没有做出任何指示。"创维董事局主席兼CEO张学斌昨日对《第一财经日报》记者表示，黄宏生提前出狱对创维不会产生什么影响，而公司也没有做过黄宏生重返的研究。

但事实果真如此吗？出狱后的黄宏生又真的能舍弃曾经带给他辉煌和令他为之洒下泪水的创维事业吗？

"你问我会不会万念俱灰，生不如死？我的回答是：肯定不会！相反，当我们有机会再见面时，一定是看到红光满面、笑容熠熠的老板。因为我的心始终与你们火热的产业竞争伴随在一起。"

"每一份来自战地一线的报告和数据都让我如临其境。你们每一个新产品的消息，每一点的改善，每一处流程中费用的降低，以及每一个产业公司的进步，都让我激动万分。活在这样一个充满斗志的创维生命中，我怎么会孤独呢?"

2006年10月,已经在香港赤柱监狱度过两个月的黄宏生写下给创维董事局扩大会议的第一封信,还是流露着对创维那种难舍的感情。

2006年2月,创维数码董事会任命黄宏生的妻子林卫平为董事会执行董事;此外,林卫平还被升任创维集团副总裁,主要负责集团行政及人力资源管理工作,并兼任创维集团董事及执行委员会成员。

从2008年2月4日至4月15日期间,黄宏生还委托林卫平九次入市,以每股约0.745港元买入382.6万股创维股票,共涉及资金285万港元。

走下神坛

2004年11月30日,时任创维数码董事会主席的黄宏生被香港廉政公署带走协助调查,原因是涉嫌造假账以及挪用公司资金。被带走协助调查的,除了黄宏生外,还有创维数码的3名执行董事、1名财务总监、1名前董事、1名雇员以及2名主席助理。

2006年7月13日下午,黄宏生及其胞弟、创维前执行董事黄培升因串谋盗窃及串谋诈骗创维系5 000多万港元等四项罪名成立,分别被香港区域法院判处有期徒刑六年。同年8月11日,创维数码公开宣布,黄宏生已辞任公司非执行主席及非执行董事职位。

这对正处于事业巅峰状态的黄宏生来说,就好像阿喀琉斯之踵被击中,为其个人经历更增添了悲剧色彩。

1956年出生于海南临高的黄宏生,童年和青年时代是在清贫中度过的。1977年国家恢复高考制度,黄宏生顺利考上华南理工大学无线电工程系。1988年,黄宏生移民香港,三年后辞职,用仅有的几万元积蓄在香港注册了创维。

然而,创业之路并不平坦。黄宏生先后代理电子产品出口、开发丽音译码器、生产彩电等等,但却都是以失败收场,而他也一度负债累累,几近陷入绝境。

1991年,黄宏生孤注一掷,把正待拍卖的迅科彩电开发部的技术骨干纳入旗下。九个月后,创维开发出具有国际领先技术的第三代彩电,并在欧洲市场一炮打响。2000年3月,创维数码在香港成功上市,因此一跃成为国内彩电行业的龙头企业。2004年《福布斯》中国富豪榜上,黄宏生以2.7亿美元资产排在第31位。

但是,就在黄宏生事业快速上升的过程中,黄宏生的牢狱悲剧也埋下了伏笔。因为，自上市之后，创维就成了一个彻头彻尾的家族企业。黄宏生的母亲罗玉英、妻子林卫平、弟弟黄培升不仅身居公司要职，而且把持着创维数码的大部分股份，其中黄宏生一人便占近40%的股权。

家族企业最大的缺点就是监管失控，创维的好坏都是黄家自己在说，外人根本无法插手。与很多家族上市公司一样，黄宏生在获得了庞大的现金流后，开始涉足房地产。

2004年3月，黄宏生在家乡海南三亚市，与海南鸿洲地产老板王大富合资20亿元，兴建海南最大的地产项目"时代海岸"，其中黄宏生是该项目最大的股东，个人出资10.5亿元。据香港廉政公署调查，黄宏生挪用的4 837万港币已注入该项目。同时他还在深圳注册创维鸿洲实业发展有限公司。

问题是，地产公司虽然是以创维为名，但实际上却是黄宏生的个人财富。这最终导致了黄宏生的牢狱之灾。

创维业绩一路上升

黄宏生出事后几天，年届七旬的王殿甫接替黄宏生，出任创维数码CEO，后又被任命为执行董事兼董事会执行主席。2005年7月，公司执行董事兼电视业务总裁张学斌正式走向台前，接替王殿甫兼任的CEO一职。

时过境迁，创维进入后老板时代已经接近五年。

"亲爱的各位创维的同事们：创维如今进入了一个'后老板'时代，一个由现代企业家团队引领的巨型组织前进的时代。这是我一直以来所期盼的，因为在全球企业发展的长河中，很多世界级的公司已经成功地代代相传，给予了新兴的中国企业以光明的前景。"

虽然身在狱中，黄宏生还是不断给创维同事写信，不断发出宏观的指导。进入"后老板"时代的创维数码业绩一路上升。

2008年12月，创维数码公布的2008—2009年上半年财报显示，创维数码收入73.8亿港元，同比增长26.3%，实现净利润1.15亿元，同比增长17.3%，创维彩电在国内排名第三。此外，创维数码还在准备将机顶盒业务分拆上市。

所有的数字和信息，都说明创维数码的业务还处于上升通道。但未来创维是否还会存在黄宏生的身影呢？

一切都是未知。公开资料显示，仅林卫平名下持有创维数码的股份就高达39.49%。

（孙燕飚）

闽治东

阚治东荣辱二十年

12日的"中国股市二十年记忆"高峰论坛会上，众多老证券人聚集在一起，而阚治东无疑是当天的主角之一。

2010年12月，中国股市将走过第20个年头，个中滋味老证券人再清楚不过。作为"上海滩证券三猛人"之一的阚治东忍不住开始主动提前回顾这惊心动魄的20年了，他出版了自传《荣辱二十年——我的股市人生》(下称《荣辱二十年》)。

57岁的阚治东精神饱满，透着一股硬气。他看上去并不老，只是在与记者擦肩而过时，才有一种"沧桑"在他的脸上划过。

《荣辱二十年》的封面同样充满了沧桑感，五个灰色的字遒劲有力，只有"荣"字的一捺浓缩为一个红色的点。

阚治东影响了很多人，海通证券总裁李明山就是其中的一个。李明山曾告诉《第一财经日报》记者，自己开始对证券知识一窍不通，是在阚治东的影响下逐渐走入证券行业的。

在阚治东二十余年的证券、创投生涯中，简单地可以概括为两番拓荒、两度出局。

时势造英雄

1987年，时在工商银行上海分行下属办事处工作的阚治东作为全国青年联合会第五届研修生被派往日本，在蓝泽证券"洋插队"学习证券知识一年。回国后，曾在北大荒拓荒的阚治东开始了他在证券行业的拓荒之旅。他出任上海信托投资公司副总经理，主管证券和投资业务，成立了中国最早的证券营业部——静安证券业务部。

1990年9月，阚治东接手申银证券并任总经理。此后，阚治东写下了中国证券市场发展史上的许多个"第一"。如主承销第一只A股、第一只B股，发行第一张金融债券、第一张企业短期融资券，设立第一个证券交易柜台，编制了国内第一个股票指数和全国第一份股票年报，等等。

对于那么多的"第一"，阚治东很坦然："当时证券行业刚刚起步，自然做什么都是第一。""时势造英雄"，阚治东与当时的万国证券总裁管金生、上交所总经理尉文渊被并称为"上海滩证券三猛人"。

1995年的"327国债期货事件"改变了三人的命运：管金生被控"扰乱

市场"而身陷牢狱；尉文渊也因监管失察而请辞；而阚治东却因事发之日在香港，自营部经理因为联系不上他而不敢擅自做空，从而使申银证券甚至阚治东本人逃过一劫。

阚治东坦言自己没有自信断言不会卷入此事，但他同时相信即使自己当时在上海，申银证券也不会像万国证券那样陷得那么深。

阚治东的另一次拓荒之旅是在创投行业。1999年7月，阚治东在时任深圳市副市长庄心一的邀请下筹备深圳市创新投资公司（下称"深创投"）。尽管在深创投期间，阚治东的经营手法颇有争议，但深创投在成立当年就实现赢利分红，令起初不愿入股的股东大为意外。经过数年发展，深创投无可争议地成为本土最强的创投公司。阚治东现如今的身份是东方汇富创业投资管理有限公司总裁。

悲情坎坷路

阚治东的两次出局，注定是一段悲情坎坷之路。

1996年7月，申银万国证券挂牌成立，阚治东出任总裁。但不久就发生了"陆家嘴事件"。这起事件发生的大背景是，1996年沪深两地因为金融中心地位之争，上演了一出席卷一批证券公司和银行的二级市场大战。

事后，两地诸多金融机构遭到调查，最终阚治东因"负领导责任"于1997年6月离开申银万国证券。阚治东在书中披露，当时很多人对他报以惋惜之情。

时至今日，富国基金董事长陈敏仍为阚治东1997年全面承担责任而惋惜，称为"悲壮的经历"，而阚治东去南方证券更是"悲剧的开始"。

2002年6月，阚治东临危受命，应深圳市政府邀请出任濒临破产的南方证券的总裁。终因窟窿巨大、支持有限、内部关系错综复杂等原因而无力回天，并于2003年12月初辞职。

虽然在南方证券任职一年半，但他在书中披露，"真正集中精力处理事务的时间只有三个月"，其余时间多被纠缠于"无助于南方证券走出危局的笔墨官司"。

阚治东的第二次出局经历要比第一次出局坎坷得多，四年中一直身陷"涉嫌操纵股票价格"的旋涡，并为此入狱21天，最终以检方不再起诉而了结。

阚治东可谓记忆超群：《荣辱二十年》中有很多细节性的描写。记者半天时间浏览完全书，对其在书中提到了一个他至今都无法回答的"终极问题"印象颇深。阚治东想不明白的是"为何证券这个行业的领导人的结果都差不多"。

那是在2006年的3月，在狱中的阚治东在参观样板监室的时候，突然被伸出的一只手招呼，原来是大鹏证券原总裁徐卫国。交谈之中，原南方证券总裁刘波也挤了过来……阚治东当时百感交集：如果把管金生、张国庆、陈浩武等人也关到这里，那么几乎可以开一次中国证券业开创者大会了。

正如《上海证券报》原总编辑张持坚所评价的，《荣辱二十年》不仅是个人的经历，也是证券市场的样本。那么，用现场一位人士的提问来说，阚治东已率先出书讲述历史，敢于"裸奔"了，那么那些能与阚治东比肩的人呢？

上海证券交易所首任总经理尉文渊的回答难免令人有些失落："到现在没有写书的计划，这不是因为有什么顾虑，而是由于经常被问，对'二十年'这一话题敏感度下降了，写了也是老生常谈。"

（艾经纬）

郭广昌

冬猎者郭广昌：复星的核心竞争力是发现

刚刚过去的2008年年底，中国企业界发生了最戏剧性的一幕：在新浪与分众达成换股协议后不久，复星国际公告称早已购入分众股份，成为其第一大股东。复星国际可能将因此成为新浪的第二大股东。

在这一整个过程中，主角复星国际董事长郭广昌一直没有公开露面。

上周在中央二套一个早录制好的节目中出现的郭广昌，似乎没有什么变化，依然带着金属细框眼镜，瘦削、文雅而温和，笑起来，就会露出很有特色的门牙。

但如果仔细比较几年前复地在香港上市后他接受采访的视频，还是可以发现他多了一些气质：今天的他更有底气而且更沉稳，在公众面前，也显得更游刃有余；而原来的书生气在淡化或者说更内化了。

早在前年7月复星国际在香港上市之际，他就放话，此次融资的110多亿港元将大部分用于内地并购、行业整合。

2008年，在众多行业萧索的季节里，沉默许久的郭广昌出手了。这一次他的手笔更大，除了看中国际资本市场上的分众，最近一年还购入了湖南时代阳光制药、浙江临海海宏集团、同济堂药业、天津钢铁、永发生物浆纸，入股"老娘舅快餐连锁"，甚至进入民用炸药行业，据称还和某钢铁企业正洽谈并购之事。

郭广昌的极限

见过郭广昌的人，都很难将其与一个身家一度超过560亿元（去年7月的资产价值）、旗下拥有11家核心上市子公司的富豪相联系。看起来，他缺少一点北方企业家的霸气，似乎也不像来自南方的史玉柱那样，直接将挣钱视为安身立命的根本。

很多时候，他是自己的旁观者。他说，复星国际就是一个物化了的郭广昌。复星国际是中国民营企业社会里的一篇大散文，产业遍及地产、医药、钢铁和流通，而且它似乎没有围墙，新的产业还在不停地加入这个大家庭，郭广昌则是所有业务的向心力来源。

"我们都觉得郭总挺神的。"在复星集团的普通员工看来，郭广昌平时说话很少，但思路却非常敏锐而且有前瞻性。平时对公司具体项目的讨论参与并不多，即使参加项目沟通会也发言不多，只会偶尔提出一些问题，而这些问题,又往往是下属没有想到也难以回答的。

这也符合郭广昌对自己的描述:如果能偷懒,我尽量偷懒;但是如果没有人带路,我一定是那个领路的人。

他说自己每天都问自己和属下:你接近了自己的极限了吗?如果仔细观察,复星确实总能在三到五年后实现一次突破。

"他考虑问题的角度和很多专业人员不一样,会不断把问题往下拓展,每次开会的沟通也可以从他的提问中学到很多东西。"复星集团的一位中层这样评价:在他眼里,郭广昌就是一个办企业的思想者。

1989年,清瘦文弱的郭广昌从复旦大学哲学系毕业,虽然事后他曾经多次引用《围城》那句话,说学哲学等于跟没学差不多,但哲学带给郭广昌的,是思维方式的革命。这样长于思辨的思维,也成为整个复星集团的灵魂。

而造就今日复星国际的,还在于郭广昌一颗不甘寂寞的心。郭广昌曾经回忆1989年留在复旦教书时候的心情:"觉得自己就像一个无用的垃圾,只能冒烟不能燃烧,很想为家庭做什么,很想为国家做点什么,但是感觉没有用力的地方,很憋疼。"

在创业初期,郭广昌与他们的同伴们靠着每月300元的收入过了两年,销售过塑料钉、自动灭火器,还接过300元的市调单子。

但是他们迫切想要燃烧,理想气质帮助他们不断实现自我突破。1998年,复星实业在资本市场上融资3.5亿美元以后,他意识到资本与产业相结合的投资方式的魅力,不久由"制药大王"到"地产巨擘"再到"钢铁大亨",使"复星王国"成为中国企业多元化经营的代表。

从1998年至今,郭广昌的收购手笔可以列出一个长长的列表。即使在德隆事件之后饱受质疑的2004年,在盛大、分众等新经济成为热门话题的2005年和2006年,他也没有放弃成为中国"GE"的这种多元化发展模式。

在接受《第一财经日报》专访时,郭广昌坚定地认为,"发现机会"的能力是他和复星的核心竞争力。

反周期投资

"复星不仅要过冬,还要在冬天里壮大。"在两周前的公司内部会议上,郭广昌提出了这样的要求。

这样的笃定和自信,是建立在对行业周期精准判断的基础上。早在2007年复星的年会上,郭广昌就提出2007年下半年要以积累现金为主,使企业手中的现金至少能应付两年的时间,因此在寻找投资项目上要放慢速度,更加谨慎。

而2007年那年，却是中国投资最火热的一年。这一年，新冒出的投资机构不计其数，不仅资本市场价格冲到有史以来的最高峰，在私募股权投资领域，企业估值也达到了惊人的10倍、20倍。

"投资是在跟自己的人性做斗争，这个人性就是贪婪，在大家这么恐惧的时候我们是不是要勇敢一点儿，在大家都变得贪婪的时候，我一再告诉大家，我们要准备过冬。"郭广昌这样解释做出上述一系列决定的初衷。

反周期运作，通过减持一些"重"行业的股份，也使2008年的复星拥有了不错的资金面。如对招金矿业，复星国际从最初的14.6%减持到2008年11月的3.46%；在2007年7月至2008年1月，通过减持南钢股份，郭广昌获利超过7亿元。同时，郭广昌又在企业内部提出了扩大对服务业和消费品等轻资产的投资，而以前复星寻找的项目则以钢铁、矿业等重工业的投资为主。

"事实上，投资分众也正是郭总对目前状况新的投资思路的具体体现，是行业选择上变化的一个信号。"复星一位高层透露。

与五年前的那一轮宏观调控相比，郭广昌对形势和行业周期的判断显然更加熟稔。

2004年，中央开始宏观调控，各项产业、金融政策骤然收紧。当年3月，复星随"投资大潮"入股的宁波建龙钢铁项目忽然被国家发改委紧急叫停，一度把初入钢铁业的郭广昌打了个措手不及。

那年6月，产业整合的先驱——"德隆系"顷刻间分崩离析，同样依靠并购大举扩张的复星集团也自然成为人们眼中的"德隆第二"。那年，郭广昌主动请来了安永会计师事务所进行审计，并向公众公布"体检报告"，同时也宣布复星将收缩战线，淡出四大主营业务之外的其他行业，最终没有被舆论的质疑击垮。

事实上在那段时间，郭广昌的"反周期"收购策略就已经初露端倪。比如2003年投资德邦证券和2004年对招金矿业的投资，都抓住了行业周期的低谷。

"大家都觉得好得不得了的时候，要敢于卖，比如，我们在2007年的时候上市，也不是说有先见之明，只是觉得价格可以了，也不用再等了。但是，大家都觉得差得不得了的时候，要敢于买。"郭广昌这样总结他的反周期运作理论。

2004年中期，复星的资产负债率达68.88%，而到2007年在它准备大手笔并购以前，它的负债率已经降到了30%—40%。这显示了学哲学的郭广昌对数字的高度理解力。

中国的GE

看过小说《飘》后，郭广昌记住一句话：你要看着这个土地。在郭广昌看来，土地就是企业家的产业基础，他给自己的定位就是要做产业的整合者。

以产业为基础、以资本为助推力，站在产业的角度看资本，站在资本的角度看产业，这也是郭广昌对复星的定位。在16年时间里，复星把多元化当成了一种运作手段，一直在不间歇地多元化投资、收购、融资和出售。

而现实中，中国却有无数企业因为多元化走向了失败的深渊，郭广昌认为这并不奇怪。"看问题要透过现象看本质，就是说，资本市场之所以不喜欢有一部分综合类公司，并不是因为它是综合类公司，而是因为它没有成长性。比如资本喜欢像谷歌这样的企业，并不是因为它只做一个业务，而是谷歌带来了增长。投资企业，首要目标是投资它的增长，投资它的未来。"

郭广昌经常强调，企业的"多元化"对应的应该是"专一化"而不是"专业化"，由这样的逻辑延伸开去，"多元化"同样也可以做得"专业化"。他相信，随着中国经济崛起，一定会出现中国的GE、中国的三菱、中国的三星，或者内地的和黄。而复星，就是要充当这个角色。

延续对贪婪和恐惧的理解，郭广昌曾告诉记者，要在二者之间平衡，已经不是一个商业技巧的问题，完全在于你的内心是什么价值观。

于是，在多元化与专业化之间，在整合机会与控制风险之间，郭广昌带着他同样年轻而且从来没有变化过的管理团队，一直努力寻找着平衡。

"外界都说综合类企业爱冒险，其实复星与很多企业相比，是很保守的公司。"郭广昌说，复星一向坚持长时间研究后的稳健投资，对整体环境、行业、企业做持续的研究，从行业中筛选出超过中国GDP增长速度的少数行业，并在这些行业当中，持续跟踪已经成为或者有潜力成为前十强的企业。在跟踪的基础上，再把握最佳的进入时机，争取较低成本的介入机会。对于想投资的企业，复星都会关注企业赢利的能力、团队的竞争力和资源的竞争力等几个考核指标。

比如，对海南铁矿的投资，复星从关注到签署合作意向书就用了将近四年的时间。又如，为了入股中小城市商业银行，复星跟踪研究了很久，从排名全国前列的中小城市商行中选出了两至三家跟踪研究，四年来每年都会去实地访问。

不过，也有复星系旗下企业的员工指出，被复星收购后，复星对下属企业的经营参与并不多；有些员工也担心，说不定哪一天企业和自己就又被卖了。复星内部的高层也承认，复星收购企业后，一般仍然由企业和社会招聘的专业人员进行管理,复星只委派法律和财务总监。

显然,郭广昌的资本嗅觉,相比于其对产业整合的能力,目前更令人信服。在赋予被收购企业自主权和对其的控制力之间,复星更需要继续努力寻求平衡。

(陈姗姗)

何鸿燊

何鸿燊调侃身家大缩：我不可能穷

"赌王"何鸿燊这次成为媒体追逐的焦点，既不是四房姨太争宠，也不是子女的绯闻八卦，而是他自己的身家问题。

《福布斯》近日公布了最新香港40大富豪榜，去年排名第5的信德集团主席何鸿燊，一年身家缩减89%，远远高于其余富豪54%的平均缩水率，排名一路跌至第19位。这意味着，去年身家高达90亿美元的何鸿燊，如今只剩下10亿美元。

何鸿燊翌日在出席香港妇协春节联欢大会时即对上述新闻做出回应："赌场生意好似印钱一样，日日印钱不可能穷。"

他说，澳博（0880.HK）主要资金在澳门与外国，在香港上市的只是一小部分，即使股价跌至零，问题都不大。此外，何赌王还不忘调侃一下，"要谢谢这个排名榜"，因为以后有人叫他捐钱就不用捐太多，而绑匪也无须绑架他。当时在场的一位香港妇协人士事后告诉《第一财经日报》记者，何鸿燊的妙论，令全场嘉宾开怀大笑，掌声不绝。

的确，何鸿燊的投资范围，广及中国内地和葡萄牙、西班牙、加拿大、澳大利亚、菲律宾、越南等国。多年来，除了经营博彩，他还涉足旅游、航运、地产、财务、空运等。有传闻说，何鸿燊控制的资产达5 000亿港元之巨，个人资产有200亿港元。他上缴的赌税占澳门特区政府财政收入的一半，澳门有30%的人受雇、受益于他的公司。要摸清他的资产，估计只有他自己。

争议人物

2002年澳门赌牌开放后，美国赌王及赌业大亨拉斯维加斯金沙集团和永利集团先后涌进澳门。由于高回佣问题，何鸿燊与金沙集团主席萧登·艾德森及宿敌永利曾爆发一场口水战。去年12月何鸿燊87岁大寿，他更将员工刊登广告的对联"金鸡展翅，风吹金沙（何鸿燊生肖属鸡）"向记者炫耀。

有新葡京员工向本报记者表示，老板平日对员工其实相当温和，但所有员工对何鸿燊相当敬畏。这种敬畏感来自于何早年的传奇经历，还有外界关于何的那些有争议的背景传闻。一直以来，何鸿燊都希望走出澳门，但由于他与一些特殊人物的联系，他先后在美国、澳洲遇挫。据传这层关系还影响到了儿子何猷龙、女儿何超琼的一些赌场发展计划。

去年澳门赌场毛收入突破1 000亿元大关，增长31%。但受金融海啸影响，去年第四季呈负增长。花旗银行研究报告称，随着澳门步入较去年上半年更困难的时期，预期1月博彩收入较去年同期跌24%，并预测今年上半年贵宾厅月度收入下跌三至五成左右。不过市场表现似乎优于这个预期。今年1月澳门各赌场贵宾厅的收入同比下降27%，为1 550亿澳门元。此外，澳博、永利及银河娱乐在澳门表现尚可。澳博1月市场占有率虽较去年同期微跌，但仍有29%。

澳博在去年股市低迷期上市，集资额由当初规划的超100亿港元缩水至38.5亿港元。而受到金融危机影响，澳博股价已由上市之初的3.08港元跌至1.63港元，市值从157亿港元缩水至昨天的81.5亿港元左右，降幅达52%。

另有媒体猜测，何鸿燊可能还踩上了累计股票期权和雷曼迷你债券地雷。

传奇身世

何鸿燊，现在可查的商界头衔是香港信德集团主席、香港地产建设商会会长、澳门旅游娱乐有限公司总经理、澳门博彩股份有限公司行政总裁、澳门国际机场专营股份公司副主席、诚兴银行股份有限公司董事会主席，以及澳门赛马股份有限公司董事局主席。经常被人称做"何博士"、"燊哥"。半个世纪以来，他充满传奇色彩的人生历程，乃至拉丁舞姿，始终是坊间津津乐道的话题。

然而这样的成就和名望并非靠祖上荫庇。1921年11月25日，何鸿燊降生于香港赫赫有名的何东大家族，幼年过着衣食无忧的少爷生活，就读于香港最好的学校。但1934年，13岁的他一夜之间由富家少爷变成了人见人欺的穷小子。

命运和事业的转折在1941年。身怀10港元的何鸿燊离开香港前往澳门，掘得第一桶金。9年后，他成为港澳最年轻的大富豪之一。上个世纪50年代，何鸿燊转战香港，完成从富豪向巨富的转变。1961年他与霍英东等人结成联盟，竞得澳门博彩专利权，之后垄断澳门博彩业40年。刘德华早年在《赌城大亨》中饰演的澳门赌王，曾被认为在影射何赌王。而香港TVB电视台目前正播放的《珠光宝气》，剧中玩世不恭的城中首富宋世万，也被评论有何鸿燊的影子。

"口才了得"

今年87岁、人高马大的何鸿燊，并没有皓首老人的孱弱，他无论走路、跳舞、落座，身板始终保持笔直。有熟悉他的人告诉《第一财经日报》记者，赌王平时穿着深色西装较多，但款式时尚、年轻。何鸿燊年轻时是个标准的美男子，现在更有派头。另外，他讲话时习惯抬起右手。

曾多次接触赌王的澳门记者对本报表示，何鸿燊喜欢讲话，而且善于搞笑，某妇女团体周年餐舞时，便是以何鸿燊在舞池讲笑话为重头娱宾节目。何鸿燊一直都是港澳媒体的宠儿。从他的4个老婆、17名子女，到与妹妹何婉琪的骂战，以及港澳经济大事件甚至香港娱乐圈八卦绯闻，何鸿燊似乎从不拒绝媒体采访。

去年初新鸿基地产主席兼行政总裁郭炳湘被暂停职务一事轰动财经界，何鸿燊接受采访时称，开"两会"见到郭炳湘时会劝他"听妈妈的话"。近日，当又被问及对电盈私有化事件做评论时，他虽没有评论"种票"疑云，但却大赞李泽楷"厉害"，还补充说："我很佩服他。我不是很轻易夸赞人，香港我也没夸赞很多人。"而女儿何超琼前夫许晋亨与李嘉欣再婚时，何鸿燊的评论也相当不留情面，称从不喜欢许晋亨这个人，祝福女儿甩掉包袱。

"我不老，只是成熟"

何超琼被外界不少人认定是何鸿燊的接班人，但赌王至今未有退休之意。去年，何鸿燊连任全国政协常委时还表示："我不老，只是成熟。"

今年春节前，何鸿燊出席"澳娱、澳博退休员工协会"成立酒会，再被问起退休之事。他保持一贯的笑眯眯态度，说要等时机成熟再说。何鸿燊平时热爱运动，每天都游泳，不时打打网球，跳跳舞，还是全港网球公开赛150岁组合（双打）连续七届的冠军。去年奥运，何鸿燊作为澳门站年纪最大的火炬手，跑完200米澳门站第二棒后笑言，奥组委太客气，选这么短的路程让他跑。

据说，何鸿燊在刚刚过去的87岁生日许愿，希望"金融海啸快点过去，经济快点复苏，大家身体健康，最重要的是赚大把钱，袋袋平安"。

（田爱丽）

王均金

王均金亲述奥凯停航"幕后"：还权控股者

穿着黑夹克，口含润喉糖的王均金，轻松地靠在均瑶国际广场32层会客厅的沙发椅上，说话时一直打着手势。

在过去的两个月，除了回上海处理一些重要事务，王均金一直奔波于北京和天津之间，忙于应付国内第一家民营航空——奥凯航空的停航事件。

2008年12月初奥凯停航，成为震动整个民航界的事件。这是首家国内航空公司主动申请暂停客运航线，而其中一个主要原因则是新老股东以及经营层和管理层之间不可调和的矛盾。

"以前从来没有遇到过这种状况，可以说整个事件对我的一生都很有价值。"奥凯复航后，此前一直对媒体保持沉默的王均金，终于向《第一财经日报》记者敞开心扉。

快速并购埋下隐患

王均金有着温州人中常见的清秀外表，语速平缓，不温不火，平时一贯地低调，使很多消费者至今都不知道他在运营均瑶自己筹建的吉祥航空的同时，还控股了一家民营航空公司奥凯，并参股了另一家民营航空公司鹰联。

2006年年初，均瑶旗下的吉祥航空还没有正式开飞，而国内第一家飞上天空的民营航空奥凯就陷入了资金短缺的困境。

奥凯的创始人刘捷音找到了王均金，希望均瑶集团能够参股。"当时对方很着急，要求10天时间到款，我们坚持不控股就不投资，最后商定由均瑶通过控股奥凯的控股股东奥凯交能来实现。"王均金回忆说，"谈成那天是2006年2月14日情人节，晚上我从北京飞回上海已经7点多了，立刻召集公司高层开会，害得很多员工被家人骂。"

王均金坦承，当时认为奥凯的基地天津码头很不错，均瑶希望通过投资保值增值。"当时我对奥凯的管理层还是很信任，原本的想法是控股后依然放手让他们干。当时奥凯的资金需求比较急，审计评估都没来得及做，均瑶的第一个3 000万元就到账了。随后，均瑶从金佳运公司手中收购的奥凯交能71.43%的股份所需的7 143万元也在当年悉数到账。"

王均金也承认，这笔交易的快速达成，为之后的矛盾埋下了隐患。不过当时均瑶也要求奥凯的几个创始人和股东签订了资产和负债情况保证书，保证奥凯航空和奥凯交能没有借款或者负债，如果有，原股东要在一个月内补足。

控股者夺权

此后的一年，王均金并没有对奥凯的管理涉足太多，奥凯董事长也依然是创始人之一的刘捷音。但在投资一年多的时间里，王均金就被多次告知奥凯账上缺钱，钱都去哪里了却说不清楚。

2007年，王均金加强了对奥凯的管理。当年1月，王均金接替刘捷音，担任了奥凯董事长，刘捷音担任总裁。

"2007年3月召开的董事会会议，我就给公司定了新的规矩，要求客机全为波音737，货机围绕联邦快递运作。奥凯此前曾酝酿购买新舟60进入支线航空市场，对此我指出需要进行可行性研究，报告出来后再上董事会会议和股东大会讨论。"王均金说，当时，董事会还拟定了新的经营责任书，确立2007年如果赢利超出，超出部分的30%用来作为管理层的奖励。"当时我还是觉得要以鼓励为主，认为只要以董事会决议为基础，实行利益共享，公司就会搞好。"

而半年后的7月17日，王均金却接到了一封邀请函，参加7月18日奥凯购买10架新舟60的签约仪式。"当时我一看就傻了，购机还没有经过董事会讨论，怎么就签约了？"王均金立刻给刘捷音打电话，得到的回答却是："领导都请好了，没有退路了。"

这其实只是均瑶无法在奥凯拥有话语权的一个缩影。

还有一个例子是，根据奥凯的公司章程，奥凯的董事长即为公司的法定代表人，但从2007年1月王均金担任奥凯董事长一年后，工商局才变更了奥凯的法定代表人。而在法定代表人更换后重新签订安全责任书的事情上，作为奥凯第一安全责任人的王均金甚至无法在奥凯公司内部落实安全责任体系。

此事最终导致了王均金以"第一安全责任人目前无法保证安全责任"为由的奥凯停航事件。王均金透露，除了需要处理股东矛盾，理顺安全责任人体系之外，在停航期间还要与担心减薪裁员的员工沟通。

经历了奥凯停航事件，王均金也认为需要对自己的投资总结一些经验教训："以后再去投资项目，这是前车之鉴。一是投资公司首先看人，公司的管理层怎么样是最重要的；另外处理问题要更快更细，要做就一步做到位，不能太柔。"

至于刘捷音，王均金说他"还在休息"。而刘捷音昨晚对《第一财经日报》表示：目前还在公司，但没有具体管事。

目标：赢利并受到尊敬

王均金承认，对奥凯航空的管理倾注的心血远没有对吉祥航空多。对吉祥航空的员工和管理层来说，王均金还是一个苛刻的老总：他要求部门每个月都要对所有延误航班做"解剖"，各环节哪个部门出了问题，哪个部门就拿出解决方案。

有一天晚上11点多，吉祥的飞机都飞回上海基地后，王均金还拉着部门经理一一对机舱进行检查，连客舱座位都掀起来看，最后发现许多要求的细节未被落实。王均金还把一个副总降为总助，并降了四个人的薪水。

去年，吉祥取得了1 150万元的赢利。而奥凯航空，去年1—11月却亏损1亿多元。随着奥凯的所有航线全面恢复，王均金也希望花更多精力去研究奥凯的成本结构和收入结构。"今年计划再进两架飞机，航线结构也需要优化，一定要有一些不一样的东西或者独飞航线。如果一切顺利，今年应该可以扭亏，2010年实现跨越式赢利。"

与此同时，王均金也透露，奥凯还会增资扩股，引进新的战略投资者，目前已经在与多家意向者接触。

而由于联邦快递的货运业务暂时与奥凯"分手"，王均金称目前奥凯的货机主要通过承包经营和租赁在运营，"如果能与联邦快递沟通好，之前的合作也是有可能恢复的"。

虽然均瑶控股了吉祥和奥凯，并参股鹰联航空，不过，王均金并不想做中国更多民营航空的整合者。"中国的各个地方有各自的地域环境，我不着急，慢慢做，要做精，做出赢利能力强的航空公司。"

这样的思路也符合王均金的性格。2004年年底，王均金因为哥哥王均瑶的去世被推向最前台，与王均瑶"会搞气氛"相比，王均金更喜欢的是安静，喜欢的运动也是需要耐心的高尔夫球。

"我的理想状态是再过几年真正退居二线、三线，周游世界去。"王均金说，不过要达到目标，首先要让旗下的航空公司都赢利并受到尊敬。

（苏 米）

刘永行

"稳健"刘永行：十年未下富豪榜

即便是在孤岛上，鲁滨逊依然勤奋耕作，自我克制，深谋远虑。这让他安居乐业，有梦可追。哪个企业家如能把身边的繁华忽略，不被外界利诱而独自耕耘，在寒冬来临时便容易拾得硕果。刘永行应是其中的一个。

昨天，当得知自己成为美国《福布斯》杂志公布的全球富豪排行榜上的中国内地首富时，刘永行正在候机。"对我们来说，就是埋头做事情。"在记者的电话那头，他说着，笑声温和宽厚，仿佛在谈一件跟自己没太大关系的事。

在过去几年，《福布斯》中国富豪榜上"城头变幻大王旗"，黑马频现，其中包括房地产、IT、新能源等背景的富豪。刘永行偏居一隅，岿然不动。从1999年第一次登上《福布斯》中国富豪榜，连续十年，刘永行从未下过这个富豪榜，除2001年成为中国内地首富以外，排名大多不被关注。去年年底揭晓的《福布斯》中国富豪榜，他以黑马姿态再次成为首富。

23年来，"最糟糕"的情况出现在今年《福布斯》富豪排行榜上，人数缩水，资产锐减。就连今年上榜的世界首富比尔·盖茨，此次之所以胜出，原因也不在于他赚得钱多，而在于赔得钱少。

而逆流而上、笑傲群雄的，却是极少数——刘永行的财富一直是稳步增长的。

"我们的情况非常好。"谈及旗下的东方希望集团业绩，刘永行比听到自己的首富排名要兴奋得多。"从来没有那么好的时机，这是最好的时机。"他对《第一财经日报》说。

大陆"王永庆"

"王永庆值得我学的太多了。"刘永行一直把台湾"经营之神"王永庆作为自己的榜样，研究、学习。而他自己也在这个过程中，完成了能力移植。

王永庆生活规律，每日清晨4点起床，游泳、早操、跑步、读书，到9点上班，晚上6点下班，之后宴客。有效率、合理化、制度化，这是王永庆的经营之道。

刘永行用老家四川的打油诗自嘲："不抽烟，不喝酒，不打麻将，不跳舞，一定是个二百五。"他也不懂中国古代才子佳人爱的那些吹拉弹唱、琴棋书画的技艺。"所以我真是个二百五，像我这样的生活，即使按照现在比较高的生活标准来看，1 000万元过一辈子已经足矣。"

正是这样的财富观，刘永行并不关心金钱能否带来生活上的快乐。刘永行多年来总是穿着朴素，爱好家常菜，每天准时5点半下班，极少应酬，把大多的闲暇时间用来陪伴家人。"不投机、不浮躁、不虚荣"，"踏踏实实做企业"。

1989年，刘永行四兄弟进军饲料业。彼时这个行业为外资垄断，外资企业规模大、门槛高。在打下一片江山之后，这个行业又出现了民企一窝蜂投入，门槛低，几万元人民币就能建厂，竞争惨烈，最多时候饲料企业竟达到1.3万—1.5万家。

即便如此，饲料行业仍然出现了供不应求的局面，最火爆的场面出现在上个世纪80年代末90年代初，刘永行兄弟的工厂前，彻夜排队等待拉货的汽车蜿蜒排成长龙，最长的竟然要等上28天。

如此热闹的场面，加上极高的利润，谁能抵挡住其催生的激动与亢奋？刘永行却给自己浇了一盆冷水：这不是企业的真正竞争力，要考虑十年以后的事情，于是他开始在企业内部推行精益求精的管理。

一直到1996年，饲料行业的利润率都保持在20%以上，但到了1998年，情况开始急转直下，利润率滑落到了8%。

在衰退开始之前，刘永行就已经开始寻找新的投资方向，他将目光投向了重化工行业。刘永行看好的是电解铝，但几乎没有人赞同他的观点，弟弟刘永好也提醒他，难度大，要慎重。

历史惊人地相似，当年王永庆准备进军塑胶业的时候，连台湾化学工业中最有地位和影响力的企业家何义都觉得在台湾发展塑胶业无法敌过日本，因此不愿投资。

带着"肯定要倾家荡产"这样的嘲笑，王永庆开始投资塑胶业。在此之前，他已经做了周密的分析研究，拜访专家、实业家，进行了市场调研，甚至私下里去了日本考察。

刘永行也是一样，他并没有动摇自己的想法，但却知道，规避风险的最好办法就是，如果没有能力做，就不马上去做，而是去积累、研究、考察、请教专家，才能水到渠成。

他这一准备，便是六年，攒下了20亿元的资金。直到2002年4月，刘永行与山东信发集团共同组建信发希望铝业有限公司。此后，他又在内蒙古包头运作铝电一体化项目，加上河南的氧化铝项目，东方希望最终形成了饲料以外的第二主业。

管理与投资哲学

电解铝行业是资金密集型行业,不融资上市,不借助银行,能不能做?刘永行的答案是肯定的。

他提出"好快省"的哲学。早年眼看着外资投一个亿人民币,两年建成一个饲料厂,但刘永行兄弟手里没钱,怎么办?

"好"是规划性的好,可完善的好,在刘永行看来,先做好计划,再用"快"(外资一个项目用两年,刘永行兄弟一个项目用三个月)和"省"(总资产少、人力资源少、资源占用少、原材料耗用少、排放少)的手段去执行,最终达到的目的不仅仅是"好",而且还能自然地形成"多"。

这个哲学,后来也用到了电解铝上。100亿的投资规模并不罕见,但刘永行却不愿意押宝。他先试水小项目,总价30亿。

但规划的前期,就考虑到规避风险的问题,于是先把30亿的投资控制到15亿的规模,再去找一个合作伙伴共同分担,这样就只需要负担7.5亿元的投资,7.5亿元的投资还可以再切下一半,先投入一半,最后的结果是,一个项目,前期的投入只有三四亿元。

"省一半、切一半、合作伙伴分担一半。"用总资金的30%—40%,就可以上马一个项目,刘永行算得精细。他亦不愿意借助银行贷款。"饲料母体零负债,可以抽换其流动资金和固定资金来融资。""另外要快,人家做三年,你一年就要完成。"

电解铝的投资并非一帆风顺,受宏观调控和技术限制,外界一度对刘永行的投资相当担忧。但他坚持要"适应",比如包头的电解铝项目,后来就从100万吨压缩到了50万吨。"微观企业适应宏观经济,企业战术适应国家战略,局部利益服从整体利益。"

刘永行对上市一直持谨慎态度,这种"保守"也影响到了他的投资方向。他投资参股了光大银行、上海银行、民生银行、成都商业银行、民生保险公司、光明乳业等,但他不会投资房地产。"我给企业做过15年规划,因为这样不会急功近利,不至于做事情太毛糙。"他曾说。

过冬不要怕

再伟大的预言家也不能预言到所有的结果,不过,想要让预言准确,最好的出发点在于,察其言,观其行。

"每天改善千分之一,10年坚持、20年坚持,25年下来,能力增长是一万倍。"刘永行的信条如是。

在搏击了20年的商海之后，刘永行坐拥30亿美元财富，从去年到今年，增值20多亿净资产。已经形成三大主业：第一主业仍然是饲料；第二主业是重化工，在山东聊城、内蒙古包头、河南三门峡、重庆形成重工业基地群；第三主业是投资，参股了民生银行、民生保险、光大银行、光明乳业等企业。在这个无比寒冷的"冬天"，他迎来的是收获。

"饲料这一块管理抓得好，业绩非常好，海外的饲料厂也遇到了前所未有的好时机。"

"电解铝库存小，劳动生产效率高，全部是赢利的。"

"投资也正在紧张进行中，涪陵PTA项目已经进入最后的安装阶段。"

……

刘永行历数东方希望目前的状况，连称对公司的表现"非常满意"。

他建言企业家，平常时间，扬长避短。"比如我自己，长项不是做公关、拿土地、上市、做金融，甚至是资本运作，我只能做自己熟悉的领域。"而在冬天来到的时候，不要怕，努力去适应，"有困难的时候，接受它，要做好事情，不要抱怨"。刘永行说，能力会变化，实力也会变化，度过眼前的困难，前面就是光明的。

"困难之中，也是投资的最好时候，检讨失误的最好时候，做重大决定的最好时候。"他说，低谷时期做的决定，常常比高峰时做的决定要有价值。

作为富豪榜上的"常青藤"，刘永行并不认为富豪在经济危机时期落榜就意味着企业经营的失败。他强调说，一时一事不能说明企业做得怎样，金融危机之下，不能看现在企业经营的情况来评判企业家，而是要看长期的表现。"困难时期做得过去的，损失小的，将来一定能活得好。"

（王立伟）

唐万新

德隆唐万新：保外就医属实 重出江湖存疑

"据我所知，唐万新已经保外就医，时间和网上说的差不多，在春节前。"一位知情人士向《第一财经日报》证实，但他认为唐万新继续做投资的消息并不确切。

德隆案件，曾被称做是新中国成立以来最大的金融证券案件。唐万新，就是那个"导演"德隆事件的肇事者。

三年前，武汉市检察院的起诉书称，在唐万新指使下，相关公司变相吸收公众存款450.02亿余元，最终造成172.18亿余元无法兑付；而唐万新等人通过操控股价，从中获利98.61亿元。此后，"德隆"也成为将资本玩得过头的某类公司的代名词。

2006年4月29日，唐万新被武汉市中级人民法院以非法吸收公众存款罪、操纵证券交易价格罪，判处有期徒刑八年，并处40万元罚款。德隆系三家核心企业都被处以高额罚款。

随着唐万新进入武汉蔡甸监狱服刑，关于他的消息渐渐淡去。不过，这一次唐万新重出江湖的消息又唤起了很多人对这个名字的记忆。

保外就医

作为唐万新一审辩护人的陶武平律师告诉记者，唐万新此次出来，主要是因为身体有病。

2003年9月中旬，唐万新在乌鲁木齐期间被查出患有冠心病、脑血栓等多种疾病，并曾在当地治疗。就是在案件庭审期间，唐万新还老在医院里看病。"他的心血管病有家族史，进监狱之后，就更加严重了。"陶武平分析说，这与入狱的心情还有环境可能都有些关系。

据了解，现在唐万新保外就医出来，主要的活动范围就在北京，但其行动仍受限制。虽然唐万新出来后与陶武平没有直接联系，但陶武平与其家人还保持着密切的联系。

一位资深狱警告诉记者，保外就医的程序相当复杂，但没有名额限制。"监狱里面获得保外就医的人数很少，约千分之几。"通常是犯人身体有些病，入狱之后就开始恶化，然后通过保外就医出来。"一般来说，入狱前都会有体检，在监狱里患病治疗费用都是国家全包，即便病人自己有钱，也不允许掏钱享受更高级的医疗待遇。"上述狱警说，现在对保外就医相当严格，需要多层级、多部门同意才行。

对于有报道称唐万新是因为帮助监狱所属服装厂扭亏为盈，年赢利达到200万元，有"立功"表现才得以"保外就医"的说法，上海律协公司法委员会副主任吴冬认为，保外就医的条件就是身体有病，而不管是否立功，况且这种"赢利"也不属于法律规定的"立功表现"。

对于这个问题，记者联系唐万新原来关押的武汉蔡甸监狱，当该监狱的人士得知要打听唐万新的消息后，便推说不知情，也无法将电话转给负责的人士，随后就挂断电话。

性格决定成败

被称为"德隆研究第一人"的唐立久在电话中告诉记者，他已经知道唐万新保外就医的事，但不方便评论。不过，在他的《解构德隆》一书中对唐万新有诸多的描述。

唐立久认为，唐万新的成败存在很大的性格因素，他夹杂着豪放、狂妄、叛逆、懒散，最终导致了德隆的失败。

1985年夏天，唐万新泡在乌鲁木齐市图书馆、石油学院图书馆，还有新疆大学图书馆研究棉花。当时他判断新疆土地面积很大，棉花肯定是新疆大有发展前景的产业，但当时新疆的棉花总产量只占全国总产量的4.5%；二十多年后看来，新疆棉花确实已占全国1/3的产量。

这个实例是唐立久亲身经历，故而印象非常深刻。另外，唐万新身上有太多地域的烙印。1999年德隆总部定在上海后，在德隆内部仍有这样的划分：从新疆过去的称老德隆人，后来的则是新德隆人。如此强调地域性，恐怕是全国公司中唯一的。

更难以置信的是，凡进入德隆核心圈的非新疆高管，均以学说新疆口音的普通话为荣。德隆是新疆的德隆，唐万新是新疆人，这可能是唐万新时常说"男人不留胡子，不是新疆人"的原因所在。

在德隆员工眼中，唐万新是个不拘小节的人：不讲究穿着、享受，留着小胡子，斜背挎包，在公司里探头探脑，新来的员工还以为他是送快递的。曾经就职于德隆系中企东方的汪先生对《第一财经日报》说，唐万新受GE影响颇深，他试图打造金融超市，但他没有等到公司成为世界500强的那一天。

重出江湖有障碍

有报道说,唐万新保外就医后,已与部分旧部重新建立起联系,可能会做一些战略投资报告,但他本人主要是幕后指挥。但前德隆系骨干成员之一的王建军,目前已成为本土PE实地资本的高级合伙人。他告诉本报,2004年之后与唐万新就已无联系,不知道他目前的状况。

陶武平也认为,唐万新不太可能刚保外就医就出来做投资。吴冬律师则从法律角度分析了唐万新重出江湖的可能。他告诉记者:"刑法只会剥夺罪犯的政治权利,不会限制罪犯刑满释放后的经济权利,但公司法明文规定,经济犯罪的在刑满五年内都不可以担任公司董事、监事、高管等,故而唐万新刑期未竟之前不可能直接出面参与经济活动。"

(田享华 任绍敏)

王石

王石:"捐款肯定有不到位的,但不是万科"

"赖捐是一种不道德行为。在'5·12'地震承诺捐款的企业中,肯定有不到位的,但不是万科。"5月9日,万科集团董事局主席王石对《第一财经日报》记者说。

实际捐款将达1.13亿

日前,中国社会工作协会副会长刘京在"2009中国慈善排行榜"媒体见面会上曾表示,去年"5·12"地震发生后,万科集团曾承诺捐赠1亿元,但万科集团事后表示独自在灾区履行,实施灾区建设,"目前虽然还没有达到承诺数,但确实是在实施的过程中"。

在这次会上,刘京还公布了三家捐赠承诺与实际捐赠差额较大的公司名单,包括玫琳凯(中国)化妆品有限公司(承诺捐助金额1500万元,实际捐助金额553.453万元)、台湾"中钢"集团(承诺捐助金额1亿元新台币,实际捐助金额为"程序办理之中")、沃尔玛(中国)投资有限公司(承诺捐助金额1700万元,实际捐助金额300万元)。

这使人很自然地将万科与这三家欠捐企业联系到一起。

5月9日,王石对《第一财经日报》记者表示:"万科的捐款不仅提前到位,而且实际的捐款数可能达到1.13亿元。"

他解释说,去年万科第一次临时股东大会通过了1亿元援建议案,用于以四川省绵竹市遵道镇为主的灾后建设,预算期三年。到2008年12月31日,万科已经完成了6750万元的捐款支出。

"如果将1亿元按三年平均分配,每年到位捐款额应当是3300万元,而万科第一年的实际到位资金就是年度平均数的两倍。"王石说,到目前为止,万科援建的工程项目65%已完成,支出与工程完成情况是相一致的。

据万科测算,由于建设项目增加了,实际捐款数额将达到1.13亿元。"目前没有准备再向股东大会申请更多的捐款。"王石说,超出1亿元的部分,主要是由万科管理层和员工捐出的。其中600多万用于临时股东大会前,为救灾所发生的物资采购、运输、机械设备租用、板房搭建、捐赠车辆等救灾费用。剩余的500多万,将用于遵道幼儿园的捐建,该款项已移交遵道镇人民政府赈灾专户。

至于万科捐助的其他项目是否有欠捐的情况,王石告诉记者,2007年曾经向中国扶贫基金会承诺捐款200万元，用于资助四川大凉山教育事业。"那是我个人的捐款。"王石说，"我记得非常清楚，当时自己的账户里没有那么多钱，我是借了钱打给他们的，按时付了款。"

王石告诉记者："去年捐赠给四川地震灾区的1亿元捐款最初打算捐给中国扶贫基金会，但后来股东大会投票决定采取先建设后移交的方式，这笔钱最终就没有经过中国扶贫基金会。"

和中国扶贫基金会合作的是王石等企业家们在去年发起的"拉着孩子的手"行动，在灾区援建两所学校。"960万元的捐款全部按时打到中国扶贫基金会的账上了。"

创造"减灾产业"

9日，王石再次为自己去年的失言表示道歉。去年"5·12"地震后，王石在其个人博客上放言："万科捐200万是合适的，不能让慈善成为负担，内部员工捐款不能超过10元。"此言一出，立即招致网民一片骂声。

王石说："应该说，我作为一家上市公司的董事长，在这起公共事件的处理上是不妥当的。所以到今天我还是那句话，无条件地道歉。"

"5·12"地震后，王石和万通集团董事长冯仑等人组成了"中城联盟（中国城市房地产开发商策略联盟）抗震建筑与灾后重建考察团"，到日本、秘鲁、土耳其等国家学习抗震建筑建设经验。目前，利用减震垫等先进工艺和技术建设的房屋已经在遵道建成。

国家减灾中心主任邹铭在参观后昨日对记者表示："万科等企业的做法，不仅在四川灾区引进了先进的减灾抗震的技术和工艺，更创造了一个崭新的减灾产业。"

王石告诉记者，利用减震垫等先进工艺和技术建设的房屋（达到九度设防能力），理论测算，每平方米成本大概会增加30%左右。万科将把这种工艺和技术向社会免费共享，目前在灾后重建的项目中，已经有多个重建项目采用或者计划采用万科的这一技术方案。

（章　轲）

仰融

仰融:"戴罪之身"放言重拾造车梦

在人们逐渐淡忘那个七年前远走异乡、创下"产业—金融"独特商业模式的争议人物时,身在美国的仰融却通过媒体高调宣布:我想回来!

一系列颇具"仰氏"风格的商业计划也随着这次豪言昭示天下。

时过境迁,七年前那场惊心动魄的"政商博弈"中怒目而视的两位当事人,各自的棱角已经随时间流逝而逐渐圆钝:曾经越洋起诉辽宁省政府和中国金融教育基金会的仰融,早已主动撤诉;而2008年前后,有关方面对仰融说:"不影响你的买卖,想做点事情就做吧。"

于是,这位身材不高、浓眉飞扬、永远梳着纹丝不乱"大背头"的52岁男人,放言重出江湖。豪放背后,不乏投石问路式的慎重。

重拾造车梦

虽然远在美国,但仰融仍然时刻记挂着国内的动向。在这七年中,北京和上海的朋友一直跟他保持联系,并及时向他传递着国内发生的一切。

得到"关系缓和"的信号后,2008年5月23日,仰融通过其香港的上市公司"远东金源",以400万元人民币购得吉林一家以采矿为主业的公司——吉林晟世的全部股权,作为在国内的新支点,开始酝酿对汽车产业进行投资。

经过长时间的思索,时下最热门的新能源汽车成为这位资本运作高手东山再起的切入点。

根据媒体披露的仰融《汽车项目书》,一个横跨美、中两国的汽车公司将应运而生:在中国,仰融的团队正与国内至少五家地方政府就项目引入、选址等问题进行洽谈。作为回报,他承诺未来八年将为当地政府实现产能300万辆、产值1万亿、税收1 000亿,提供10万人就业,人均年收入达到10万元,即所谓的"831111"计划。中国项目一期计划投入400亿—450亿元,打造300万台发动机和100万辆整车基地。为了证明此计划并非空谈,在项目书中提到,2012年首款车型上市。

在美国,计划投资100亿美元,达到300万辆产能。据媒体报道,该计划目前已获得美国政府批准,并无偿得到3万亩土地的使用权,以及多项税收减免政策。

中国和美国的汽车业务由仰融在美国的公司掌控,他为这个新公司取名"正道",擅长资本运作的他仍然只能在美国远程遥控自己的团队完成中国项目的管理,而他则主要负责海外运作、融资等事宜。

毋庸置疑,如果他的计划能够如期实现,一个足以改变全球汽车业竞争格局的汽车企业将被载入史册。但据见过仰融的媒体人士称,仰融是个极有说服力的人,然而每次谈话过后,总觉得他常常"言过其实"。暂且不论如此庞大的计划能否获得国家有关部门的审批,他自身的资金实力能否应付如此庞大的投资,也让人打个问号。

在全盘托出他的新计划之后,仰融仍不忘展现其一贯的惊人气魄——要在三年后超过自己曾经创造的辉煌。

缺乏想象力的人很难读懂仰融的布局。

戴罪之身

提起曾经一手打造的华晨汽车,仰融依旧流露难舍情怀。"如果能回来,最想去的地方还是华晨的沈阳厂房。"他不止一次发出这样的感叹。

2006年1月,时任大连市副市长的祁玉民接手当时亏损4亿元人民币的华晨汽车,做事强硬的他上任的第一件事,就是把仰融时期在华晨金杯工厂大门口堆起的一座用来避邪的"小山"铲除。"我不迷信,也不信这个邪,一进门敞敞亮亮的多好。"祁玉民在接受《第一财经日报》记者采访时曾这样表示。

事实上,被这位华晨新掌门人剔除的,并非只是那座"小山",曾经留在国内的仰融手下"四大金刚",已经悉数离开华晨汽车。虽然现在的华晨金杯汽车工厂,已经难觅仰融的痕迹,但在老金杯人心中,对于仰融的开创性管理仍然印象深刻。

《第一财经日报》记者找到曾在上世纪90年代末代理过金杯海狮汽车的辽宁某汽车经销商,他说,1995年、1996年国内汽车市场不透明,凡事靠人情、靠关系,秩序混乱,与企业内部人员的关系好坏直接影响到返利的多寡。当时是金杯汽车率先规定全国经销商的统一返点,代理商积极性很高,"当时变化的确很明显"。

当时的销售数据也佐证了仰融这个汽车"门外汉"的营销功底。从1996年起,沈阳金杯每年销售额都以超过50%的速度增长,销量从1995年的9 150辆激增到2000年的6万辆,不仅把一汽小解放逼出市场,更迅速成为国内轻客市场老大。

2001年前后,仰融打造出了一个市值高达246亿元之巨的"华晨系",旗下五家上市公司,拥有八条汽车生产线,十多家汽车整车和零部件工厂。

2002年10月23日,仰融旗下上市公司申华控股发布公告称,公司于10

月21日接到辽宁省公安厅通知，公司董事长仰融因涉嫌经济犯罪于10月18日被辽宁省检察院批准逮捕。仰融的罪名是"挪用资产"。当年6月，仰融出走美国。

如今，仰融在勾画新的宏图大志之时，仍然记挂着华晨汽车。有消息称，在仰融团队正在考察的国内五座城市中，有一座就在辽宁省内。

不过，国内汽车界人士大多对此事表示怀疑，甚至嗤之以鼻。

一位证券分析师在接受《第一财经日报》采访时对仰融这个新造车计划发出质疑："目前中国各方面法规逐步完善，汽车产业已经有非常严格的准入制度，即便对于新能源汽车，政府也抓紧出台了严格的产品法规，融资高手并不代表在当今中国汽车市场所向披靡。"

另外迄今为止，仰融依然还是"戴罪之身"。

（刘　霞）

丰田章男

为了70年不败之名:丰田章男临"亏"受命

丰田汽车,从丰田吉佐的织布机厂开始,在80年内,不仅创下一个汽车公司的传奇,也浓缩了日本工业历史的进程。如今,这个传奇正在经受前所未有的考验。

71年来,这家汽车公司首次面临亏损,这让家族第四代长孙丰田章男浮出水面,日本媒体用"大政奉还"形容这次交班。

对52岁的丰田章男来说,没有什么比在这个时刻接班更具挑战性了。

让一家公司爬上世界之巅,虽然非常具有挑战性,但是整个过程却充满了光明和希望;而如何让丰田汽车在世界之巅保持屹立之势不致滑落,不仅困难重重,还意味着常人难以想象的精神重压。

而现在,全球汽车市场急剧下滑,丰田汽车看起来难以"免疫";另一方面,在艰难时世下,一场翻天覆地的全球汽车技术变革和新能源革命势在必行,而这一切,都在一帆风顺、长期主管市场和公司策略的丰田章男的视野和经验之外。

如今,他甚至不能再像2000年刚成为丰田新任董事时那样,对外人叹惜一声:我只能说我对出生于丰田家十分无奈。

临危受命

去年9月,《第一财经日报》记者奔赴丰田汽车总部爱知县丰田市采访的时候,丝毫没有觉察金融危机已经潜入这个古老而现代的小城。

丰田市原名举母,这个名字记录在日本的《古事记》中。1959年,当地人决定将这个城市改名时,当地市政府的一名官员说:"放弃这样一个渊源颇深的名字,意味着我们也要和丰田走上同生共死的道路。"在丰田市,很多家庭祖辈都在丰田公司工作。

丰田汽车总部就位于丰田市丰田町一号,这是幢约30层的突兀、巨大的建筑,包括总裁渡边以及丰田章男在内的诸多丰田汽车高管悉数在楼内办公,但大楼里面安静异常,偌大的一楼大厅只有两位前台招待在静候来客。

但是实际上,风雨已经袭向宁静的丰田町一号。

去年7月,在向来贡献超过40%利润的美国汽车市场,丰田汽车销量骤降21.4%。

紧接着,在去年12月22日,总裁渡边捷昭沉重地宣布:丰田汽车预计,在截至2009年3月31日的财政年度内,将亏损1 500亿日元。

主要市场日益下降的汽车需求,以及不断走强的日元汇率,都是导致丰田汽车将出现亏损的原因。分析师们说,该公司未来一年的前景依然十分严峻。

这个消息震惊了所有人。这是该公司自1938年以来首次出现年度亏损,即使在二战和《广岛协议》之后,丰田都没有出现过这种情况。

据内部人士称,在这个发布会上,2005年代替张富士夫出任社长和总裁、年逾66岁的渡边捷昭几欲泪下。渡边捷昭称:"世界经济正遭遇着百年不遇的动荡规模,这是一个史无前例的危急时刻。不幸的是,现在我看不到底部在哪里,我们的情况空前紧急。"

会后,渡边捷昭出乎意料地表示,他预计2009年将辞去现职,转任公司董事长。此后,丰田家族第四代、丰田汽车当下第二号人物丰田章男接班的消息不胫而走。

据知情人士说,实际上丰田已经准备让章男在去年12月底上任,但是金融危机可能让人事更迭推迟一段时间。

丰田人的期望

"他当然应该挺身而出!"日经BP社的一位同行这样对《第一财经日报》记者说。在丰田宣布预亏不久,包括许多退休的丰田人集中在总部门口集会,表示对丰田汽车和丰田章男的支持。

对于外界和日本国民来说,没有什么是比丰田少主在危难之中挺身而出更让人振奋的事情了。

纵观丰田的发展史,十任社长中,丰田姓和非丰田姓各占一半,两方都出过优秀的人物。但是整体来说,非丰田姓出身的社长更有作为一些。

丰田章男从2005年升任副社长之后,几乎从公众视线中消失。《第一财经日报》记者两度奔赴日本丰田名古屋总部所在地,都没能成功拜访他。

当然,丰田汽车不是一家个人驱动型的公司。丰田汽车历来强调集体智慧,并采用一种更为谨慎的管理方式,它的特点就是缓慢决策,采取行动前要在所有员工中达成共识。

不过,几乎所有的丰田人以及对丰田家族怀有深厚感情的人都坚信:章男肯定与众不同。

丰田章男毕业于庆应大学,同样,和大多数日本家族企业的传人一样,章男也是大学毕业后没有立即进入自己家的企业,而是在外面"漂"了几年。他在27岁回到丰田公司以前,一直在一家美国投资企业工作。

从1984年进入丰田,到2000年开始任董事,16年内,章男从零开始,做过生产管理,推销过汽车。在熟悉了丰田国内业务后,章男去美国工作了数年,2000年当董事,2002年晋升为常务董事,一年后再升为专务董事,2005年未满50岁,已经成为丰田副总裁。

但章男通常很低调。偶尔请记者吃饭,也是去一些普通餐馆,一杯啤酒、几串烤鸡肉串。普通白领的生活做派,让前后左右的记者感觉很好。"市民派"章男的印象,也就从这些记者嘴里、笔头渐渐地传了出去。

日本社会经常批评那些依靠家族力量迅速上升为企业总裁的人,企业内部职员也不见得服气。而章男要顺利升任总裁,除了对本企业有全面了解,媒体形象颇佳以外,丰田内部自然也已经对他的经营能力考察了一番。

事实上,早在2000年丰田章男加入丰田董事会那一天起,丰田内部便已流传着这样的话,"创始人的后代正在为接管丰田全力以赴"。

日本媒体对于丰田章男此次可能的回归,甚至用上了"大政奉还"的字样。而日本历史上最有名的"大政奉还"就是明治天皇,后者将权力收归自己手中,带着日本走上了富国强兵之路。

现任丰田顾问的奥田硕在培养章男方面也不遗余力。日本经济界很有实力的商界人士对《第一财经日报》记者说,曾有一位个人能力很强但和章男关系不是很顺的中层干部,被章男贬到其他地方去了。当时奥田还担任着董事长的职务,他知道后,立即训斥了章男,并强调看能力而不看与自己关系的远近,是丰田的优良传统。

奥田、张富士夫、渡边捷昭等担任过或正在担任丰田董事长、总裁的人,对章男要求非常严格,这些人全心全意维护丰田家族、丰田公司的利益、形象,章男在企业内部的正面评价也由此逐步地建立了起来。

无论是奥田硕、张富士夫,还是渡边捷昭,他们就像《德川家康》中的忠实家臣一样,在所效忠的家族出现危难时,不离不弃,满怀期待等着新主松平元信(德川家康)长大归来。

巨大的挑战

在章男前面,有两个人创造的辉煌将给他带来压力:一位是他爷爷的堂弟,从1967年就执掌丰田汽车,在15年内带领丰田汽车走向世界的丰田英二;另外一位是奠定丰田汽车全球战略核心的外姓社长奥田硕。

奥田硕曾告诫丰田家族后人:因为是丰田家族的人,所以我们给你机会,会提拔你到主管的位置。不过之后就要凭借实力了。

章男不是唯一在丰田汽车任职的丰田后人，目前看来他已经不负众望成功胜出，但是这仅是一个开始。

早在2007年，总裁渡边捷昭在丰田获得创纪录的利润之后就忧心忡忡地自问，已经达到全球汽车之巅的丰田汽车沾上了许多大企业病，决策缓慢，成本的控制和精益生产管理达到极致之后，丰田汽车的未来走向哪里？

在过去三年中，丰田雇佣了4万名员工，他们对于公司文化知之甚少。"这个问题不会突然间暴露；但它类似一种代谢紊乱式的疾病，当你发现时就已经太晚了。"瑞银集团驻东京分析师TatsuoYoshida感慨道。

而且，由于新的雇员大批涌入，许多高层领导临近退休，丰田汽车担心其节俭、严谨和不懈改进的企业文化将会遗失殆尽，而这些文化曾经对公司的成功起到至关重要的作用。迅猛的发展已迫使这家日本血统最浓厚的公司在海外越来越依靠外国人。那些把公司从小买卖发展成全球巨擘的元老们正面临退休，接班人将是那些被认为从未经历过商业失败的年青一代。与此同时，自2006年以来，丰田汽车的召回事件频率比以前明显增多。即使没有这场金融危机，这个庞大汽车王国的内部隐忧也已经出现。

而丰田章男正是没有经历过失败一代的典型代表之一。从1984年丰田章男进入丰田汽车开始，丰田汽车迎来了丰田英二执政之后又一个辉煌的20年，全球销量从300万辆到接近900万辆，利润率直达全球之最。

在充斥着对丰田汽车崇拜的氛围中长大的新一代丰田人如何应对未来？

而丰田汽车过于依赖北美市场的弊端在此次金融风暴中暴露无遗。这种依赖是一把双刃剑，北美市场持续增长，丰田汽车在短短五年时间内接连超过戴姆勒—克莱斯勒、福特和通用汽车，成为全球汽车销量和利润霸主，但是北美市场今年以来的崩盘也把丰田汽车拖向深渊。

不过，丰田汽车在中国的两家合资公司至少目前看来仍然有望保持不错的赢利。2008年丰田在华的赢利有望达到80亿元以上，中国市场将成为丰田汽车最大的赢利来源。

不过广汽丰田的赢利在去年大幅度缩水，从2007年的逾50亿元降到不足30亿元。此外，随着天津丰田的第三工厂和广汽丰田第二工厂竣工，丰田在华的合资公司已经出现产能过剩的苗头。

丰田章男担任中国专务期间，推进了与一汽合资设立一汽丰田，随后不顾一汽的反对，坚持和广汽成立合资公司，完成了丰田在中国市场的战略布局。

丰田中国副总经理、雷克萨斯项目负责人曾林堂曾告诉记者："他（章男）对中国业务有自己独到的看法，未来中国将成为丰田汽车新的动力来源！"

（卫金桥）

休・海富纳

休·海富纳：花花公子的迟暮之痛

红缎睡衣，丝质睡裤，永不疲倦地左拥右抱，他是全世界穿睡衣拍照最多的男人。83岁的休·海富纳，用人生中2/3的时间建立起兼具情爱及温文风格的《花花公子》世界，他挑战了半个世纪以来的美国文化。

然而，全球化、互联网，一系列新事物的出现，改变了《花花公子》的成人娱乐帝国的莺歌燕舞，竞争和经营压力让《花花公子》的品牌价岌岌可危。在整个2008财年金融危机的打击下，商誉成了该公司贬值最严重的无形资产：缩水79.2%后，仅剩2 776万美元。

《花花公子》公司从2004—2007年间的总资产基本维持在4.3亿美元左右，且逐年略有上涨；唯独在2008财年，利润净亏1.56亿美元，资产锐减了42%，仅剩2.55亿美元。

这意味着，《花花公子》可能被迫易手。外媒报道，有关出售花花公子公司的谈判正在进行中，价格约在3亿美元。

黄金年代今何在？

"我出生于一个典型清教徒的家庭，在生命中与美国一起饱受压抑，目睹伤害和伪善，我想做点事改变它。"

1953年，一个名叫玛丽莲·梦露的女孩找到出版商海富纳，这个崭露头角的模特当时受人威胁要公开裸照，她不愿受人胁迫，干脆把这张照片卖给了海富纳。这年12月，海富纳问人借了900美元，以一张玛丽莲·梦露的照片做封面，出版了第一期《花花公子》杂志。

海富纳并没有给创刊号打上日期，因为他不知道这杂志还能不能办下去。大胆前卫的思想令全美哗然，而杂志上的"兔子头"标志更成了著名的商标。标价50美分的创刊号立即狂销5万册，并因为梦露的关系成了行家争相收藏的焦点，在今年1月的第二届香港国际古书展上，首日就拍出了5.7万港元的天价。

杂志卖点在内容，海富纳至今仍是《花花公子》的总编辑和"首席创意官"。内容一直由他亲自抓，而他更全情全身投入，使自己成为他所倡导的"花花公子"的生活方式或哲学的实践者和发言人，五十年不变。

上世纪60年代，海富纳大胆地刊登避孕药广告，在欧美社会改革中扮演了惹人注目的角色。对此他曾开玩笑说："三大文明发明是火、车轮和《花花公子》。"70年代则是《花花公子》的全盛时期,曾创下单期700万本的销售纪录。但此时它的竞争对手多了《阁楼》(Penthouse)等杂志,但《花花公子》的影响力依然无人能及,他在世界各国名城如总部芝加哥、伦敦、东京、蒙特利尔等都设有俱乐部或是赌场、有自己的名牌系列。

《花花公子》在上世纪90年代走了下坡路,1990年创刊的台湾版《花花公子》在2003年停刊,而包括意大利、墨西哥、澳洲、挪威等地版本也在近年陆续停刊。2003年可能是《花花公子》最后的狂欢,这一年该杂志净利润达7 000万,高调地做着各类生意,如网上博彩、拍卖等,同时也兼顾社会事业方面,如对艾滋病的关注与资助研究。

争议不断的"花花公子"

"它是一本提倡美好生活的杂志,性只不过是其中之一。"海富纳总是不厌其烦地解释《花花公子》的宗旨。然而他提倡的"自由的性"在婚姻之外,这与家庭观念格格不入,因此很多人对海富纳和《花花公子》进行的最严厉的批评,就是不尊重女性,把女性贬低为玩物。

"多年来我不停反思,我提倡的自由是否有被滥用的成分?当然有。"海富纳说,自由是很危险的,给人自由选择的机会,他们有可能选得明智,也可能选得愚笨,但这不是再自然不过的了吗?人们自主地过他的人生,就是最好的方式。

而正如海富纳在创刊词中所写道的,"国家大事在本刊并无位置,本刊无意解决世界难题,无意见证道德真理。如果我们能在这个核子时代中给予美国男性若干额外的笑谈,或能让他们得以歇息,则本刊存在目的已达"。

2008年,密苏里大学历史系教授瓦兹以学术观点出版了海富纳的传记《花花公子先生:海富纳和美国梦》。书中认为,海富纳成功的奥秘,以及他的事业动机,是他对"个人、政治、经济自由"的不懈追求。"《花花公子》公司生意并不幼稚,而是童年乐观主义的体现。"瓦兹说。

2006年4月,海富纳在洛杉矶豪宅庆祝80大寿,他笑称自己一点儿也不老,反而比15年前更年轻。他认为当今世界变得更保守。

现在,这座建于1929年,面积7 300平方英尺的英式豪宅已经易主,如同《花花公子》的命运一般,休·海富纳穷尽大半生缔造的帝国,刹那间变得那么脆弱不堪一击。也许,时代真的变了。

(陈　沐)

乔布斯

暴瘦的乔布斯：还为苹果活着，还行

从不认输的苹果CEO史蒂夫·乔布斯终于承认他得了病，但不是绝症，还能治好，这让所有粉丝和投资者松了一口气，苹果公司股票逆势上涨，周一收报94.58美元，涨4.22%。

乔布斯的健康问题总是折磨关注着苹果的人。他缔造了苹果公司的两次辉煌。由于他对苹果是如此重要，代表着苹果的形象和生命力，导致华尔街跟踪苹果的分析师快成了专业医师，专门在研究报告中讨论他的健康问题。

暴瘦的乔布斯

乔布斯从2008年开始出现体重下降的问题，数周之前，乔布斯才决定查出这一问题的根源，他的医生认为已经找到原因：荷尔蒙失衡，导致身体缺乏蛋白质，从而导致体重下降。

乔布斯目前已经开始接受治疗。他的医生预计他需要到今年春季才能恢复，在康复过程中他将继续担任苹果首席执行官。

"我为苹果投入了我的全部。"乔布斯表示，如果自己不能继续履行苹果首席执行官的职责，他将是第一个站出来告知董事会的人。

2008年6月乔布斯出现在苹果公司的一次活动上时身体明显消瘦了很多，引发了关于他健康问题的猜测。

而为了解乔布斯的健康状况，此前苹果的粉丝和投资者可谓挖空心思。有人甚至潜进了苹果公司内部，在没有发现乔布斯身影的情况下，终于在车库发现了"蛛丝马迹"——乔布斯的爱车上积满了灰尘，已经长期没有使用。

不久前，乔布斯又决定不在苹果产品展会MacWorld上发表演讲，这是近十年来的首次，也令投资者们开始担忧起他的健康状况。

此后，CNN旗下网站iReport.com发布了乔布斯心脏病发作的失实新闻，苹果股价因此最高下跌5.4%，开盘一小时内市值缩水48亿美元。苹果马上做出回应，称这则新闻不实，股价才有所扭转。

事实上，质疑乔布斯癌症复发的消息已经在2008年有过多起，每次都会引发苹果股价波动。

这一切都因为乔布斯和苹果公司有隐瞒病情的"前科"：2003年，乔布斯在一次例行体检中，查出胰腺部位癌变，唯一的有效治疗方式只有手术。

但信仰佛教和素食主义的乔布斯抗拒手术治疗，坚持一种饮食疗法。苹果公司的董事会为此隐瞒了九个月，封锁乔布斯身患绝症的消息。

直到2004年6月，乔布斯动了手术，他才给员工们写了一封电邮，轻描淡写地说自己得了癌症，但已痊愈，9月份就回公司上班。

实际的情况是，那次手术十分复杂，持续了六个多小时，彻底重建了乔布斯的消化道。但主刀医生说，接受此类手术的患者中80%—90%能活10年以上。但由于样本量太少，很难进行准确的预测。

2008年7月，乔布斯没有像往常一样，参加与投资者召开的解读财务报告的电话会议，从而使分析师对乔布斯的健康状况提出了疑问。Piper Jaffray公司分析师称，乔布斯的离开将使苹果的股票价格下跌25%。

市场研究公司Oppenheimer的分析师亚尔·里勒将苹果的股票评级下调。他表示，苹果的长期成功将面临着巨大的风险，因为苹果非常依赖于乔布斯的健康，另外关于继承人的计划仍未有明显进展。他建议苹果公布更多关于乔布斯健康的消息，或权力更替方面的相关详情。

如果没了乔布斯，苹果该怎么办？乔布斯已经与公司的成败如此紧密地结合在一起，因为乔布斯参与了苹果产品的每个设计和开发环节。他是苹果的灵魂。

产品包装上用什么字体、电脑按键该如何布局，这些都要等着乔布斯来决定。乔布斯为苹果招聘筛选的人数大概在5 000以上。著名的"乔布斯法则"是，一位出色的人才能顶50名平庸的员工。现在苹果的骨干员工几乎都是乔布斯亲手挑选的。

乔布斯的苹果

"我每天早晨都对着镜子扪心自问，假如今天是我生命中的最后一天，我还会去做今天要做的事吗？"没有从大学毕业的乔布斯在一次斯坦福大学毕业典礼上回忆说，如果一连许多天我的回答都是"不"，我知道自己应该有所改变了。

有了那次濒临死亡的经历，乔布斯有了新的体悟，他认为，时间有限，所以不要按照别人的意愿去活，那是浪费时间。不要让别人观点的聒噪声淹没自己的心声。最主要的是，要有跟着自己感觉和直觉走的勇气。无论如何，感觉和直觉早就知道你到底想成为一个什么样的人，其他的都不重要。

从Mac电脑，到iPod、iPhone手机，乔布斯凭借个人才能，领导苹果成为创新、艺术和时尚的代表。他能率领苹果在行业平均利润率不过3%—4%、被投资者形容为"大粪与泥潭"的消费电子领域，维持20%—30%左右的高利润率。

无数商业领袖的偶像是乔布斯。红杉中国合伙人沈南鹏也是其中的一个，他认为，乔布斯总能提前外界一两年看到新机会，与微软、谷歌通过将某一市场标准化而获得成功不同的是，乔布斯的成功是基于创意，有创意还要能成功，是个巨大的挑战。

乔布斯说他从不做市场调研，不招聘市场顾问。他只是想做出伟大的产品。乔布斯说："你没法走到大街上去问别人下一件伟大的产品会是什么。"

他认同美国汽车业鼻祖亨利·福特的名言，福特曾说："如果我当年去问顾客他们想要什么，他们肯定会告诉我，'一匹更快的马'。"

"人这辈子没法做太多事情，所以每一件都要做到精彩绝伦。我们本可以在日本某地的某座寺庙里打坐，我们本可以扬帆远航，管理层本可以去打高尔夫，他们本可以去掌管其他公司，而我们全都选择了在这辈子来做这样的一件事情。所以这件事情最好能够做得好一点。"

乔布斯的职业生涯也可谓精彩绝伦。

1955年乔布斯刚刚出世，就被父母遗弃了，幸运的是，他被另一对夫妻收养。1976年，21岁的他同沃兹尼亚克一起在他父母的车库里创办了苹果公司，26岁时由于在个人电脑领域的巨大成功成为《时代》封面人物，但他在30岁时因为与董事会的分歧，被赶出了公司，直到1997年被请回苹果。

乔布斯重返苹果之时，苹果濒临破产，回归后他主导推出的iMac电脑、iPod音乐播放器和iPhone手机令苹果一再辉煌，且重新定义了人们对于电脑、音乐和手机的品位。

苹果公司有25 000人。而乔布斯的工作是与最顶尖的大约100个人协作，如果有好点子出现，乔布斯的一部分工作就是把它传播开来，问问各人的看法，让人们围绕着它展开讨论，就此争论不休，让想法在这个由100人组成的群体里充分循环，让不同的人从不同的层面对它进行摸索。

因为苹果骨子里是一家消费品公司，所以乔布斯认为，苹果的生死存亡掌握在消费者的手中。而他也认为，他的体验就是消费者的体验，公司的产品只有能够通过他这一关，才能成功。

制造好的产品，得靠暴君

乔布斯从来不在公司里表现得和蔼可亲。他的工作是把公司里的各种资源聚拢到一起，清除路障，然后把资源投放到最关键的项目上，乔布斯把手下这些牛人们召集起来然后督促他们，让他们做得好上加好。怎么做呢？那就只好采取更为极端的思路。

乔布斯的评价体系都是"二进制"的：在他眼中，产品只分"伟大"和"垃圾"两种；下属要么是"天才"，要么是"白痴"。他相信，制造好产品不能靠民主，得靠有能力的暴君。

苹果公司的内部管理自有一套。美国证券交易委员会主席阿瑟·莱维特曾著书表示，苹果的董事会没有独立意志，只能围着CEO乔布斯团团转。

在苹果，几乎每个大项目都会遇到这种情况。以iPhone为例，苹果曾经有过一个iPhone封装设计，那时候离面世已经为时不远，甚至没有时间再做改动了。在某个周一的早晨，乔布斯爆发了，他说："我就是不喜欢这个东西。我无法说服我自己爱上这个玩意儿。而这却是我们做过的最重要的产品。"

然后乔布斯就按下了重启键，一切又重新来过，最终，苹果做出了今天的iPhone。没有哪一个品牌、哪一个型号的手机得到如此高密度的关注。甚至在去年7月份，苹果的3GiPhone手机在东京发售时，早晨6:30就有1 300人在等候，有人甚至三天前就在商店前支起了帐篷。在奥克兰，22岁的学生Jonny Gladwell也是在深冬的寒冷中等候了55个小时才拥有了当地首部3GiPhone。

乔布斯回忆道，那个过程简直是去地狱里走了一圈，因为自己不得不当着整个团队的面说，你们在过去一年里做出来的所有东西，我们都要全盘否定，从头再来。而且必须加倍努力，因为已经没时间了。"这种情况发生得比你想象的还要频繁得多，因为这不仅仅是工程学和科学，这也是艺术。"

每次新产品开发，乔布斯都是自己玩弄这些新技术，记录下自己的感受，将其反馈给工程师。如果一个东西太难使用，乔布斯就会指出哪些地方必须简化。任何不必要的或者令人费解的地方，都会被要求去掉。

在产品的开发过程中，乔布斯会参与很多决策，此时，争执和辩论将在公司里占据核心地位。

"如果你是一个唯唯诺诺的人，你注定要死在史蒂夫手里，因为他对他所知的事情非常自信，所以他需要别人能挑战他。"曾在苹果任程序员的霍迪说。有一次，霍迪和乔布斯争论一个英特尔正在开发的最新芯片技术。那天晚些时候，乔布斯堵住了霍迪，就之前讨论的东西来挑战他，因为乔布斯刚打了个电话给英特尔董事长安迪·格鲁夫，向他询问了霍迪提到的新技术。

"我们做的东西都是自己想吃的，乔布斯就是优雅的法式料理大厨。"微软创始人比尔·盖茨表示。盖茨和乔布斯可谓是硅谷的"双子星"，他们分别制造了世界最伟大的操作系统和个人电脑。

乔布斯则回应说："我认为我们两个是世界上最幸运的人，在正确的地点、正确的时间，发现了我们真正爱做的事。夫复何求？"

（孙　进）

麦道夫

麦道夫与"祖师爷"庞兹:骗子是怎么炼成的

历史总在重演。纳斯达克前主席伯纳德·麦道夫因500亿美元"庞氏骗局"一时间沦为万夫所指,投资人不敢相信一位神话般的华尔街明星竟然堂而皇之地编织了现代版的"皇帝新装"。

假如庞氏骗局"鼻祖"查尔斯·庞兹遇到麦道夫,他会说什么呢?当时这位风光无限的意大利投资商也曾得到很高荣誉,被一些受骗的美国人称为与哥伦布、马尔孔尼(无线电发明者)齐名的最伟大的三位意大利人之一。

辉煌和荒唐,有时只有一纸之隔。

麦道夫的游戏

在骗局揭穿前,麦道夫在华尔街是广受尊敬的人物。没人能想到,这样一个完美的人物会和总额高达500亿美元的诈骗案扯上关系。麦道夫1938年出生于纽约的一个犹太人家庭,他的事业正式起步于1960年,当时他用自己做救生员和卖洒水器所赚的5 000美元投资成立了伯纳德·麦道夫投资证券公司。

经过多年的摸爬滚打,麦道夫凭借其聪明才智渐渐成为华尔街经纪业务的明星。之后,麦道夫开始活跃于美国证券业的自我监管组织——全国证券交易商联合会(National Association of Securities Dealers,NASD),而他旗下的公司也逐渐成为纳斯达克股市中最活跃的五家公司之一。上世纪90年代初,他成为了纳斯达克交易所董事会主席,在卸任该职后也一直是董事会成员。

从成立至今,麦道夫旗下的公司获得了长足的发展。麦道夫公司本来起家于证券经纪业务,但从2006年开始,麦道夫又在美国证券交易委员会注册开设了投资咨询业务,这也正是此次"庞氏丑闻"的外壳。

在案发前,人们信任麦道夫,麦道夫也没有让他们失望;他们交给麦道夫的资金,都能取得每月1%的固定回报,这是非常令人难以置信的回报率。但事实上,麦道夫并没有创造财富,而是创造了别人对他拥有财富的印象。而麦道夫"正派"的作风和慈善行为也令投资人更加信任他。

但投资人并不知道,他们可观的回报是来自自己和其他顾客的本金——只要没有人要求拿回本金,秘密就不会被拆穿。但当去年12月初,有客户提出要赎回70亿美元现金时,游戏结束了。

从淘金梦到骗局灵感

麦道夫肯定非常熟悉庞兹的故事：这位骗子的"祖师爷"1882年出生于意大利的帕尔马。据他自己回忆，他于1903年11月15日抵达美国波士顿时，他口袋里所有的家当只有2.5美分和"100万美元的希望"。

事实上，到达美国东海岸后开始的几年，庞兹的生活特别艰苦，他曾在一家餐厅从洗碗工升职到了体面的服务生，但由于对顾客找零的缺斤短两和偷盗行为，最后还是被餐厅解雇。

一开始庞兹就不是一个诚实的人。

1907年，庞兹去了加拿大的蒙特利尔和魁北克，成为了一家名为Banco Zarossi银行的柜面人员。

但在工作中，庞兹发现这家银行存在严重问题——Zarossi银行对存款人的高额存款利息的支付不是来自其获得的投资利润，而是用新开账户的存款本金予以支付。这一手法或许给了庞兹日后发明"庞氏骗局"的灵感。这家银行最后不得不面临关闭的命运，庞兹也因票据造假而锒铛入狱三年。

1911年，庞兹重新回到美国，由于走私非法移民，又在亚特兰大的监狱中度过了两年。

机会终于在1918年出现。在几个小生意尝试失败的几个月后，庞兹收到了西班牙一家公司寄来的邮件，信封中还有一张他从来没有见过的东西——国际邮政回复票据（International reply coupon，IRC）。

这种票据的作用在于，发信人可以将该票据一同寄给在其他国家的收信人，而收信人可以再用这个票据作为邮资回复邮件给收信人。IRC的价格通常按照购买地的邮资成本来计算，但也可以在其他国家被兑换为当地的邮票。庞兹意识到，如果两地的物价水平不同的话，这中间就存在一个潜在的利差。

因此庞兹设置了这样的一个套利过程：把钱从美国汇往国外，通过代理机构购买IRC，再把IRC寄回美国国内兑换为价格相对较高的美国邮票予以出售。庞兹声称，在排除成本和汇率损失之后，这一交易的净利率将会超过400%。

4万名市民的判断力

起初，庞兹通过他的朋友和同事来开展这一骗局，并在45天内支付给他们50%的利润。之后他又创设了自己的公司——证券交易公司（Securities Exchange Company）用以提高骗局的规模。一些人在投资后，确实正如庞兹承诺的获得了丰厚的报酬，于是，一传十，十传百，百传千，越来越多的人开始被这个陷阱所吸引。到1920年3月，庞兹骗局就吸纳了3万美元（相当于2008年的32.8万美元）。

在一年左右的时间里，差不多有4万名波士顿市民，像傻子一样变成庞兹赚钱计划的投资者，而且大部分是怀抱发财梦想的穷人，庞兹共收到约1 500万美元的小额投资，平均每人"投资"几百美元。

庞兹住上了有20个房间的别墅，买了一百多套昂贵的西装，并配上专门的皮鞋，拥有数十根镶金的拐杖，还给他的情人购买了无数昂贵的首饰，连他的烟斗都镶嵌着钻石。

但无论多大的谎言都有被揭穿的一天。从1921年7月26日开始，《波士顿邮报》接连发表了若干篇文章强烈质疑庞兹的业务运作过程，并联系了著名的金融分析师Clarence Barron来检查庞兹的这一操作。Barron发现庞兹的公司并没有做相应的投资，他还注意到庞兹的公司声称自己投资了约160万份邮政回复票据，但实际上当时美国邮政系统进入流通的邮政回复票据只有27 000份。消息公布后，联邦调查机构关闭了庞兹的公司，庞兹正式被逮捕。据联邦调查机构的预计，当时庞兹亏负了投资人约700万美元的投资。

之后，庞兹被判处了五年刑期。1949年，身无分文的庞兹在巴西的一个慈善堂去世。此后，"庞氏骗局"成为一个专门名词，专指用后来的投资者的钱，给前面的投资者以回报，包括人们熟悉的金字塔式的传销，被认为是"庞氏骗局"的变体。

贪婪令人愚蠢

麦道夫一手导演的500亿美元惊天弊案比当初庞兹一手导演的骗局更是大过百倍，古老的"庞氏骗局"再度成为舆论的焦点。人们不禁疑问，究竟"庞氏骗局"有何种玄机奥妙，居然令如此多的被害人甘心情愿堕入陷阱，其中甚至不乏号称"最聪明的"金融业投资精英？

而纵观形形色色的金融骗局，最基本的特点是以高额或者稳赚不赔的投资回报为诱饵，诱使贪婪的人上钩。此外，麦道夫和庞兹在行骗中不断地发展下线，通过利诱、劝说、亲情、人脉等方式吸引越来越多的投资者参与，从而形成金字塔式的投资者结构。

但需要注意的是，和庞兹丑闻时代不同，美国从上世纪初到现在一百多年的时间，金融环境不可同日而语。和当初缺乏政府监管以及法律条文不一样的是，美国已经拥有了全世界最发达的金融市场和最完善的监管体系，但结果还是让麦道夫这样的人用古老的手段欺骗了所有的世人,这不得不令人深思:这究竟是监管机构的问题,还是整体金融系统的问题?难道就像美国Bard大学的教授Hyman P. Minsky所说的那样,随着经济的不断发展,金融系统会出现三种不同的阶段——对冲手段、投机和庞氏融资。麦道夫"庞氏丑闻"预示着最糟糕阶段的来临吗?

一百年来庞兹阴魂不断再来,再次警示世人:要控制自己的贪婪和欲望,时刻保持理性的头脑,才能避免上当。

(赵 刚)

米塔尔

"钢铁大亨"米塔尔：没有魔术让人一夜暴富

金融危机导致的经济衰退，使世界上最富有的人的财富开始大幅缩水，"钢铁大亨"拉克西米·米塔尔也不例外。

英国《星期日泰晤士报》26日公布了本年度英国1 000名富人排行榜，已经连续四年在排行榜上名列首位的拉克西米·米塔尔和他家族的资产，从去年的277亿英镑减少到今年的108亿英镑，损失幅度高达60%。

占据世界粗钢产量一成的安赛乐–米塔尔，在这场金融危机中自然是首当其冲。

几个月前，这个以他的姓命名的全球最大的钢铁企业，宣布将裁减9 000余个岗位，并考虑产业"瘦身"。

尽管境况不是那么乐观，但对于一个有着深棕色的皮肤、操着浓重的印度口音的亚洲人来说，能够在排外情绪严重的英美上流社会立足，已经实属不易。

"虽然没有说过话，但是一看他就觉得是一个意气风发的人。"米塔尔中国区的员工这样评价自己的老板。

的确，如果没有充沛的精力和不满足的野心，米塔尔也不会依靠上百次兼并小钢厂和两次世界级的收购，构建起世界第一的钢铁帝国。这种经历，目前无人能及。

"能量爆满的十年"

拉克西米·米塔尔有点像印度电影《贫民窟里的百万富翁》中的杰玛一样，执著于自己的目标，只不过，后者执著的是爱情，而米塔尔追求成功。虽然他出生在印度西部一个贫穷农村，但他父亲在20世纪初就在加尔各答做着钢铁制造生意。

上小学时，米塔尔不爱说话，性格内向，学习非常刻苦，成绩在班里总是名列前茅。他还曾在自己的尺子上刻下"拉克西米·米塔尔博士，商学士，工商管理硕士、博士"的字迹。在19岁时，米塔尔就真的取得了商学学位，并开始在父亲合伙的一家年产仅2万吨的钢铁公司帮忙。

1989年，39岁的拉克西米开始了他打造钢铁帝国的第一次收购，以低价购进一家原本每天亏损100万美元的印尼钢铁厂，而这家钢铁厂经过他的改造，仅仅一年就产量翻番，实现赢利。

拉克西米把自己在印尼的岁月形容为"能量爆满的十年",因为当地经济很开放,他也学会了低成本生产。

接下来的时间里,尝到甜头的拉克西米开始用同样的方式进行扩张,他在波兰、罗马尼亚等低成本的东欧地区四处寻找经营状况不佳的小型钢铁公司,同时确立了走兼并和改造亏损国营钢铁企业的发展路线。

时势造英雄。由于当时市场低迷,东欧等地政府和企业都急于出售钢铁企业,许多企业的价值被严重低估,因此拉克西米的收购价甚至可以低到原价的1/10。

也正是从20世纪90年代开始,拉克西米敏锐地觉察到,全球钢铁业的整合大潮即将来临,而他要成为"领头羊"。因此,当西方各国钢铁企业还在各自忙着炼钢炼铁的时候,拉克西米已经开始横扫分布在全球各大洲的大小钢铁企业。

以至于后来他这样说:"生命苦短,你来不及白手起家创建自己的公司。"

"以互联网速度"并购

有媒体评价拉克西米总能"化腐朽为神奇":他总是去并购别人眼中的"垃圾企业",通过降低运作成本,利用廉价劳力与规模经济,以及现代加工技术和管理理念,使濒临亏损的工厂重获生机,实现赢利。而他收购钢厂的速度,也被外界形容为"以互联网速度在发展"。

如今,这个一度被称为"专收废铜烂铁的印度小子"已经年近花甲,周末最感兴趣的事情就是巡视他遍布全球的钢铁厂,即使再累也乐此不疲。他的钢铁版图已经从东欧经过欧洲和非洲,一直延伸到美国。

拉克西米真正为世界所关注是在2004年10月,当时,他一改以前"专捡便宜货"的策略,宣布以约45亿美元的现金和股票收购美国国际钢铁集团。通过这次收购,米塔尔集团也取代了安赛乐集团,坐上了全球第一大钢企的宝座。

如果觉得拿到第一名就可以止步,那么就错了,拉克西米的野心绝不仅限于此。两年后,他又一鼓作气,用五个月的时间战胜了俄罗斯的一家钢厂,以332亿美元的天价,将刚刚成为手下败将的欧洲最大的钢铁集团安赛乐收归旗下。合并后的安赛乐—米塔尔,钢铁规模超过了占第二位的新日铁三倍之多。

59岁的拉克西米·米塔尔最终建立起了一个横跨六十多个国家、拥有31万名员工的钢铁帝国。而如今,拉克西米的胃口转移到了亚洲,尤其是中国。"我们在亚洲的业务不多,"他说,"这显然是我们希望拓展的一个地区。"

不过,由于中国钢铁产业政策的限制,要想在中国的钢铁产业分一杯羹,并不是件容易的事情。虽然在2005年7月，米塔尔以逾26亿元的价格收购了华菱管线37%的股份，迈出进军中国钢铁市场的第一步，但随后试图收购包头钢铁、八一钢铁、莱芜钢铁的行动均无疾而终。

去年四季度和今年一季度，安赛乐—米塔尔还削减了45%的钢产量，由于对二季度市场需求仍不看好，这家全球钢铁巨头还将继续减产45%，以确保公司能够很好地适应市场。

挥金如土

如今，拉克西米已经将公司的总部搬到了英国，他和夫人也长期在英国居住。这个总以古板蓝西装示人的印度人，还成了英国首富，并且也是无数印度人心目中的英雄。

值得注意的是，他和妻子仍旧保留着印度护照。他在接受《财富》杂志采访时曾表示："做一个印度人是一个真正的优势。如果你从小在一个有300多种语言和少数民族的国家长大，你将学会如何消除分歧，达成妥协。"

当然，拉克西米令人羡慕的并非只有像买水果一样强势收购世界各地钢铁厂的野心，还有他那"挥金如土"的财力和气魄。

拉克西米不但"能赚"，而且"会花"，他的房子比比尔·盖茨的别墅还贵。2004年，他以1.2亿美元的天价买下了伦敦一套超级豪宅，从而与英国皇室做了邻居，也创下了全球私人购买豪宅的最高成交价纪录。

这套豪宅占地55 000平方米，巨大的水晶灯从宴会厅的屋顶飞泄，露天游泳池壁上全是大颗的宝石，停车场可以放下20辆车。

拉克西米还曾经一掷6 000万美元为女儿举办婚礼，当时也曾经成为轰动世界的新闻。在婚礼前日，米塔尔的12架飞机忙个不停，把分散在印度各地的1 000多名客人一个个接到巴黎古老的凡尔赛宫举行豪华的晚会。人们甚至开始议论，嘉宾们在边吃边看澳大利亚巨星Kylie Minogue为这个婚宴尽情献唱后，是不是每人还可以得到一只翡翠项链或钻石手表。

不过，拉克西米自己却是个素食主义者，每天早晨练习瑜伽，喜欢的运动是滑雪。他常开玩笑说，自己的私人飞机上提供比萨，而非香槟。

这位让全球羡慕的富翁在新德里的一次演讲后，还曾被一个学生提问："我多久之后才能成为你？" 拉克西米说："你必须努力，没有魔术让一个人一夜暴富，成功是不懈努力的结果。"

（陈姗姗）

巴菲特

传记作者眼里的巴菲特：他并非刀枪不入

金发碧眼的爱丽丝·施罗德可算是位典型的美国德州美女，但更让人羡慕的是她不同寻常的经历——和股神巴菲特长达五年、近2 000小时的"密切"接触。

正是由于这段经历，我们才得以从她的著作《滚雪球》中全方位透析股神卓越的事业和人生的喜怒哀乐。"可以说我是最了解他的人，我所看到的是非常真实的巴菲特。"她近日接受《第一财经日报》记者专访时坦言，这段不同寻常的经历已经改变了自己的人生。

她说起巴菲特的口气，让人觉得她在说一位很让她骄傲的亲人，一位值得他景仰的长辈。事实上，她所采访过的每一位巴菲特身边的人，在向她描述了他们各自心目中的巴菲特时，彼此形成了很大的差异，而她总结了这一切，并提炼出一个属于巴菲特的关键词：专注。

不断学习的巴菲特

1998年，施罗德已经从安永的注册会计师转行成了华尔街非常知名的保险业分析师。当年夏天，她决定开始写一个关于伯克希尔公司的调查研究报告，她战战兢兢地给巴菲特写了一封信，问他是否愿意跟她以及客户见面。很意外，她得到了肯定的答复，而且幸运的是，巴菲特在第二次通话时告诉她，他会给一位分析师提供公司的信息，且只会把机会给一位分析师，而这个人就是施罗德。

据施罗德回忆，巴菲特大概每天早上8点半到办公室，在他的桌上有很多的报纸，他每天要读五种报纸：《华尔街日报》、《纽约日报》、《金融时报》、《华盛顿邮报》，还有本地的报纸——《奥马哈太阳报》。办公室有一个电视机，巴菲特会一直看CNBC，但是要把声音关掉，因为他感兴趣的东西就是CNBC怎么谈论他。读了五份报纸以后，还有一大沓公司的年报和季报及股东的报告。另外，他还有一些杂志。他读一些专业杂志，其中有一些与他拥有的公司所在的行业相关。

"从孩童时代起，巴菲特就读很多专业性的杂志。对于巴菲特来说，他的优势就是，他对每个公司和行业都非常地了解，每一年他都不断地积累、学习，每个大小、规模、种类不同的公司他都会学习。我碰到的巴菲特并不是一个天才，只不过多年来不断地学习。因为他花费了大量的精力，所以成就了非凡的事业。"施罗德眼中的巴菲特是个非常努力的人。

除阅读外，施罗德眼中的"股神"每天的日常工作还包括打电话和交易股票。"他很愿意跟别人进行交流，但是他会把谈话尽可能变得简短，他不让别人控制谈话的时间，总是控制其他人的时间。他的电话号码也只给一些有限的人，不可能让所有的人都找到他。"施罗德问巴菲特"多大的团队帮你交易股票"，而巴菲特说没有人，他亲自下单交易。他也不用计算机下单，买股票的时候就打电话，电话在他的桌边。他会打电话给他的券商或者券商打电话给他，每天两到三次，大概也就是10秒钟。证券公司说我有一支股票，价格如此，你想要吗？巴菲特说好吧，便宜15分就买，电话交谈就结束了。

"他的工作非常简单，读报、回电话，5点半就下班了，如此而已。并没有很多人拜访他，不会有任何会议，偶尔有人来拜访他，但他要的是花时间来思考、读报。这就是成功的重要原因吧。"施罗德这么说。

坚信自己的投资理念

施罗德在研究了大量的资料和历史数据之后，总结巴菲特的价值投资理念，关键就是要坚持长远的价值增长。"当然有时候光景比较好，有时候光景不太好，但归根结底，巴菲特一直在做非常稳健、安全的投资。"但巴菲特这一投资理念在互联网泡沫时候受到了质疑，很多人认为它是过时的、老套的。

当时，媒体、报纸还有电视都在嘲笑巴菲特，一直拿巴菲特做反例。施罗德有一次问巴菲特说："人家对你老是批评、辱骂，你怎么想？你是长了一层抵御外界影响的盔甲吗？"巴菲特回答她：每次看到了这些东西，听到人家的评论，就觉得像是第一次一样，没有任何叠加的影响。

"我跟他交流时发现，他从来没有想过改变他的投资战略和投资理念，他觉得这是铁板钉钉一样的事，他的价值投资理念是不可更改的。巴菲特从来没改变过他坚信的投资理念。尽管每次别人批评他，他都会很难过。"他不是一个刀枪不入的人。"施罗德这样评价巴菲特的投资信念。

希望能够活到104岁以上

"巴菲特的经历，有一部分是我可以学习的，有一部分是不可复制的。他认为在危机情况下，勇气和现金结合在一起是无价的。我觉得这是他最大的一个特点。此外，他还有一个特点就是不讨论他的情感。我发现他能够非常好地把自己的感情收起来，不管目前发生了什么样的情况，他都能够忽视自己的情感。我想大多数人都是做不到的，但是他能够做到。因此他能够非常好地确保'市场先生'不会影响到他的投资决策。"施罗德眼中的巴菲特确实很特别。2004年他妻子去世的时候，巴菲特非常地艰难，他哭泣、颤抖，沉浸在丧失亲人的痛苦之中。之后施罗德亲眼见证了他是怎么从个人感情中抽身出来，如何利用他的事业作为一个避风港的过程。当时，韩国股市的投资就是他的避风港之一。

　　事实上，巴菲特也有着自己的担忧。他曾经对施罗德说，他最大的担心是有2 500亿美元的现金可以用于投资，他2006年已经76岁了，但他不知道在有生之年可不可以把这2 500亿美元投掉，他不知道市场有没有再疯狂的一天。

　　尽管在外人看来，巴菲特已经非常成功了，但他还是不时找到机会来投资。他对施罗德说他的目标就是能够模拟他曾经共事过的一名女士，她当时活到了104岁，巴菲特希望能够比她活得更长，多出五年。巴菲特希望，即使以后他去世了也会像一个精灵一样来管理公司。

（赵　刚）

斯通

Twitter联合创始人斯通：我听从于直觉行事

站在戛纳国际广告节最大的一个演讲厅——德彪西的巨大讲台上，比兹·斯通发型清爽，黑衣黑裤，整个人低调温和。

可是听众不会让他低调下去。与微软、雅虎、Youtube的大佬们一样，第一次参加广告节的斯通收获了超高的人气，在这个大厅里，座无虚席已经不足以形容他的受关注度，更确切地说，是整场根本没有一块落脚的空地。

"我妈妈想问问，Twitter到底是干什么的？"在斯通后方那块巨大的显示屏上，滚动播放着Twitter上的同步问题，那些没有到现场的人，也能有机会和他互动。

"对一个妈妈来说，Twitter就是告诉大家你在做什么，别人在做什么，你女儿在做什么。"斯通说。如此耐心和周到地回答一个看似常识的问题，让人群爆发出一阵善意和热烈的笑声。

问这个问题的人，正在变得越来越少。过去三年多时间里，作为这个微博客网站的联合创始人，斯通和他的团队一直在蛰伏。2008年11月，情况突然发生了变化，过去从未超过每月200万次的独立访问量的Twitter，访问量激增，到了今年的4月，数字已经上升到每月1.26亿次。

Twitter大热

几乎所有上网的"地球人"，差不多都像知道谷歌一样，知道了这个网站。而那些自称为"话唠"的微博客作者们，正勤勉地、实时地在上面更新着自己的所思所想、所作所为。

每一篇博客只有140个单词的容量，Twitter的参与者们却乐此不疲。在一档电视脱口秀节目上，斯通相当幽默和自信地说："其实，直到我们拥有时，才发现我们就是想要Twitter提供的这种服务。"

有趣的是，这句话立刻被主持人用手机传到了Twitter上。

另一个被斯通津津乐道的段子是，当一个演讲者正在进行他精彩的演讲时，一群不速之客像一群蝴蝶一样，冲进了会场，待他们完全坐定，时间已经过去了好几分钟。

这也是Twitter的"杰作"。当坐在另一个会场中的一些人一边开会一边上网浏览Twitter时，得知了相邻的另一个会场的内容要更"靠谱"，于是在这些人的带领下，所有人站起身来，中途"叛逃"了。

受益者还有伯克利的研究生巴克斯。巴克斯到埃及采访示威游行，在一次集会中，他与翻译被捕。警察没有取走他的手机，巴克斯偷偷在手机上输入"arrested"（被捕），发布到Twitter上，他在美国的友人看到后，立刻奔走营救。后经美国大使馆斡旋，巴克斯顺利被释放，他很快再发了一个信息到Twitter报平安："free"（释放）。

作为一种革新性的传播方式的缔造者之一，斯通有理由骄傲。比如，更让Twitter名声大噪的是一位"推友"（Twitter的参与者）将迈克尔·杰克逊的死讯公布在了自己的微博上，它成了全球所有报道的消息来源。

斯通心中有数

但斯通总是保持着谦逊有礼的态度，并且毫不做作。再烂的问题，他也会耐心给出答案。

需要说明的是，斯通的确不是个"好好先生"。这个早年两次"炒掉"学校，成为一名大学肄业生的创业者，其实一直知道自己"不要的是什么"。

比如他对第一次肄业的解释是，自己知道美国东北大学的课程与教授都很棒，"但我不喜欢那样的文化氛围，所以只待了一年"；而第二次肄业是在进入位于波士顿的麻省州立大学一年之后，"虽然他们给了我四年的全奖，但这并不能留住我"。

斯通离开大学之后，先后帮助SNS（社交网站）Xanga、Blogger、Odeo和Obvious创业，最长的一次也不过三年多一点。其间，他还曾经进入到Google工作了一年零十一个月。

对于SNS，斯通有他独到的见解。2002年和2004年，他分别出版了《博客：即时网络内容的天才战略》和《是谁让博客出局》。

毫无疑问，斯通对于SNS能带给Twitter的价值是了然于胸的。事实上，这个起源于与亲友保持联系的微型博客，其发展路径完全依赖于网民的集体智慧。是网民帮助Twitter实现了公众价值。

他的合作伙伴威廉斯说："我听从于直觉行事，我从不预设未来。"不难推测，这也是Twitter团队共同的行事指南。

2009年4月，当斯通面对着洪流一般涌入他邮箱的、内容几乎相同的邮件时，他说："每个人都要我对Twitter走向的最新猜测做出回应。"有趣的是，这些人中的大多数，都急于看到Twitter找到它的赢利模式。

但斯通采取的，仍然是他经典的语句排列方式："尽管Twitter上有很多商业用户，但它不会采取传统的广告形式，它将立足于其自身的价值。"

将广告拒之门外，这个决定的确大胆。而另一个斯通公开表示的决定是，"没有出售计划，不希望一夜暴富"。

至此，对于这个生来就为了创业，总是知道自己不要什么的35岁的年轻人来说，下一步再清楚不过，为Twitter找到一个持久的赢利的商业模式，而这个商业模式，应该是完全不同于传统的网站所采取的方式，又能够为用户和企业提供相应的价值。

（田野　唐勉嘉）

萧登・艾德森

萧登·艾德森：一个吝啬的赌徒

拉斯维加斯的"赌王"萧登·艾德森分明打算再在澳门赌一把：继澳门金光大道第五、第六期项目停工一年多后，艾德森创建的金沙集团决定分拆澳门赌业上市。艾德森现在是金沙集团的主席兼CEO。

通过上市来还债

金沙中国有限公司（01928.HK，下称"金沙中国"）暂定30日在香港挂牌。根据香港证券交易所发布的公告，金沙中国计划IPO发售18.7亿股，招股价介乎10.38–13.88港元，最多融资达到260亿元人民币，用以偿还贷款并恢复此前停工的澳门金光大道项目的酒店和博彩设施建设。

艾德森的老伙伴高盛，是其联席全球协调人和保荐人。不过昨天的《澳门日报》称，高盛自己的报告也认为，"有余钱才会认购金沙"。

再没有几个人能像艾德森一样，在短短的五年间坐上如此惊险的财富过山车。先用四年时间使财富从30亿美元飙升到300多亿美元，并荣膺全球第三富豪。正当他在美国和亚洲大兴土木，宣称要超过前两名的比尔·盖茨和巴菲特时，却在金融危机中捉襟见肘，财富一度缩水95%。甚至有传言说他快要破产，借款人追着要他提前还款，美国政府也让他证明偿债能力。

澳门金光大道第五、第六期项目就是在那时被迫停下的。同时，金沙在美国、新加坡还有项目也需要巨额资金，现金流明显不宽裕。

"那是金沙最坏的时候，艾德森甚至不得不从私人账户拿出10亿美元渡过难关，但也只能解燃眉之急。"17日，澳门大学博彩研究所所长冯家超接受《第一财经日报》采访时说："金沙中国错过了最好的筹资时期——2008年上半年，那会儿有多家博彩公司IPO。现在，金沙中国试图趁着8月份以来股市转好，而所谓的第二波金融风暴还没有到来的空当，进行IPO融资。"

但艾德森的运气不佳，这次又赶上民生银行同期融资吸引了众多投资者；自10月初在香港IPO以来的永利澳门也一直在发行价附近徘徊，甚至跌破发行价，投资者对博彩业信心不足。辉立证券的博彩业分析师Carmen就告诉《第一财经日报》，他们预计金沙集团下半年的资产负债率将达到较高的270%，给出了"中性"评级。"IPO短期内对减轻财务压力是个利好，但长期则很难说。"

年初，金沙集团还经历了一场人事地震，上至总裁兼COO，下至公共事务专员,都有人辞职。COO威廉·怀德辞职时坦言:"他(艾德森)近期不断干预营运。"不过76岁的老头子艾德森强硬地表示:"没有谁是不可缺少的。"

艾德森从来不乏魄力,他也正是靠着赌徒的进攻性和冒险性,赢得一次次生意场上的胜利,并最终从一个的士司机的儿子成为"赌王"。十来岁开始卖报纸,后来靠举办电脑供应商展览、邀请比尔·盖茨去演讲掘金。继而1989年进入赌界,收购拉斯维加斯金沙赌场酒店,后来竟然因为一个念头闪过,就把酒店给炸掉,再在上面复制了一座全新的威尼斯人度假村酒店,把意大利水城风景搬到了美国内华达州的沙漠地区。

如今,整个拉斯维加斯城市的酒店都在效仿他,以至于当地成为主题酒店的发源地。

说起来,艾德森财富膨胀的另一个新起点就是澳门了。2002年前后,澳门特区政府决定打破何鸿燊一家独大的局面,引入金沙和永利。艾德森如法炮制,再在澳门复制了一座威尼斯主题酒店,短短几个月就收回了2.65亿美元的投资。他备受鼓舞,更决定再修建一条长1.3公里的金光大道,除上述威尼斯酒店外,还将引进其他10多家酒店,是次新闻发布会上,他扬言"我来澳门是改变澳门的"。

艾德森的胃口越吃越大,他还拿下了新加坡的滨海湾项目,将美国赌场扩张,意在全球打造其博彩帝国。值得一说的是,据说新加坡项目最初还是永利提议的,没想到为他人做了嫁衣裳。

急剧扩张、"绑架"了众多投行的艾德森,终于在这次金融危机中品尝到了苦果。个中滋味,也许只有他自己才知道。

"财富赶都赶不走"?

没有多少人见过艾德森。媒体朋友报料说:金沙开新闻发布会,领导层高高在上,隔着一段距离的媒体在下面举手提问;活动结束,公司高层由一群保镖护卫而出,媒体近不得身。

艾德森个子不高,但个性鲜明,爱和同行打"口水战"。2006年,何鸿燊因不满金沙以高回佣抢客,令澳博1/3贵宾厅面临关闭而发出怨言,艾德森就以"如果嫌厨房太热,就别烧菜"语带双关地讽刺何;何则回应,说艾德森对中国厨房一窍不通,"中国人的厨房一直是全世界最热的,但却做出最棒的菜"。

他还和香港商人孙志达之间有些恩怨。孙志达助他夺澳门赌牌(赌场运营的资质),他却没有兑现金钱承诺,艾德森后被美国法院裁定向孙志达赔偿

4 380万美元。

普通澳门人对金沙也有所怨言。"他们从澳门赚钱，赌场也给澳门带来一些负面的社会影响，但他们很少承担起社会责任，更没有对澳门做出更多积极贡献。"一位澳门人如是表示。

据冯家超介绍，金沙在澳门至少赚了200多亿澳门元，还在扩张。"永利只有1 000个左右房间；如果IPO成功，金沙有钱装修，房间数能达到10 000多间，成为亚洲最大。"目前，何鸿燊、艾德森和永利分别占据澳门30.9%、24.2%和12.3%的市场份额。

冯家超补充说，澳门特区行政长官去年宣布要冻结博彩业增长规模，金光大道项目将更加值钱。

艾德森宣称，他已经搞清楚自己什么时候能成为全球富豪的第二和第一，但他好像从来没想过，要在慈善上与这两个人一较高下。巴菲特被《商业周刊》评为2008年最慷慨的慈善家，因为他将自己大部分的财产捐献给了盖茨基金会用于慈善事业。

他声称自己做的是"世界上第二古老的行业，只要有人类，就有赌博"。却从不认为自己从事的是令人上瘾、令人倾家荡产的行当，他甚至还宣称"只要做对事，财富赶都赶不走"。

艾德森的政治立场，也使他备受争议。根据维基百科，艾德森和太太是布什总统的最大政治捐款者之一。他不但支持美国在伊拉克的战争，也积极推动美国的以色列政策，反对让巴勒斯坦人建国。当然，他是犹太人。

任何一个上过牌桌的人都知道，输钱的人都会相信自己会翻本。不知道艾德森在这次金融危机中，是否也相信香港IPO能让自己翻本。

(米　华)

卡尔·伊坎

激进的投资者卡尔·伊坎作别雅虎
继续"折腾"下一猎物

投资者卡尔·伊坎上周五致信雅虎,宣布其将从雅虎董事会离职,即时生效。"雅虎董事会已经不再需要一名激进投资者。"伊坎称已完成了在雅虎董事会的工作,因此选择离开,以便集中精力于其他所投资的公司。

为了推动雅虎与微软达成并购交易,伊坎大笔购入雅虎股票,并于2008年夏季入驻雅虎董事会。"当我加入董事会时,公司处在一片混乱中。此后最值得夸耀的是引入巴茨成为CEO,并促成与微软的搜索交易。"

素有"企业狙击手"之称的伊坎,已决定提供60亿美元贷款给陷入困境的CIT集团(CIT Group),这将成为他新的关注方向。

与此前的风格一样,不仅拿出大笔投资,他同时开始批评CIT董事会不应该牺牲小投资者的利益。

已经古稀之年的伊坎,"攻击"的公司不计其数,诸如环球航空公司、维亚康姆、新秀丽、露华浓、时代华纳、摩托罗拉乃至雅虎都曾是他"折腾"的对象,而他的资产也随之水涨船高,已超过了100亿美元。

伊坎1936年出生在犹太家庭,在普林斯顿大学读哲学后,到纽约大学读医,但没多久就辍学参军,后来到华尔街做了一名股票经纪人。

以"企业狙击手"或是"掠夺者"著称的伊坎,因1985年对环球航空公司的收购而成名,此后他又因为多次"恶意收购"名扬华尔街。

伊坎的主要投资风格是先在二级市场"恶意收购"看中的公司的股票,之后进入董事会,推进公司管理或策略的改革。如果公司管理层不听话,他就会让他们走人,更换CEO等关键人选,推进公司的改革,制造利好让公司股票得以拉升,然后实现套现获利。

伊坎本人就在位于曼哈顿通用大厦第47层的豪华办公室"主持工作",里面挂满了各色名画。伊坎常常一天打十多个小时的电话,对象包括投资银行家、对冲基金公司经理、分析师等一切能给他提供线索的人,以寻找好的"猎物"。

他执掌的最大资本工具是成立于2004年的伊坎合作基金。如今,该基金管理着70亿美元的资本,主要投资于伊坎擅长的恶意收购领域。

私人投资基金American Real Estate Partners(AREP)是伊坎的第二个投资工具,该基金的主要策略是:低价买入濒临破产困境的企业,之后把企业救活,并改善经营。最长可改造一家公司六七年时间,最终公司在资本市场获得较好表现后再出售实现退出。

另外，伊坎个人还在各种领域频繁投资，横跨制造业、医药等各种领域。年龄在增长，但伊坎的攻击性丝毫没有减弱。比如在2006年，他通过收购拥有时代华纳约合3.3%的股份，而成为了一个足以影响该公司决策的大股东。他随即与时代华纳当时的CEO针锋相对，建议将时代华纳拆分，同时实施200亿美元的股票回购计划。时代华纳最终向伊坎妥协，同意回购股票。

2008年，伊坎不仅做了攻击雅虎一件大事，他还攻击摩托罗拉，使用了购入股票，起诉摩托罗拉董事会渎职，号召股东们支持由他提名的候选人进入摩托罗拉董事会等种种手段，他还要摩托罗拉将手机业务拆分。

在雅虎身上，伊坎使用的招数更多，比如买入几十亿股雅虎股票，向雅虎发起代理权争夺战，改组董事会，力图促成微软收购雅虎。微软和雅虎收购没成，但雅虎CEO杨致远也交出了CEO职位，而随着新CEO巴茨促成了与微软的搜索广告新协议，伊坎要做的就是等待雅虎赢利的提升。因此当他退出董事会后，雅虎的董事会和管理层的动荡也告一段落。伊坎也继续将精力投注到下一个"猎物"身上。

（孙　进）

沃瑟斯坦

门口的野蛮人　沃瑟斯坦并购史留名

能够埋骨沙场、马革裹尸，是一个将军的最高荣耀。在搏杀激烈的投资银行业战场上，拉扎德（Lazard）公司61岁的CEO布鲁斯·沃瑟斯坦因心脏问题近日在任内去世。作为投行业的重量级大佬，他操作和见证了无数起重大并购和资本运作，堪称投行界"真的猛士"。

沃瑟斯坦上周日晚因心跳不齐而住院，但美国时间14日却传来噩耗。他的离去，对投行拉扎德来说也是无可挽回的损失。沃瑟斯坦是最优秀的资本运作专家之一，他自身也代表了现代投资银行家的典型形象。

回顾沃瑟斯坦的"辉煌战绩"，就如同回溯华尔街的经典历史片段。他于上世纪70年代至今，完成了约1 000次交易，总价值达2 500亿美元。他操作了历史上著名的时代华纳合并案，迪安威特、Discover & Co 与摩根士丹利公司的合并案，以及KKR对雷诺兹·纳贝斯克（RJR Nabisco）的收购案。

当沃瑟斯坦为第一波士顿工作时，对手们就给他冠以"抬价布鲁斯"之名，因为他就像个催眠师一样能让客户以史上最高价格进行收购。在沃瑟斯坦的带领下，第一波士顿在疯狂的上世纪80年代狂飙突进。

身为东欧移民后代的沃瑟斯坦在哈佛大学取得了法律和商学学位，之后投身投资银行第一波士顿。在那里，他和另一交易专家约瑟夫·佩雷拉推动了风行上世纪80年代的并购大潮。

在华尔街经典书籍中，沃瑟斯坦是经常登场的重要人物。上世纪90年代，《门口的野蛮人》中，沃瑟斯坦就是"野蛮人"KKR团队中的一个原型，完成了一场被称为美国20世纪最著名的恶意收购。KKR和交易过程中的华尔街人士，"炫耀"出了空前的收购技巧和财务智商，其间也体现出华尔街特有的贪婪、狡诈的人性况味。"野蛮人"的形象长期成为投行的标签之一。

沃瑟斯坦不仅自身被写入经典，他自己的著作也是华尔街的经典之一。他将过去30年来改变了商界格局的大出售、大兼并、大收购——道来，写成《大交易》一书。沃瑟斯坦揭示了现代交易模式的变迁：从上世纪六七十年代开始蓬勃的合并年代，到80年代火药味十足的收购，一直进入90年代，每笔都动辄几十亿美元的大交易。

沃瑟斯坦还曾另起炉灶，开办了自己的投资银行，随后他于2002年加入老字号投行拉扎德。而他的经历，也是另一部华尔街经典书籍中的一部分。《最后的大佬：拉扎德投资银行兴衰史》（The Last Tycoons）在2007年横扫全球投行界，堪称投行人必读之书。

在拉扎德，沃瑟斯坦不仅继续进行着撼动市场的大交易，他与被称为"太阳王"的拉扎德第五任CEO米歇尔·大卫·威尔的内部斗争，也让人津津乐道。

"他（沃瑟斯坦）是个独裁者，他精密计划，把我从交椅上挤下去。"米歇尔·大卫·威尔回忆说。沃瑟斯坦是个让人感觉到矛盾的人。从成就上说，沃瑟斯坦足以受人尊敬；但在业界的人际关系方面，他也攻击性十足。

作为华尔街最神秘的独立投行，创建于1848年的拉扎德在其160多年的历史中很长时间内都是一家私人家族企业，直至2005年才由沃瑟斯坦将它公开上市。当拉扎德的竞争对手纷纷将业务扩展到贷款、交易及衍生产品业务时，拉扎德选择专注于财务顾问与资产管理等核心领域，成为全球领先的并购顾问。

和高盛、摩根士丹利等华尔街著名投资银行相比，拉扎德显得与众不同，其在此次席卷华尔街大行的金融风暴中几乎毫发未损，成为投行业极少数幸运儿之一。而作为机构的掌门人，沃瑟斯坦不苟言笑，言辞犀利，他脸上的皱纹就已经能告诉别人他所经历的一切。

他生前操作的最后一桩交易就是卡夫食品公司对英国吉百利公司发起的176亿美元的敌意收购。他用一生诠释了什么是生命不息，交易不止。

（孙　进）

李健熙

李健熙：三星前董事长获特赦

有说法称，韩国人一生无法避免三件事：死亡、税收和三星。

从李健熙获罪辞职、三星改组到获释，韩国"财阀"影响力的熟悉身影仍不断出现。

没有悬念的特赦

韩国法务部长官李贵男昨日于首尔表示，三星集团前董事长李健熙将于31日获得韩国总统特赦，以助力韩国申办2018年冬季奥运会。

李健熙去年4月因为面临逃税和失信渎职的起诉辞去了三星集团董事长职位，也放弃了作为国际奥运委员会委员的权利和义务。而此次特赦的理由，恰好是李健熙需要重返这一职位，为韩国争取主办2018年冬奥会服务。

去年8月14日，担任三星集团董事长20年的李健熙因逃税、进行非法债券交易等罪行被判处有期徒刑三年，缓刑五年，另处罚金1 100亿韩元。

一年多之后，"风声"一过，赦免李健熙的强大呼声开始显现，大韩工商会议所等五大经济团体近期向韩国政府正式提交对李健熙等78名经济界人士的特赦申请。

不仅经济界提出了特赦申请，韩国体育界和江原道也认为需要赦免李健熙，理由则是为了争取韩国平昌第三次申办冬奥会的需要。韩国已两度申办均未成功，目前正努力争取2018年的那一届。

李健熙获得特赦并不是韩国的首例。韩国多任总统都有对财阀领导人给予特赦的记录，称他们对国家的贡献远大过犯罪所造成的伤害。

掌管三星集团20年的李健熙曾多次当选《福布斯》杂志评选的韩国首富。现年67岁的李健熙是三星集团创始人李秉喆之子，当时的三星还不是国际一流企业，仍处于仿制日本等国际厂商的电子产品的阶段。而李健熙通过"二次创业"，大力进行创新，使三星集团成功占据了全球家电和IT产品的龙头地位。

集团下属旗舰公司三星电子的年出口额接近韩国出口总额的1/5。三星电子在平板电视、内存芯片、手机等十几个市场领域占据了全球市场份额数一数二的位置。

在韩国国内，三星更是根系庞大，IT、金融、化工、制造等十几个领域均有涉足。三星集团现拥有60家子公司，其中15家为上市公司。三星旗下公司总收入相当于韩国GDP总量的1/6。

事实上，韩国大企业受家族控制、透明度低是历史性问题，而韩国对这些大企业怀有复杂心理。三星集团权力过大、管理不够透明等常受"诟病"。但另一方面，三星对韩国来说又太过于重要，以致常被"网开一面"。

无法终结的博弈

"我将带着过去所有的过错离开。"李健熙去年4月宣布辞职时如此表示。

而当时正是韩国总统更迭之际，这似乎不是一个巧合。近年来几乎每位韩国总统的更迭都会伴随一个手可遮天的韩国大企业掌门人身陷囹圄。

三星也没逃过大宇、SK、现代等的宿命。而三星集团也因此事件影响开始了集团层面的改组行动。当时，三星副董事长李鹤洙、李健熙之子李在镕也相继宣布，辞去自己在韩国总部的职务，调往海外。

三星集团公司内部权力过大的战略规划办公室被撤销，集团还将李健熙4.5万亿韩元（当时约合人民币368亿元）规模的匿名账户用于公益事业。李健熙做出了辞职等一系列的妥协，此次得以重新出山。

这也意味着韩国政府与大企业的博弈没有终结。曾经庞大的灰色基金、非法买卖股票获利、非法发行债券转移继承权的背后，是"财阀经济"内部治理结构的流弊显现。

三星提交给韩国证券监管机构的管理文件显示，三星内部的互相参股极为严重，集团通过各子公司之间交叉持股保证整体利益。此次李健熙事发后，三星也公布了新的改组方案。但坚冰仍没有马上开化——李健熙承受了打击，但三星仍在其家族掌控之下。

仅持有不到10%股份的李健熙家族，通过交叉持股的方式并辅以人际关系网络，从资本和人事方面控制了三星旗下60家遍布金融、电子、化工等各个行业的子公司。而本月15日，三星电子宣布李健熙之子李在镕从海外回国就任公司首席运营官，这是李氏家族结束一年来隐藏光芒的标志。

回溯历史，三星李氏堪称韩国整治"财阀经济"过程中较晚被触动的重要家族。这些大财阀的发展要追溯到上世纪60年代。当时军人出身的朴正熙接管了政权，之后连获三个总统任期。在其长达15年的任期里，韩国崛起成为亚洲四小龙之一。韩国若干个巨大的财阀企业集团，正是从政府那里获得各种优惠条件和垄断权，政府则通过扶持财阀来体现政策意图，稳定经济秩序。

财阀在特定时代凸显的企业家创业和创新精神，至今仍受到肯定。但进入20世纪90年代，"财阀经济"不利于市场化竞争、容易催生腐败等弊端也日益显露。韩国政府意识到了这一点。但经过多年反腐败运动和政治改革之后，政府和大企业之间千丝万缕的联系，仍然影响着今天的韩国政治经济体系。

韩国成均馆大学东亚学术研究院的数据显示，在韩国，1/4的公司资产被最大十个家族所控制，绝大部分的公司高层管理人员由大股东担任或指定。以家族为代表的韩国大财阀、大股东对经济的控制程度仍很高。

虽然财阀过大的根系让韩国政府头痛，但李健熙家族治下三星的巨大活力，让韩国乃至全世界都无法忽视。比如，三星在手机市场凭借创新和营销最近逆势上升，连超索尼爱立信、摩托罗拉等巨头，仅居于诺基亚之下。三星电子现已制定了2020年4 000亿美元的销售额目标，并力争成为最大的IT企业、全球十大企业。

所以，这注定了政府与财阀之间的博弈无法终结，也意味着未来依然会有"李健熙"们重蹈覆辙，再获新生。

（孙　进）

韩德胜

"通用过客"韩德胜为历任中最短任职者

- 9月30日,由于没和接盘者谈拢,管理层决定放弃土星品牌
- 11月4日,与麦格纳的欧宝交易告吹,对于欧宝是否出售的决定,董事会内部的意见并不统一
- 11月24日,准备接手萨博的瑞典车商柯尼赛格宣布放弃收购,对方表示,收购久拖不决已带来各种风险和不确定因素

即便是韩德胜被迫辞职,美国当地媒体对他也没有过多的兴趣。现在全美国的媒体都把焦点集中在泰格·伍兹撞车事件,以及11月24日(美东部时间)穿着盛装,突破重重安保出现在奥巴马招待印度总理辛格国宴上的塔里克·萨拉希、米夏埃拉夫妇。

也许韩德胜注定要扮演一个匆匆过客,对于通用汽车如此,对于汽车产业如此,对于媒体更是如此。

一个半月前,韩德胜首次来中国,除了与上海市市长以及中国的经销商见面之外,还接受了包括《第一财经日报》在内的媒体采访(参见《第一财经日报》相关报道"韩德胜的百日维新")。他给人的印象亲切而干练,少有冠冕堂皇的官话,比较直白,也很务实。

51岁的韩德胜是通用汽车管理层中年富力强的一代。在面对用户时,他用博客、网络视频、微博等各种传播手段来拉拢年轻人,一改通用汽车迟暮的形象;对于经销商来说,他拜访了49个国家的上千家经销商,即便第一次来中国,他还是去上海永达看了看;而在通用汽车内部,他是唯一一个在所有大区都待过的经理人——北美、亚太、欧洲、南美、中东甚至非洲。

突然去职

2009年12月2日,在底特律举行的通用汽车公司月度董事会会议上,董事会接受了韩德胜辞去通用汽车公司董事会董事、通用汽车公司总裁及通用汽车公司首席执行官职务的请求。

通用汽车公司董事长惠塔克表示:"在过去的几个月里,通用汽车一直保持良好的复苏势头,韩德胜出色地带领通用汽车公司战胜了前所未有的挑战并度过了充满变数的艰难时光,我想对韩德胜数年来对于通用汽车公司的领导和贡献表示衷心的感谢。通用汽车公司还将继续转变并取得更快、更好的发展。"

通用汽车对媒体表示，惠塔克将暂时出任通用汽车公司董事会主席及首席执行官；与此同时，通用汽车公司也将开始在全球范围内寻找董事长兼首席执行官的新人选。

从4月接手瓦格纳的工作到12月辞职，韩德胜仅仅为通用汽车服务了八个月不到的时间，成为通用汽车历任CEO中任职时间最短者。

在过往的公开表态中，韩德胜已经把复苏计划订到了2014年，韩德胜盘算着五年后还清所有500亿美元的贷款，将品牌和经销商网络梳理清楚，在新能源汽车方面超越日系取得领先地位……没有任何迹象表明这位CEO有意去职，唯一的解释是被"逼退"，正如其前任瓦格纳一样。

瓦格纳走人的原因在于其对于进入破产保护程序的固执。他一直认为破产保护不利于一家B2C企业，而所有明眼人都知道，通用汽车不走这条道已经无法收场。而韩德胜意外去职，或与其在破产业务的出售上犹豫不决有关。欧宝、土星、萨博等业务虽然从6月初开始宣布出售，但是截至目前都纷纷告吹。

拖沓的重组

"我觉得通用汽车并没有完全走出阴影，如果你问我前途会更明朗还是更艰难，我想应该是更艰难，一个漫长而艰难的过程。"匹兹堡当地的一位记者向《第一财经日报》表示。

在匹兹堡的当地报纸上，新款凯迪拉克SRX正在做着圣诞促销活动，每辆4.79万美元的价格比中国整整便宜了30%。这是韩德胜上台后，一系列基于全球平台的车辆之一。事实上，通用汽车的全球业务正在强劲地复苏中。

在中国，2009年前11个月，通用汽车总销量共计164万辆，同比增长64%；在欧洲，欧宝品牌旗下的Insignia正在热卖，源源不断地给欧宝带来现金流；而美国的销量下跌势头已经遏制住，10月，在经历了21个月下跌后，首次实现了同比正增长。

然而，这些复苏迹象正在影响着通用汽车管理层关于形势的判断，在破产资产的交易中，通用汽车管理层显得非常迟钝。

原本已经找到下家的土星品牌，9月30日，由于没和接盘者美国汽车经销商PAG(Penske Automotive Group)谈拢，管理层旋即决定放弃该品牌。

此后，11月4日与麦格纳的欧宝交易也告吹，惜售欧宝让外界大跌眼镜，包括通用汽车董事会内部的意见也不统一。此后，通用汽车欧洲区总裁卡尔－彼得·福斯特在11月6日辞职。

11月24日，准备接手萨博的瑞典车商柯尼赛格宣布放弃收购，柯尼赛格方面表示，收购久拖不决，已带来各种风险和不确定因素，阻碍公司成功实施新的萨博汽车商业计划，他们"感到痛惜"。

事实上，上述谈判都为三项内容所羁绊：知识产权、员工福利和金融支持。在谈判桌上，一方面，通用汽车认为市场回暖，正把砝码不断加在自己这一边；另一方面，锱铢必较是韩德胜这位财务出身的CEO最擅长的，既然要"卖"，就得价格公道。

"国有企业"症候群

被拖延的还有IPO的计划。10月，在韩德胜首次访华时，他对《第一财经日报》首次公开了IPO时间——最早明年下半年。

11月18日，被称为"汽车沙皇"的美国政府首席汽车顾问罗恩·布鲁姆表示，在重新上市前，通用汽车应首先归还政府援助并实现赢利。

然而，作为一家完全面向市场的企业，通用汽车有其自身的运作逻辑，管理层的考量与美国政府的考量标准不一。奥巴马多次表示虽然出了钱，但对于通用汽车的业务不插手。然而事实是，不论布鲁姆还是惠塔克都是美国政府的代言人，他们决策背后是美国政府的利益，而非通用汽车的利益。

在时间表被延宕时，韩德胜被"逼退"就不难理解。

10月25日，韩德胜刚刚接受了美国政府要求汽车业高管降薪的要求，将薪水向下调整了25%；而事隔一个多月，"东家"连薪水都不愿意再给了。

相关数据

通用汽车11月16日公布的初步财报显示，集团第三季度亏损12亿美元，与去年同期亏损25亿美元相比减少了52%。整个第三季的营收下滑26%，至280亿美元，但较第二季度上升21%。通用第三季在北美业务亏损6.51亿美元；在亚洲获利4.29亿美元，但这还弥补不了其在欧洲亏损的4.37亿美元。通用董事会决定保留欧宝，为重组欧宝，今明两年需要筹集约30亿欧元。

（赵奕）

朱民

朱民：当思想的力量和命运相逢

今年，朱民无疑是中国最引人关注的金融家之一。

从中国银行（下称"中行"）副行长到央行副行长，57岁的朱民走过的不只是角色转换。当思想的力量和命运的力量相逢，他的双肩更承载着国际金融危机后中国力量的责任和呼声。

中国声音

10月22日，央行网站行领导一栏中，正式出现朱民的名字和简历。此前市场已猜测，这是其履职国际货币基金组织（IMF）的过渡性安排。

IMF的发达国家与发展中国家投票权比例为57∶43。其中美国所持份额为17%，唯一拥有否决权。中国投票权份额为3.66%。

按不成文的规定，IMF总裁人选来自欧洲。尚无中国人在IMF担任高层职务。

金融危机后，全球对IMF加快改革的呼声日益强烈，尤其是关于投票权的公平分配和提高发展中国家话语权的问题。中国多次表明支持改革。

今年IMF增资时，中国宣布增加104亿美元特别提款权。9月，中国率先宣布认购不超过500亿美元IMF债券。分析人士指出，此举不只是为外汇储备多元化，更是想通过认购债券提升中国在国际金融市场上的话语权。

IMF总裁卡恩日前访问中国时表示，IMF管理层中亚洲人士太少，尤其期待更多中国人加入。

宏微之间

"实干家+经济学家"，或许能大致总结朱民的过往。

朱民首先是经验丰富的"银行家"。1996年回国加入中行后，朱民曾任中银香港重组上市办公室主任。2002年正值全球股市下滑之际，加上中行境外机构纷繁复杂，市场对中银香港的重组和上市并不乐观，但朱民力克万难不辱使命。其间，朱民树立起国际银行家的形象。

朱民其次是"经济学家"。回国多年，从欧元诞生到国际金融大势，从中国宏观经济到金融改革，朱民著述颇丰，影响超越国界。在达沃斯等国际论坛上，朱民几乎被视为中国代言人。今年夏季达沃斯论坛上，在接受英国《金融时报》首席评论员马丁·沃尔夫介绍时，朱民幽默地回应："谢谢马丁先生没称呼我为银行家，现在经济学家比银行家的声誉好多了。"

作为一位既有境外工作经验，又熟稔国际金融研究的中国银行业高层，"一点也不像国有银行副行长"，是朱民给人的第一印象；"敢言、见解独到"，则是外界对经济学家朱民的评价。

朱民常以经济学家身份出席各种金融论坛和组织活动，对国际金融形势和宏观经济问题发表评论、建言献策。此次金融危机爆发前，他对全球经济"过度金融化"已提出预警；危机中，他带领中行研究团队出版《改变未来的金融危机》，对次贷危机及其引发的全球金融危机进行完整分析和阐述，并预言后危机时代的世界格局；危机后，他又成功预言中国经济的"V"形反弹。

醉心研究的朱民如今被赋予重要而殊为不易的使命。

（周静雅）

吴英

吴英：借来的人生

12月18日，浙江东阳吴英集资诈骗案一审做出判决，浙江金华市中级人民法院依法判处被告人吴英死刑，剥夺政治权利终身，并没收其个人全部财产。吴英的律师称："她肯定上诉。"

吴英案常被拿来与"小姑娘"杜益敏案相提并论。法院判决书显示，2003年到2006年7月，杜益敏利用支付高额利息的方式，非法集资高达7亿元。2009年1月，浙江省高级人民法院对杜益敏集资诈骗案做出终审宣判，驳回杜益敏的上诉请求，维持一审判决。

出生在1981年、被称为"26岁的亿万女富豪"的吴英曾经轰动一时，不过从2006年8月18日的一夜扬名到2007年2月10日她的公司解体，她的财富神话只有短短的180天。

小借条大秘密

吴英的第一个放贷人是毛夏娣。2005年5月，吴英以集资为名从毛夏娣处非法集资762.5万元。

吴英所在的浙江，正是民间借贷最盛行的地方。"大部分熟人之间借钱极其简单，都是通过'打白条'的形式，或者直接把钱放给一个中间人，也就是'会头'，让这个'会头'再去放贷。"浙江温州一家担保公司的老总向记者透露。

当然，吴英开出的投资回报相当诱人，三个月期的借款回报率为50%—80%，甚至100%。这一利息，远远高于民间的其他利率，这也是导致吴英迅速找到许多下线的重要原因。

她的下线有多少呢？据起诉书指控，2005年5月至2007年2月，吴英以非法占有为目的，用个人或企业名义，采用高额利息为诱饵，从林卫平、杨卫陵、杨卫江等11人处非法集资诈骗人民币达38 985.5万元。这每一个人名的背后，都隐含着无数下线。

为了吸引更多的民间借贷，她放出的利率也由起初的每年30%不断攀升，其中一笔900万元的贷款利率甚至开到了每年400%的惊人数目。

为了回避风险，浙江的借款人在许多借条上，都采取了特殊处理的方式，比如一张借款100万的借条，在三个月之后还，往往会写明是"借款120万"。温州一位处理经济纠纷的律师在2008年6月接到了五个经济纠纷案件，这些案件有个共同特点，都是到期不还，然后都是不需要利息。"天上没有白掉的馅饼，这些借款的总额，其实就是本金加利息。"

上述律师告诉《第一财经日报》记者，这是在浙江比较通行的一种做法。在借款的时候，双方往往协商好，为了避免日后发生纠纷，所以就直接写上本金加利息，但是只要借款的对象没有能力偿还，双方的矛盾就出来了。

更离谱的是，还有的借条会多写点儿"保证金"进去，"比如借了100万，需要还的时候是150万，双方有时候会协商写180万，这多出来的30万就是押金。"律师表示，一张小小的借条隐含了很多秘密。

爱挥霍的"姑娘"

这个依靠无数张借条起家的东阳女子学历并不高，1999年吴英从东阳技校辍学从商。媒体报道，吴英在一次庭审中表示，她的发家史是从美容院、KTV和千足堂足浴开始的。

2006年吴英逐步出现在媒体中就以"出手大方"的形象示人，除了在富豪榜上露脸之外，她还主动要求在慈善事业上"发光发彩"，她找到东阳市政府，要求捐赠500万元。

在大量的借贷人心目中，吴英是个"有钱人"。关于她的第一桶金，有一种说法称，吴英曾失踪三年，在国外认识了南亚某国的一名神秘人，神秘人遇害后分得大笔财产。传言中的财产最高达120亿元。

东阳的黄金地段上曾遍布本色投资的产业。这些种种传说更是增添了她的神秘色彩，许多借贷人对她更是深信不疑。

2006年8月10日到10月12日，吴英在东阳市工商局注册成立了本色商贸、本色车业等12家实业公司。吴英在庭审上承认，2006年成立八家公司的注册资金5 000万元或1亿元都是借来的。

但吴英所借来的钱似乎并没有多少放在公司运营和再投资上，很多钱都飞快地被她花了出去。她花2 300多万元购买珠宝送人或用于抵押；随意就捐赠了230万元；光是买车，她就花了近2 000万元，她本人名下的一辆法拉利高达375万元；买名衣、名表花去400万；而高档场所的消费，短短半年的时间竟然高达600万。

（李　娟）

王中军、王中磊

王中军、王中磊：穿上"红舞鞋"的娱乐大亨

每天下午2点左右，王中军都会出现在位于北京CBD丰联广场的办公室。"朋友们对我说，现在华谊是多少多少亿，再过几年，又是多少多少亿，他们在给我画大饼。"华谊兄弟投资公司董事长王中军曾告诉《第一财经日报》记者。他一贯冷峻沉静，即便是如今面对上市的大好消息，也丝毫没有过度兴奋的迹象，这一切好似水到渠成。

23日，创业板发行审核委员会对外披露，将于2009年9月27日召开第17次、18次发行审核委员会工作会议，审核华谊兄弟传媒股份有限公司等公司的首发申请。

华谊登录创业板计划发行4 200万股，占发行后总股本比例的25%，每股面值1元人民币，发行后总股本暂定为16 800万股。预计本次募集资金数额为6.2亿元，将用于补充影视剧业务营运资金。

"我们进入电视剧市场才几年，但电视剧已和电影业务并驾齐驱成为我们公司的主要营业项目。"华谊兄弟投资公司总裁王中磊曾向《第一财经日报》记者表示。

华谊上市，对于资本市场来说，只是多添了一家中小型公司而已。但是作为最大的民营影视制作集团，其在娱乐产业呼风唤雨的性质势必引来众人关注的目光，这是逃不掉的。

兄弟的"野心"与困惑

在六个月前，当《第一财经日报》记者问及华谊是否会考虑在创业板上市时，王中军并未回答，但从只言片语之中还是看出有很多疑虑。在他的心中，华谊兄弟要做中国的"时代华纳"。"未来，恐怕要资本规模上10亿左右的娱乐公司，才能站得住脚。"王中军曾告诉《第一财经日报》记者。

"野心"的背后是无休止的工作。王中军每天早上5点起床、游泳，然后就在电话中、饭桌上和咖啡馆内开始了他大部分的工作。王中磊平均每天也只睡五个小时，与哥哥看似休闲的工作方式不一样，他每天面对的是无数的会议和电话。兄弟俩性格也不同，热衷于艺术的王中军给人的感觉更为强硬，他更多的是做一些战略上的规划，而一直在负责公司运营的王中磊则显得害羞而柔和。

王中军热衷于参加各种社交活动，结识了不少企业家。对于民营企业来

说，这种结盟的心态与做法为公司发展带来不少的好处。这从公司的发起人名录中便能看出端倪。

酝酿登陆深圳创业板的华谊兄弟注册资本为12 600万元，法定代表人为王中军，公司发起人为王中军、王中磊、马云、鲁伟鼎、江南春、虞锋、王育莲等18名自然人，分众传媒CEO江南春曾以5.9%的持股比例成为第四大发起人。目前王中军拥有公司34.85%的股权，王中磊持有11.01%的股权，两人合计拥有45.88%的股权。

近几年，华谊兄弟一直占领了国内电影票房总冠军。2004年，华谊兄弟占中国电影市场销售收入的35%。华谊兄弟在电影方面已基本实现了从编剧到导演、制作，再到市场推广、院线发行等完整的体系；在电视剧制作方面现在有张纪中、周冰冰、李波等七个工作室。

但是，影视的投资成本也越来越大。相对于一部800万元低成本电影投资，电视剧现在的单集成本也越来越高，现代戏基本在五六十万起步，古装戏成本更高，2 000万的投资算是比较低的。"再加上周期也比较长，从拍摄到销售完，大概的周期在18个月左右。如果没有一个非常稳定的资金链也不会培育出一个非常好的电视剧行业来。"王中军曾表示。

如果要每年生产几部电影和电视剧的话，对于一个拥有千万资产的公司来讲，资本运作无疑是重中之重。

资本高手

华谊兄弟是娱乐业较早进行私募的公司之一。2000年6月，华谊兄弟太合影视投资公司成立，太合控股花了1 300万元获得华谊45%的股份。太合控股以地产和金融业为主，有充足的资金，当时也正在寻找新投资点，王中军与太合控股董事长王伟又都是车迷，两人一拍即合。

2004年，TOM集团以1 000万美元收购华谊35%的股份，而在此之前，华谊先回购了太合的股份。2005年，华谊兄弟又以10%的股份获得了TOM集团1 000万美元融资。2005年12月，中国最大SP（电信增值服务提供商）之一华友世纪宣布，将对华谊兄弟旗下的音乐公司，进行超过3 500万元的战略性投资，以此获得51%的股权。2006年1月，买完雅虎中国之后，马云便宣布斥资3 000万元，联手华谊举办2006年超级娱乐表演秀的"雅虎搜星"。

几次大的资本战略协作，让华谊兄弟转身变成了中国最大的民营娱乐集团之一。经过几次股权合作，华谊公司的股权结构变得多元，但王中军依然保持控股地位。

"与太合、TOM、哥伦比亚合作过程中，我们掌握了国际游戏规则。"不断成功的资本运作让王中军越发自信，"国外大公司也有薄弱之处，它们的营销模式都一样。但我们懂得一部影片在欧美市场该如何卖，在东亚市场该怎么卖。如果说今天重新拍《大腕》，一样的阵容、一样的故事，一定比以前卖得好。"

以前，王中军总是津津乐道地提到自己当年创业的高效：他1994年2月10日回到北京，5月16日华谊广告公司就开业。而如今，自信之余，他也深深感慨公司规模依然不够强大。中国民营娱乐公司差不多都是1 000万元、2 000万元的规模，最多只有几个亿。"规模化经营太重要了，这也是我为什么要如此频繁并购的原因。"王中军表示。在民营娱乐的扩张道路上，两兄弟一旦穿上了"红舞鞋"，就注定要不知疲惫地跳下去，上市只是一个小插曲，难怪他们兴奋不起来。

（陈汉辞）

马
云

朋克、太极和马云

一个男人，不管长相如何，当财富积累没有完成质变时，只能是"经济适用男"，当其身家用某上市公司市值来体现时，他会完成向"豪华男"的蜕变。

马云的蜕变，用了十年。

在为阿里巴巴庆祝十周年生日之前，马云在香港出售了一小部分股票，就是这很小的一部分，让马云收获了2.7亿港元左右。马云轻描淡写地公开表态说，在阿里巴巴第一个创业阶段即将结束而另一个激动人心的新时代即将启动的时候，这是给自己和家人阶段性的小小的成就感。

2亿多港元，好一个"小小的成就感"的大红包。

这个曾经做过英语教师的男人，选择在教师节这天为阿里巴巴庆祝十周岁的生日。

因为需要一个容纳两万多人的场地，马云把十周年晚会选在了杭州黄龙体育中心。晚会开始前的两个小时，交通台的广播中提醒司机不要驶往黄龙体育中心附近，那里被两万多等待进场的人流彻底堵住了。

两个多小时后，马云以朋克造型压轴出现。头戴鸡冠，披头白发，深情演绎两首歌曲。看起来，在万人体育馆开演唱会的梦想，除了通过当歌手可以实现，还可以通过当企业家来完成。

马云现场演讲了近半小时，才似乎回到自己的老本行，这个经常被同行称为擅长"忽悠"的45岁的男人，从来不需要讲稿。而"忽悠"一词用在评价马云的时候，似乎已经不再是贬义词，也不一定是褒义词，至少是中性词。

"为今天晚上我大概准备了十年，十年以前我设想过，十年以后我会如何对我们的员工讲话，如何对我们的客户讲话，如何对我的朋友讲话，讲些什么？离十周年越来越近的时候，我心里面越来越亢奋，越来越希望讲，但是到这几天，我居然晚上都睡不着觉，因为我不知道自己要讲什么。"

那晚黄龙体育中心的现场，至少有两万人会是"云吞"——如果马云的粉丝起这么一个名字的话。这些"云吞"，奉献出整晚的尖叫和掌声；脑门上亮着灯的头饰，点亮整晚的黄龙体育中心。

也有另外10%左右的人，在冷眼旁观。坐在后排的家属，显然融入程度要小很多。分不清阿里巴巴任何部门和任何领导的家属，大有人在。

十年前在自己家中和另外17个创始人用两个小时编造了一个梦想。时至今日，这个"疯子"的商业王国，已经是50亿美元的好几倍。

截至昨日收盘，阿里巴巴（1688.HK）市值1 065.41亿港元。而这仅仅是马云资产的一部分，除了阿里巴巴B2B业务之外（这部分是上市公司资产），阿里巴巴旗下的淘宝网在中国如日中天。尽管淘宝上市问题马云始终没有给出答案，但不妨碍淘宝越来越高的估值；支付宝，这个尚没有办法明确身份的金融产品，打通了电子商务发展的瓶颈，也会在马云的版图中贡献越来越重要的价值。

在18位创始人集体辞职后，马云把9月11日之后的十年看做阿里巴巴的下一个阶段。18个创始人结束了上一个阶段的历史使命，再次以合伙人的身份来到阿里巴巴。

马云描绘十年以后的场景，那是1 000万家小企业的电子商务平台、1亿的就业机会和为全世界10亿人提供消费的平台。

"我相信这个场景一定会引来很多的非议、嘲笑、讽刺，没关系，阿里人我们习惯了。我也相信世界也许会忘记我们，因为我们不是追求别人记住我们，我们追求的是别人使用我们的服务，完善自己的生活，促进社会的发展。"

"各位阿里人，来到阿里巴巴不是为了一个工作，而是为了一份梦想，为了一份事业。"

这些口号式的话语，一如既往地"马式"煽情，是否受用其实在于听者。

这个英文说得和中文一样不错的男人，喜欢和擅长的运动项目是太极。他这一年以来出现在公众场合时，经常以中式改良衬衣的形象出现。更中国也是更国际，阿里巴巴的国际化也是他下一步的重点。

（覃　木）

黄禹锡

黄禹锡：梦想就此坍塌

"从天堂跌落到地狱的是韩国人的自尊心和骄傲。"黄禹锡事件之后，韩国人发出了这样的忏悔。

10月26日，韩国首尔中央地方法院终于对历时三年多的黄禹锡案做出一审判决，以侵吞政府研究经费和非法买卖卵子罪，判处黄禹锡有期徒刑两年，缓期三年执行。法院同时认定，黄禹锡此前在美国《科学》杂志上发表的有关人体干细胞的研究论文部分造假事实成立，但法院考虑到黄禹锡本人在科研领域的贡献等几方面因素，决定对其处以缓刑。

宣判当天，可容纳二百多人的法庭旁听席完全坐满，同时，有一部分没能进入法庭的黄禹锡的支持者在法院外等候消息。曾经被视为韩国民族英雄的黄禹锡身着黑色西装，表情平静地坐在法庭里接受了宣判。

在造假案败露之前，黄禹锡是韩国的民族英雄，是克隆技术的权威。2004年和2005年，他和研究团队先后宣布用卵子成功培育出人类胚胎干细胞以及利用患者体细胞克隆出胚胎干细胞，轰动了全世界。由于连续不断推出世界性的科研成果，黄禹锡被不少韩国民众捧为领导韩国科技未来的民族英雄，韩国政府还授予其"韩国最高科学家"荣誉。而在造假案败露之后黄禹锡又被描述成一个彻头彻尾的学术骗子。更有人认为，"黄禹锡神话"的破灭是整个大韩国民族的伤痛。

黄禹锡出生于韩国忠清南道的一个贫寒的农村家庭，五岁丧父，母亲一个人艰难地靠养牛维持生计，支撑着整个家庭。他完全靠个人立志奋斗，获得博士学位并成为首尔国立大学教授，而且他是韩国大学教授中为数不多的没有去日本、欧美留学的教授，是完全版的"韩国制造"；同时他所从事的生物基因工程又是最时髦、最有前途、最吸引大众目光的科学研究领域；充满魅力，有型有款的俊朗相貌和极具磁性而又清亮的嗓音，又锦上添花地迎合了韩国人爱美的性格和现代传媒的影像表现的特征：总之，黄禹锡具备成为韩国当代民族英雄的所有完美特征。

"黄禹锡事件"被曝光后，韩国各界一片哗然。许多韩国人都承认，2005年韩国"干细胞神话"的破灭，对韩国人社会心理的重创丝毫不亚于1998年的亚洲金融危机。干细胞研究是在强烈的尽快实现"韩国梦"的社会背景下，由黄禹锡教授一手导演的震惊世界的科学神话。黄禹锡所描绘的干细胞研究造福人类的美好前景，恰恰切中了韩国人在经历金融危机后迫切寻求经济动力的心理需求。在这种心理的推动下，无论是韩国政府还是民间都从人力、物力和财力上全力支持黄禹锡的"假研究",普通国民也在政府和媒体的宣传下对其展开了个人崇拜。一时间,黄禹锡似乎成了"神话",成了"民族英雄"。所以也有人认为,正是这种盲目的支持和崇拜及大众急切实现世界第一的"韩国梦"像一只巨人的手推着他一步一步地制造了干细胞神话。

虽然黄禹锡事件宣判之后,许多韩国人沮丧地承认,"梦想就此坍塌",但是还有极大一批黄禹锡的支持者认为,黄禹锡作为韩国学术界先锋人士,他的研究应该得到继续支持。韩国有由"黄迷们"成立的"我爱黄禹锡"的民间组织,并在宣判当日,在法庭外面等待判决。

对于黄禹锡的判决结果,因为黄禹锡被判缓刑,实际上并不用坐牢,所以"黄迷"们基本感到满意。"黄迷"们认为,黄禹锡带领他的科研小组在其后的十几年间创造了多项第一,虽然在造假案曝光之后黄禹锡的很多成果被否定,但目前还没有证据表明他在克隆牛以及克隆猪方面的研究也属于伪造,而且克隆狗"斯纳皮"实际上也是货真价实的。

黄禹锡在走出法庭时,面对着上百名记者及他的支持者,面带着淡淡的微笑,没有人知道他真实的心情。但是黄禹锡向他的支持者表示,将会继续在学术方面的研究,努力奉献更多的真实成果。虽然一个"韩国梦坍塌"了,但是还有一批人愿意相信,新的梦想还会实现。

(权香兰)

张汝京

张汝京:商业悲情里的爱与恨

"因个人理由辞任",董事会的辞令客气而委婉,当事人的感受中却绝无温情。

中芯国际昨日宣布,公司创始人兼总裁张汝京辞职,代替他的,是半导体设备巨头美国应用材料公司前任全球副总裁王宁国。此前,王宁国还曾担任国资背景的上海华虹集团CEO。

一名跟随张汝京多年的中层,显然早已获悉消息,昨天在接到《第一财经日报》记者的电话后,忍不住哽咽。消息人士透露,昨日中芯律师与张汝京通话时,亦放声痛哭。

张汝京本人似乎也没料到这一突然局面。该消息人士表示,前日下午,他还跟朋友欢畅聊天。但傍晚时显然已得到暗示。当日晚间举行的董事会会议上,正式公布了这一消息。但大部分员工仍不知情。

"我不想说些什么。我能面对这一切,也会尊重董事会的选择。"昨天早晨8点多,张汝京在电话中对《第一财经日报》记者如是说。

背后到底发生了什么?很容易让人联想到几日前中芯国际落败的案件。台积电以窃取商业机密为由在美国加州提起的诉讼,经过两个月集中审理,终于有了暂时结果,中芯被判侵权。台积电律师狮子大开口地说,要向中芯索赔10亿美元。

中芯国际已经宣布,与台积电签订和解协议,将向台积电分期四年支付2亿美元现金,同时向台积电发行新股及授予认股权证。交易完成后,台积电将持有中芯国际10%的股份。

台积电索赔10亿美元的数字,超过了中芯的营收。分析人士说,台积电财大气粗,打官司应该不是为了钱。如果能把对手领军人赶下台,势必可以造成持续的威慑,影响中芯运营。

双方和解协议中倒并无这一要求。台积电官方也没评论张汝京下课,公司发言人曾晋皓仅对《第一财经日报》强调,双方已达成和解协议,两岸产业"和则两利"。

此前张汝京曾私下透露,虽然中芯愿意和解,但也不惧怕上诉。但中芯投资方可能失去了耐心。野村证券大陆分析师透露,官方背景的股东早已不满张汝京,这也是几年来,张汝京一直被传可能被换掉的原因。

目前,中芯两大股东上海实业、大唐控股虽属国有资本,但同样是实体企业。截至目前,中芯已连续五年亏损。记者查询了其IPO前后投资方,除了徐大麟等少数个人股东曾获得利益外，其他至今还没有真正赚钱。而中芯官方给出的最新赢利周期仍是两年内。也许，他们等不及了。

上述消息人士透露，董事会对张汝京不满的原因主要在于，在他的时代，中芯过度侧重产能扩张，而忽视了长远的研发能力的提升，导致技术基础缺失。而这也是中芯连续两次遭遇诉讼并且败诉的根本原因。

这次选择与台积电和解，中芯可谓体面尽失。不但付出2亿美元，对手还将成为自己的第三大股东。

这可能成为投资方等相关方面抛弃张汝京的借力理由。近来，中芯股东早已开始尝试借由与台积电的沟通，来强化两岸合作关系。如此，牺牲与台积电常年交恶、已无法直接沟通的张汝京，换上新总裁，也许能换来持续的稳定，同时拓展合作空间。

事实上，新来者王宁国身上就透露着别样韵味。他曾任职华虹集团，较早时曾有过整合上海半导体产业、打造垂直一体模式的思路。而几年来一直有传闻说，有关方面可能希望将中芯与华虹或上海宏力整合，甚至不排除"三合一"。王宁国的到来，是否会成为这一布局的铺垫？

（王如晨）

张艺谋

"印象"张艺谋：艺术天平中的商业筹码

4月12日，张艺谋领衔创作的第四个"印象"系作品"印象·海南岛"正式公演。与前三个"印象"作品不同，"印象·海南岛"似乎少了点文化气息。"艺术永远不会是完美的，但是要让观众受到感染，大海、沙滩、阳光，这是海南岛的特点，我想用这些元素让观众把城市的喧嚣丢到一边，我自己最喜欢的也是这一点。"张艺谋昨天告诉《第一财经日报》记者。

从"印象·刘三姐"到"印象·海南岛"，张艺谋的"印象"系列作品像一张名片，打上了深深的地方烙印，也透露出不凡的商业气息。

在背后运作"印象"作品的北京印象创新艺术发展有限公司内部人士昨天告诉《第一财经日报》记者，目前与他们接洽商谈"印象"产品的地方政府很多，几乎"应接不暇"，开出的条件也很优惠，"选择哪个城市，我们还需要从文化艺术、经济效应等方面全方位考虑，不能太草率，不能砸了'印象'的牌子"。

"印象"成为地方名片

谈起此次的"印象·海南岛"，张艺谋说："我这一生中创作难度最大的恐怕还是奥运会——没有比它更难的。但我最满意的还是'印象·海南岛'，因为它青春得令人愉快。既能给观众带来享受，又能给地方政府带来收益。"

在今年3月份的"两会"上，中央政治局常委李长春在和广西团代表座谈时还专门提到了"印象·刘三姐"，并称"'印象·刘三姐'开创了一个先河"。李长春寄语广西壮族自治区政府：广西的文化要实现大发展、大繁荣，必须积极推进经营性文化事业单位转企改制。

当一个文化产品成为一个城市的品牌时，其对于为这个城市的旅游消费、文化创意产业发展以及知名度的提高的作用是毋庸置疑的。据统计，2008年，到桂林旅游并赶到阳朔欣赏"印象·刘三姐"的观众人次已达到100万，印象作品导演之一王潮歌说："印象·刘三姐"让阳朔的夜晚亮起来了。

海口市委书记陈辞在公演发布会仪式上表示，海口期望用这个节目让来海南岛的游客"多留一晚"。

一直把旅游作为主要产业的海南省尽管已经成为世界小姐竞选、博鳌论坛等多个大型会务的主会场，但在大型实景演出方面却存在着空白。今年，海南确立了建设"国际旅游岛"的四大目标，包括旅游资源开发、旅游业经营与管理、签证和航权政策、购物等。

陈辞表示，海南希望有个既能够展现海南岛丰富内涵、又能面向海外市场的节目，同时，这也是个保稳定、保增长、保就业的演出节目，对海南拉动内需、推动旅游产业建设起到促进作用，而"印象·海南岛"正是张艺谋与海口市政府一拍即合的契合点。

选择在4月份公演的另一个原因就是博鳌亚洲论坛将在本月举行，陈辞希望"博鳌"和"印象"的两个品牌相得益彰地互相促进。为此，海南省政府把"印象·海南岛"确定为海南省旅游文化建设的"一号工程"，领导们多次询问项目的进展情况。

陈辞告诉《第一财经日报》记者，这不但是海南岛旅游文化建设的大事，"印象海南岛"还能够为海南带来400个就业机会，这对经济的拉动作用也将是非常明显的。

风险投资看好

"创作这个作品的方向跟别的作品都不同，我认准一点——轻松愉快是最重要的。当时我们就想，如果大家在看演出的时候能够受到感染，把城市的喧嚣抛到一边，这就算成功了。或许在所有的印象项目里，这个会是最特别的，因为我们没法想象，如何在其他城市将这种休闲进行到极致。"

张艺谋最关心的是艺术，他直言，判断"印象系"是否成功的标准在于观众是否看这个演出，每天超过1万人观看证明了"印象系"在艺术方面的成功。"尽管每个人判断成功的标准是不一样的，但对我来说，做一个新鲜的、不重复别人的东西，是很难得的。"为此，张艺谋给自己的"印象"作品创作团队打了100分。

王潮歌告诉《第一财经日报》记者，目前"印象·刘三姐"每天两场演出，共6 000人次，"印象·丽江"已经从每天两场加到每天三场，"印象·西湖"也是一票难求。"印象·海南岛"所在的海胆剧场共有1 500个座位，如此计算，每天全国有超过1万名观众会观看"印象系"产品。

记者从几个"印象系"所在地了解到，"印象·刘三姐"普通票和贵宾票价格分别是180元和320元，"总统"票是680元；"印象·丽江"票价分为190元和260元两个等级；"印象·西湖"的普通票价是220元，如果坐在水面上的画舫里欣赏演出，下层票价是450元，上层则是600元。

"印象·海南岛"的门票价格，也因座位位置不同分为238元和288元两种，还有688元的包厢座位。综合上述价格，"印象系"每天的门票收入保守估计在200万元以上。

"印象"演出在全国的爆满,让投资人逐渐找到了"印象"的价值和定位。

早在2006年,风险投资巨头IDG已经悄然入股了北京印象创新艺术发展有限公司,其后SIG也成为北京印象公司的股东。在确立了每个"印象"投资后,北京印象公司会和几个合作方再成立一个当地企业,比如此次"印象·海南岛"的出品公司是"海南印象文化旅游发展有限公司",由后者负责该项目的运营。

SIG的合伙人、北京印象公司CEO王琼告诉《第一财经日报》记者,SIG投资北京印象是看中了北京印象拥有的导演资源和做大型演出的能力。毕竟,被美国《娱乐周刊》评选为当代世界20位大导演之一的张艺谋——这个中国电影的旗帜就是票房的保证。

"我们是很看好中国文化产业的未来发展前途的,在这个市场中,文艺演出和商业运作在以前是脱节的,没有形成长期效益,也阻碍了文化产业的发展。"王琼说。在她看来,风险投资的介入能够让"印象"品牌传播得更快,走得更远,SIG也为此做了让"印象"上市的打算。

目前,"印象"的收入除了来源于每天的门票收入,还有广告赞助和衍生产品。"印象·海南岛"尽管投资高达1.8亿元,但在确立了清晰的经营模式后,赢利不成问题。王琼透露,未来"印象"会推出和该品牌有关的纪念品、旅游线路等,也会考虑开设专卖店。

记者了解到,目前北京印象公司已经确立了即将推出的两个"印象"——"印象·武夷山"和"印象·普陀",预计今年年内公演,其他"印象"也在洽谈中。

(陈 黛)